てらこや青義堂《せいぎどう》

師匠、走る

今村翔吾

小学館

装画=YKBX
装丁=成見紀子

【目次】

序章

数冊の教本を脇に抱え、坂入十蔵《さかいりじゅうぞう》は講堂へ向かった。講堂と言っても僅か十六畳ほどの小さなものである。庭に面したこの一間が、寺子屋を開こうとする十蔵が有り金を叩《はた》いて古家を買う決め手となった。

講堂の襖《ふすま》が少しばかり開いている。視線を上にやると、何やら隙間に挟まっていた。巻物などを入れる細い木箱である。

――またか。

勢いよく襖を開け放つと同時に一歩下がった。木箱が足元に落ちる。その音はやけに重々しく、金属が擦《こす》れる音が聞こえた。中に何かを入れて重くしているのだ。ふと木箱の端に紐《ひも》が括《くく》り付けられていることに気づいた。

「馬鹿者。こんな物が当たればただじゃ済まな――」

視線を上げたその時、手桶が宙を舞い、眼前に迫っていた。

「ぎゃあーーー」

手桶の中身は熱湯ではないものの、触ることは出来ぬほどであった。慌てて衣服をはためかせて熱さを逃がす。講堂からどっと笑い声が湧き上がった。

「やった‼」

「誰だ……仕込んだやつは」

凄《すご》みを利かせて言うと、皆の視線が一点に集まった。

「鉄之助《てつのすけ》だな！」

「へへ……久々に勝ったぜ」

鉄之助は悪戯《いたずら》小僧を絵に描いたような所作で鼻を擦った。

「湯なぞどこで沸かした！」

「留五郎《とめごろう》さんに頼んで」

鉄之助は庭のほうを指差す。斜向《はすむ》かいに住んでいるご隠居で、いつも縁側に座って日向《ひなた》ぼっこをしている。鉄之助が話しかけて仲良くなったという話は耳にしていた。

「全く……留五郎さんまで巻き込みおって。そもそもこんな手の込んだ仕掛けは鉄之助だけでは作れまい。源也《げんや》か」

正座する源也はぱっと顔を赤らめると、身を縮めて俯《うつむ》いた。熱さもようやく落ち着いて、十蔵は紐を解いて木箱の中を改める。中には大量の銭が詰め込まれている。

「銭……？　やはり吉太郎《きちたろう》も一味か。銭を大切にしろとあれほど申しつけたろうが！」

「ほんのお遊びやん。そない怒らんでもええやんか」

上方訛《なま》りの吉太郎は軽妙な口調で宥《なだ》めようとする。

「そんなことして何が楽しいの。ほんと馬鹿みたい」

文机に頬杖《ほおづえ》をついた一人の女の子が、吐き捨てるように言った。

「千織《ちおり》には関係ないだろう。これは俺たちと先生の戦いなんだよ」

「私は手習いに来ているの。あなたたちのせいで時が無駄になるでしょう」

濡《ぬ》れ鼠《ねずみ》になった十蔵そっちのけで喧嘩《けんか》が始まり、溜息《ためいき》交じりに仲裁に入る。

「喧嘩は止《や》めよ。着替えてくるからそれまで自習しておけ」

十蔵は一旦講堂を後にして自室に引っ込んだ。手拭いで顔を拭いた後、諸肌脱ぎになる。目を落とした腕が、昔に比べて幾分細い。

――俺も鈍ったか。

十蔵は自嘲気味に笑い、長持より替えの着物を取り出した。


十蔵は小旗本の次男、所謂《いわゆる》部屋住みと呼ばれる身分であった。それが六年前、宝暦《ほうれき》から明和《めいわ》に改元される二月《ふたつき》ほど前に家を出て、日本橋南《にほんばしみなみ》 松川町《まつかわまち》に寺子屋を開いたのは、明和二年（一七六五年）のことである。

時として子どもや若者は青いと表現される。その無限に広がる空のような青さに義を映して欲しいという願いを込め、屋号は『青義堂《せいぎどう》』と名付けた。五年を経た明和七年（一七七〇年）の今、十蔵は三十三歳を迎えた。妻はおらず当然子もいない。かつて妻はいた。だが六年前に故あって離縁している。それでも十蔵は子どもたちと共に生きる今の暮らしに満足していた。

「さて……お前たちの罰《ばつ》は後に与えるとして、まずは講義を行う」

講堂に戻った十蔵はそう宣言して皆を見渡した。悪戯を仕掛けた張本人の鉄之助が、渋々教本を取り出す。

十蔵の寺子屋に手習いに来ている筆子《ふでこ》は十二人と決して多くはない。江戸府内において寺子屋の数は年々増加の一途を辿《たど》り、今や千を超えると言われている。十蔵の青義堂に学びに来ずとも、名の知れた寺子屋は掃いて捨てるほどあるのだ。その中から青義堂を選択する者がいるのには二つの理由がある。

一つはここが安上がりだからである。寺子屋の主な収入は、入学金に相当する「束修《そくしゅう》」と、授業料にあたる「謝儀《しゃぎ》」だ。これはどの寺子屋でも幾らと定められておらず、筆子が払える分を受け取ることになっているが、やはり一応の相場はある。しかし十蔵はそれがどれほど些少《さしょう》であっても嫌な顔は一切せず、時によっては銭でなく青物などでの支払いも快く受けていた。故に貧しい家の子が多い。

さらに筆子の親の身分も多種多様で、四民全てが揃《そろ》い、男女も隔てなく同じ講堂で面倒を見ていた。

「鉄之助、今日も『名字尽くし』だ」

「えー……いい加減、四書五経《ししょごきょう》に進ませてくれよ」

「お前の蚯蚓《みみず》ののたくったような字が直ればな。源也は『番匠往来《ばんしょうおうらい》』、吉太郎は『商売往来《しょうばい》』」

源也と吉太郎の返事が重なった。鉄之助はぶつくさ文句を垂れながら教本を開く。

講義の内容は皆が違う。それぞれの習熟度、家業、性別などに鑑みて師が選んだ教本を筆子が自前で購入して学ぶ。例えば歴とした武士の子でありながら、一年通っても一向に学問が捗《はかど》らない鉄之助は未だに姓名の書き写しを行う『名字尽くし』や、全ての学問の基本中の基本である『庭訓《ていきん》往来』の域を出ていない。

一方、大工の棟梁の息子である源也は、大工や職人になるために必要な語句や知識を学ぶことが出来る『番匠往来』を使い、商人の倅《せがれ》である吉太郎は同じく商《あきな》いに関する用語や心構えを学ぶ『商売往来』や、『塵劫記《じんこうき》』『改算記《かいさんき》』などの算術書を基本に使う。

それぞれの教本には往来と名のついたものが多く、農作業、年貢の納め方、牛馬の飼育法を学ぶ『百姓《ひやくしよう》往来』や、漁師の技を習得する『船方《ふなかた》往来』、八百屋《やおや》のいろはを学ぶ『八百屋往来』、書簡の慣用句を集めた『消息《しようそく》往来』に、日ノ本各地の地理を知ることが出来る『都路《みやこじ》往来』など枚挙に遑《いとま》がない。

泰平の世になって毎年のように新しく刊行されるこれらは俗に往来物などと呼ばれ、その数は実に七千を超すとも言われている。全てに目を通して、筆子それぞれに見合った教育を施さねばならぬため、師匠にはそれ相応の知識が必要になるのだ。

「千織は『女今川《おんないまがわ》』からもう一度復習をしよう」

十蔵の呼びかけに対し、千織はすまし顔で答えた。

「もう諳《そら》んじております」

「早く先に進みたいからって嘘をついているんだろ?」

その態度が気に食わなかったのか、鉄之助が噛《か》み付いた。

「嘘をつく必要がある？　あなたじゃあるまいし」

再び十蔵を置き去りに、二人の喧嘩の火蓋《ひぶた》が切って落とされた。

「じゃあ、諳んじてみろよ」

「人来る時、我不機嫌に任せ、怒りをうつし無礼のこと……」

「何だよ。それ」

「あなたのこと。先生に怒られたからって、八つ当たりするのは止めなさいってこと」

確かに『女今川』の中にはその一節があり、諳んじているというのも嘘ではあるまい。やり込められた鉄之助は舌打ちをして、文机に視線を戻した。

「では『女実語教《おんなじつごきょう》』にしようか」

収まるのを見て十蔵はそう言ったが、千織はそれでも不承といった様子である。

「『女実語教』も勿論《もちろん》、『女孝経《じょこうきょう》』、『女論語《おんなろんご》』、『女誡《じょかい》』、『内訓《ないくん》』と全て諳んじることが出来ます。本日より武経七書《ぶけいしちしょ》をお教え下さい」

――御父上に何と申し開きすればよい。

十蔵はまた溜息をつかざるを得なかった。青義堂を選択する者がいるもう一つの理由である。どの寺子屋でも匙《さじ》を投げられた者が、如何なる者でも受け入れるという噂《うわさ》を聞きつけ、最後の希望を持って入塾してくるのだ。

例えばこの千織、身分だけで言えばこのような場末の寺子屋にいるような娘ではない。外様で最大の所領を誇る加賀前田《かがまえだ》家に六十八家しかない人持組《ひともちぐみ》の一つ、生駒《いこま》家の娘である。陪臣といえどもその石高は三千石と、そこらの旗本にも見劣りしない。故に女として家柄に相応《ふさわ》しい教養を求められているが、千織はそれには皆目興味を示さず、二言目には、

「孫子《そんし》曰《いわ》く……」

とロ走るほど、兵法に傾倒していた。さらに齢《よわい》十三にして恐ろしく口が達者で、数々の師をやり込めて破門となり、父の勘右衛門《かんえもん》が藁《わら》にも縋《すが》る思いで頼ってきたという経緯がある。

このような者は何も千織だけではない。鉄之助は御徒組《おかちぐみ》を務める月岡《つきおか》家の跡取り息子である。こちらは千織と異なり直臣の御家人ではある。

物価はうなぎ上りなのに、家禄は据え置きのまま。微禄の御家人の家計などは、どこも火の車であった。それでも人並みに寺子屋に通わせようと、親は提灯《ちょうちん》作りの内職をしてやり繰りしている。そんな親の思いも鉄之助には届かぬようで、悪戯に悪戯を重ね、実に十の寺子屋を追い出された。どの師匠も懲らしめようとするのだが、鉄之助の逃げ足の速いこと並ではなく、大人を簡単に引き離す。

それもそのはず、学問はてんで駄目な鉄之助であるが、剣術は十三歳と若年ながら驚くべき天《てん》稟《ぴん》を発揮していた。五年ほど前、神田松永町《かんだまつながちょう》に新たに開かれた直心影流《じきしんかげりゅう》道場において、すでに指折りの実力者であるという。剣の師匠、吾妻兵部衛《あがつまひょうべえ》は、貧しい鉄之助が道場に通えなくなることを惜しみ、謝儀を免除するほどの可愛《かわい》がりようである。

青義堂からほど近い、日本橋大工町《だいくちょう》に住まう大工の大棟梁定一《さだいち》の息子源也も、いわば訳ありの

子であった。歳は鉄之助より一つ下の十二。大工の倅だけあって手先が器用で、どんな物でも一度見ただけで真似《まね》て作ってみせるという特技がある。だが、それは源也が平常心を保っていられることが前提である。

源也は極度の上がり症で、初対面の時、注目される時などは耳まで赤く染めて俯いてしまう。滝のような汗をかき、手の震えも止まらない。手習いにおいても綺麗《きれい》に書き写そうとすればするほど、書痙《しょけい》を起こしてしまい字が乱れる。それを叱られた日には、吐き気を催して逃げ出すほどの筋金入りである。将来が思いやられると見た父の定一が、近所の伝手《つて》で十蔵を頼ってきたという訳であった。

吉太郎は日本橋北大伝馬町《きたおおでんまちょう》に店を構える呉服問屋、丹色屋《にしきや》の一人息子である。当代は福助《ふくすけ》と謂《い》い、近江国神崎郡五個荘《おうみのくにかんざきぐんごかしょう》出身の近江商人であった。先代は近江で地商《じあきな》いをしていたが、福助の代で京や大坂、遂には江戸にまで進出する急成長を見せた。吉太郎の誕生と引き換えに妻を失った福助は、どのようなつもりか、さらに商売にのめり込み、今や江戸でも有数の大店《おおだな》に数えられるようになっている。

十蔵が福助と縁を持ったのは、坂入家を出てまもない六年前のことである。江戸に出てきたばかりの福助は江戸商人との諍《いさか》いが絶えず、常に嫌がらせを受けていた。ある日、福助が茅場町《かやばちょう》の鎧《よろい》の渡しで荷の積み下ろしを差配《さはい》していた時、十数人のごろつきたちに絡まれた。そこに通りかかったのが十蔵である。場所代を寄越せと迫るごろつきを相手に、福助は殴られても蹴られても一銭たりとも払わなかった。それどころか腫《は》らした顔を擡《もた》げて、

「近江商人は売り手よし、買い手よし、世間よしを心掛けとる。人様から頂いた大事な銭をわえらなんかにくれて堪《たま》るか！」

などと啖呵《たんか》を切ったものだから、十蔵は感心して助けに入った。これが縁で福助とは馴染みの仲になった。

この福助、一人息子のことで頭を悩ませていた。その原因を聞いた十蔵が、

「お主とは正反対のようだな」

と呆《あき》れると、福助は頭をへこへこと下げて額の汗を拭った。

「あれは銭のありがたみちゅうもんを解っておりませんで……」

幼い頃から吉太郎はとにかく散財した。菓子や玩具だけで年五両、二十石の米が買える額だ。ならば銭を渡さなければよいと十蔵は迫るのだが、福助は人懐っこい顔を向け言い訳を述べた。

「いやあ……銭には人一倍厳しい私ですけど、あれにはどうも弱いんですわ……」

「つまりは叱れないという訳だな」

「ほうです。女房を亡くしてから商いだけに打ち込んで、あれにはあまり構ってやれへんかって……寂しい思いが少しでも紛れるんやったらと、ついつい甘やかしてしまい……」

「分かった。うちで面倒を見よう」

「恩に着ます！」

こうして吉太郎が青義堂に通い始めてまる五年、齢十四になった今でも、父の福助が忙しく飛び回っているのをいいことに、あちこちで銭を使いまくっている。

がやがやと騒がしい講堂を見渡して十蔵は溜息を零《こぼ》した。鉄之助は早くも手習いに飽きて、古紙にもならない墨だらけの紙を丸め、席の離れた者目掛けて投げている。千織はどこで手に入れたか兵法書の『六韜《りくとう》』を机に置き、輝く眼差《まなざ》しを投げかけてくる。また源也はといえば、己が当てられぬかとそわそわこちらを窺《うかが》い、吉太郎はこっそり隣の者に、十文で宿題の代書を依頼している。他にも落ち着きなく筆を回す者、文机に肘をついて大あくびをする者。十蔵は厄介な面々を見渡し、再び大きな溜息をついた。

手習いの開始は、おおよそ辰《たつ》の刻（午前八時）、家業によっては朝が忙しく遅刻してくる者も少なくない。親の手伝いで昼前に帰る者もいるし、同様の理由で欠席する者もいた。それを咎《とが》めないのはどの寺子屋でも同じである。

「では、また明日な」

未《ひつじ》の刻（午後二時）、十蔵は家路に就く筆子たちを見送った。大抵の寺子屋はこの時刻に全ての者が帰宅する。

一人になった十蔵は自室に引っ込むと帳面を睨《にら》み付けて唸《うな》り声を上げた。暮らしは豊かではない。常に米や味噌《みそ》の支払いに頭を悩ませている。

筆子はたった十二人。その大半が貧しく、謝儀は雀《すずめ》の涙ほどしか受け取っていない。それでも何とかやっていけているのは、裕福な千織と吉太郎の家が多く包んでくれているからであった。しかし二人ともあと二、三年もすれば青義堂から巣立ってしまう歳である。いつまでも甘えている訳にはいかない。そう考えれば筆子を増やすか、他の収入を得る方策を考えるべきだろう。そもそも府下の寺子屋の師匠の大半は本業を持っており、こちらを副業にしている。十蔵のように寺子屋一本で生計を立てている者のほうが稀《まれ》であった。

十蔵の生まれた坂入家は伊賀組《いがぐみ》の与力を務めていた。

今より約百九十年前、本能寺《ほんのうじ》の変が起こり、神君家康《しんくんいえやす》公は伊賀路を越えて国元まで逃げ帰った。その際に伊賀忍者が護衛を務めたことで、家臣として召し抱えられた。その子孫は幕府が開かれた後には伊賀組と呼ばれ、四組ある百人組の一つに組み込まれることとなった。

伊賀組は江戸城の大手三門の警備を担当し、甲賀《こうか》組、根来《ねごろ》組、二《に》十五《じゅうご》騎《き》組という他の百人組と交替で務めていた。

しかし、同じ百人組でも根来・甲賀組と伊賀・二十五騎組とでは身分が違う。根来・甲賀組は与力、同心ともに譜代席であるのに対し、伊賀・二十五騎組はいずれも抱席《かかえせき》なのだ。また、役高においても、各組与力が現米八十石、同心が三十俵二人扶持とされていたが、天正十八年（一五九〇年）以来の歴史をもつ根来組の同心は三十俵三人扶持と僅かに優遇されていた。

とはいえ、百人組の同心は皆貧しく、どの家も組屋敷の庭に畑をこしらえ、つつじ栽培や提灯張り、傘張りなどの内職で生計を立てざるを得なかった。

坂入家は、伊賀組与力二十騎のうちの一家であり、同じ御目見得以下とはいえ、同心たちよりはいくらかましな暮らしを送ることが出来ていたのだが、それとは別に裏の収入を持っていた。

公儀《こうぎ》隠密《おんみつ》である。忍びの家が隠密を務めるのは当然と思えるが、戦《いくさ》が絶えて百五十年余、忍びなどはすっかり形骸化し、並の武士と変わらない。しかし坂入家をはじめとする数家は今なお忍びの技を継承し、密命を受けて方々の大名の内偵を行っていた。十蔵は、密命を受ける仲間たちのあいだで、

――伊賀組始まって以来の鬼才。

と、称されるほどの忍びであった。それは忍びの技、所謂忍術だけでない。武芸十八般に通じており、どんな得物でも後れを取ることはなく、学問に優れ、博学多識のうえ、如何なる者にでも変装することが出来た。

全てにおいて群を抜いているということは、自他ともに認めるところであった。常ならば、部屋住みの次男は他家へ養子に出されるのだが、齢十八の時、三つ上の兄の九兵衛《きゅうべえ》が家を継いだ後も、優秀な十蔵は兄の片腕として家に留まり続けた。その家を去ったのが六年前。腕はすっかり鈍って子どもたちの悪戯にさえ引っかかってしまう。しかし十蔵は、今、忍びだったことを金策に生かそうと考えている。

――眺めていても解決する訳ではない。

十蔵は頭を掻《か》きむしると、文箱の中から筆と硯《すずり》を取り出して机に向かった。脇には大量の半切り紙が積み重ねられている。

十蔵が考えた金策は教本の執筆であった。往来物は子どもの教本としてだけでなく、大人たちの間でも娯楽として大いに流行《はや》っている。出回っているのは実用的な教本ばかりではなく、怪しげな内容のものも少なからずあり、幕府が取り締まるほどの問題になっている。しかし、皮肉な

ことに真っ当な往来物よりも、そのような眉唾物のほうを、大人は面白がった。

そうした世間の様子を見て、十蔵もこれはよい稼ぎになるのではないかと、往来物を書く気になったのだ。題材に選んだのは、忍術である。忍びの往来物は未だ無い。これを面白おかしく書くことを考えた。泰平の世で多くの講談師が忍びは火を吹くだの、水の上を走るだのと派手に吹聴した。当初は庶民の多くがその虚像を信じていたが、今日《こんにち》では実態を明らかにする学者も現れ、忍びの技の多くは大層地味なことが広まりつつある。確かに忍びの基本は、変装をする、草木に身を隠すなど、お世辞にも華があるとは言えない。

——だが、現実にいるのだ。

世には手妻《てづま》のような、奇々怪々な技を遣う忍びも確かに存在する。隠密を務めていた頃、そのような手練《てだ》れと何度も対峙《たいじ》してきた。これを記したところで、読者は法螺《ほら》と考え、純粋に楽しんでくれるだろう。

十蔵は筆を構えたまま瞑目していた。やがて目を開き、そっと題名を書き記す。

——隠密往来。

忍《しのび》往来では語呂が悪いし、伺見《うかみ》往来などでは、庶民に内容が伝わらないだろう。悩み抜いた末、辿り着いたものがこれであった。

「十蔵さん、いらっしゃいますか」

外で呼ばわる声が聞こえ、筆を置いて土間へと進んだ。

「遅かったな。景春《けいしゅん》」

訪ねて来たのは、青義堂に程近い日本橋南《みなみ》常盤町《ときわまち》に住む、景春という絵師である。隠密往来を仕上げるにあたり、挿絵を依頼していた。

「ただで描かせておいてそれはないですよ」

「すまぬ。世話をかけるな」

「そう素直に謝られれば調子が狂ってしまいます。下絵です。ご覧下さい……」

景春はそう言うと、上がり口に腰掛けて風呂敷を広げた。

「うむ……見事な出来。さすが景春だ」

「話だけで描くのは随分苦労しましたよ。十蔵さんのような陰忍《いんにん》と違い、我ら陽忍《ようにん》は忍具も苦無《くない》くらいしか、見たことがありませんからね」

実はこの景春も絵師に扮しながら、市井《しせい》の情報を集め続けている公儀隠密なのだ。扮するといっても、それで生計を立てている正真正銘の絵師である。代々その地に住《じゅう》して隠密を務めるものを陽忍と謂う。忍びの九割五分が、この戦うことのない陽忍であった。

十蔵は残る五分の陰忍だった。陰忍は方々の藩領へ潜入して、情報収集や扇動などを行い、時には城にまで忍び込むような危険な任務もある。人知れず遂行出来ればよいが、敵に露見すれば口封じのため、人を殺めねばならぬこともある。講談でこそ花形だが、陰忍など誰も務めたがらぬほど過酷であった。

「下絵は十分だ。このまま進めてくれ」

「では改めて描かせて頂きます。しかし十蔵さん……それほど暮らしが苦しいならば、古巣に戻ればよいのではないですか？　十蔵さんほどの忍びならば、いつでも復帰出来ます」

「今の暮らしが性《しょう》に合っている。それに随分衰えた。子どもの悪戯にさえ引っかかってしまう」

十蔵は片笑みながら、紙束を整えた。

「悪戯？」

「ああ。見てみるか？」

景春を講堂へと案内し、先刻まともに受けた桶の仕掛けを見せた。

「中々よく出来ているだろう？」

「十蔵さん。鈍っているというのは嘘ではないようですね」

「そうさ。こんなものさえ避けられないのだ」

景春は滑車部分に近づくとじっくり眺めた。滑車を付けるために梁《はり》に棒を括り付け、入り口部分まで伸ばしている。さらに小さな滑車を付けて桶が返るように工夫してあった。

「違いますよ。こんな仕掛け、並の忍びでは作れません。大まかな部品は予《あらかじ》め作っておいたとしても、講義が始まるまでの僅かな時でこれを仕掛けられるとは……」

景春は感嘆の声を上げた。如何なる形でも教え子が褒められると嬉《うれ》しくなる。これこそ寺子屋の師匠の性《さが》かもしれない。十蔵は鼻先を指で掻きつつ苦笑した。

第一章　鉄之助の拳

一

月岡鉄之助は常に不満げであった。

剣士として伸び盛りの今、剣に全ての時を費やしたいのだ。それ故、机に向かわねばならぬ青義堂での時を無駄と断じている。反対に剣を握るのは楽しくて仕様がないようだ。

師である吾妻兵部衛からも、十年に一度の逸材だと言われているらしい。現に鉄之助は師範代を含む大半の門弟と、五分に剣を交えることが出来ると聞いていた。

しかし父は今のご時世、剣が遣えるだけでは立身出世は望めぬと、寺子屋に通わせた。家が貧しいことで鉄之助に惨めな思いはさせたくないと、母は病にも拘《かか》わらず、夜なべして父の内職を手伝い、謝儀《しやぎ》を捻出してくれている。

そんな親心も鉄之助には届かぬようで、寺子屋で数々の悪戯《いたずら》を重ねた。いくら咎《とが》められてもそれは止《とど》まることを知らず、一月《ひとつき》もせぬうちに師匠も音を上げ、愛想を尽かして放り出してしまう。

それでも父母は鉄之助に真っ当に学ばせたいらしく、次の寺子屋を見つけてくるが、どこでも同じ末路を辿《たど》ることになり、追い出された寺子屋の数、実に十に上った。そんな鉄之助が十一番目に入れられた寺子屋が青義堂という訳である。

青義堂でも鉄之助には何ら変化はなかったが、十蔵は入塾させてより、ただの一度も追い出そうなどとは考えなかった。

十蔵は寺子屋を開くにあたり、一年間ほかの寺子屋で学んだ。その師匠はどんなに覚えの悪い子でも、決して諦めずに教えようとしていた。今でも年に数度会って相談に乗って貰《もら》っているほど、尊敬している人でもある。故に十蔵もいざ己が寺子屋を開いた時、

――いかなる子であろうとも見捨てはしない。

と、心に誓いを立てたのである。

しかし鉄之助が青義堂に通い始めて一年。十蔵はその都度叱り、諭しているが、悪行は収まるどころか、日に日に度を増している。

「鉄之助、今日も居残りだ」

講義が終わると、そろりそろりと逃げ出そうとする鉄之助を、十蔵は目敏《めざと》く見つけた。

「今日は新しい竹刀《しない》を取りに行くつもりで……」

鉄之助は申し訳なさそうに言うと、作り笑いを浮かべた。

「その言い訳は五回目だぞ。一体お前は何振の竹刀を持つつもりだ」

十蔵は一蹴すると席に着かせ、己も正面に座る。決して見込みがないではないと思うのだが、鉄之助からは学びへの意欲というものが感じられなかった。最も顕著なのは文字で、まるで親の

仇《かたき》でも討つかのように半紙に殴り書く。

「剣は巧みに遣うらしいではないか。筆も同じようにゆかぬか？」

「剣は楽しいけれど、学問は楽しくないからな」

鉄之助は口が悪い。普通の寺子屋ならば叱られ、それでも改善の兆しがなければ追い出される。他の筆子も十蔵がいつ怒りだすかと冷や冷やしているが、それを理由に叱ったことは一度も無かった。己が鉄之助くらいの年の頃を思えば、幾分ましである。

「そうか。それはすまんな」

十蔵は苦笑しつつ鉄之助の横に回る。そして上から手を取った。暫《しばら》く筆の尻を取って教えていたが、ふと気付くと鉄之助は半紙ではなくこちらを見ていた。

「いかがした。しかと紙を見て書かねば終わらぬぞ」

「先生は無駄だとは思わないのか？」

「突然どうした」

「俺の家は貧しいだろう。こうして俺に時を割いても謝儀が増える訳ではなし……」

十蔵はくすりと笑った。悪童がそんなことに気を遣っているのが可笑《おか》しかったのだ。

「そのようなことは考えておらん。ただこの字ではお前がいつか困ると思っているだけだ」

「徒士《かち》は剣が遣えようが、学問を修めようが出世なんか出来ない。そんなこととっくに気付いているさ……」

鉄之助は大人びた口調で語り始めた。父と同じ組の中には相当な剣士もいたし、学問に秀でた者もいたという。しかしそのいずれもが徒士のまま生涯を終えていくのだと。

「そうかも知れぬな。しかしそうでないかも知れぬ」

十蔵は何度も使って墨塗《すみまみ》れになった半紙から文鎮を外し、新しい紙に取り換えた。

「だから俺は一刻も早く剣を極めて、道場を開こうと思っているんだ」

「それはよい。楽しみだ」

「竹刀や木刀を買うだけでも家は精一杯……父上や母上にこれ以上苦労をかけたくない」

流石《さすが》の鉄之助も青義堂に通うことを無駄とは言わず、言葉を濁した。

「無駄だと思うか？　正直に答えよ」

「うん……だけど父上や母上は、無理をして通わせてくれている」

鉄之助の悪行三昧の理由が見えた気がした。自ら追い出されるように仕向け、敢《あ》えて悪評を得て入塾出来ぬようにしているのだ。

「御父上も御母上も、お前のために苦労することは厭《いと》うておられぬ。その心に応えることが、お前の為《な》すべきことだ」

鉄之助は咳《せき》払いをすると、いつもよりも一段声を低く話し始めた。

「人を想い、人のために生きる。それが大人になること……だろ？」

「よく解っているではないか」

それが己の物真似《まね》であると気付き、十蔵は口角を上げた。

「皆、耳にたこが出来ているよ」

鉄之助は硯《すずり》に筆を置くと、自分の耳を引っ張ってみせる。確かに十蔵が日頃からよく言っていることではある。

「お前には特別多い」

「へいへい。それはそうかもしれないけど……文字が上手くなっても、やっぱり無駄だと思うな」

今度は堂々と言うので、十蔵は苦笑しながら筆を再び握らせた。

「門徒の名札をその字で書くつもりか？」

「あ……」

痛い所を突かれて顔を顰《しか》める鉄之助に微笑《ほほえ》みかけ、十蔵は再び手を取ってゆっくりと筆を動かした。まだ蚯蚓《みみず》がのたくっている域は出ていないが、少なくとも十蔵には読める字になってきている。

二

梅花は蕾《つぼみ》を膨らませて春を待ち焦がれている。まだ寒さの厳しい日もあるが、徐々に風の中に柔らかな香りが漂い始めていた。

しかしながら十蔵の心は沈んでいる。間もなく初午《はつうま》の時期、この日に新たな筆子《ふでこ》が寺子屋入りしてくる。学問を修めることを山登りに譬《たと》え、これを初山踏《ういやまぶみ》とか、初登山《しょとうざん》などと呼ぶ。

このたびの初午で、青義堂に入ろうという筆子は皆無である。それでも指を咥《くわ》えて座視すれば、青義堂は立ち行かず、『隠密往来』に一縷《いちる》の望みを懸けたのであった。もっともそれも売れるかどうかなど判らない。

米櫃《こめびつ》の蓋《ふた》を開けると、寂しさを通り越して空恐ろしくもなる。こんな時、景春ならば、

「伊賀町の兄上に無心してはいかが？」

などと、無神経に言い放つ。

しかし十蔵はそれだけはしたくなかった。兄と確執がある訳ではない。それどころか家を出て勝手をさせてくれていることに感謝している。実家に顔を出せないのは、これ以上迷惑をかけたくないという気持ちと同時に、一歩でも敷居を跨《また》げばあの頃の己に立ち戻ってしまうような気がしてならないからだ。

「先生、おはようございます」

子どもたちの声に引き戻され、梅の木から視線を外した。

「ああ、おはよう。源也、今日は鉄之助と一緒ではないのか？」

「いつもなら家《うち》に来てそこから共に参るのですが……今日はいくら待っても現れませんでした。寝坊でしょうか？」

「どうだろう。毎朝欠かさず木刀を振る鉄之助が、寝坊するとは思えんが……」

十蔵が首を捻《ひね》る脇を抜けて、源也は講堂へ入っていった。

巳《み》の刻（午前十時）になっても鉄之助は姿を見せなかった。悪戯ばかりして不真面目な鉄之助だが、辰《たつ》の刻（午前八時）の開始時間に遅れたことは一度もない。十蔵は講義の間中、ずっと気

に掛けていた。

講義終了の時刻となったが、やはり鉄之助は来ない。

「今日はうるさい人がいなくて調子が狂います」

千織はそう言って教本をぱたんと閉じると、帰り支度を始めた。

「吉太郎も休みだしな。あの二人がいないと随分と静かだ」

十蔵は笑いながら応じると、庭のほうへと目を移した。

遠くからこちらへ近づいてくる跫音《あしおと》を耳朶《じだ》が捉える。忍びとして鍛錬を積み、実戦を重ね、十蔵の五感は人間離れしている。半町（約五五メートル）先の音でも確実に捉え、十五間（約二七メートル）まで近づき、知った者の足取りであれば、それが誰か判別出来る自信があった。腕力や体力は衰えても、こればかりは今でも変わらない。

――吉太郎……か。

予想通り、中庭に駆けこんできたのは吉太郎である。息を切らして言葉が出ぬようで、訴えかけるような目で見つめてきた。

「いかがした。誰か水を汲《く》んできてやれ」

「先生、鉄之助が……あいつ殺すつもりや！」

「何……吉太郎、仔細を申せ！」

物騒な言葉が飛び出したことで、筆子たちの顔はさっと青ざめ、中には取り乱して荷を落とす者もいた。十蔵は足袋《たび》のまま庭に飛び降り、吉太郎に近づいた。他の筆子をこれ以上動揺させたくない。それに鉄之助が人に聞かれたくない内容もあろうと推測したのだ。

吉太郎は息を整えつつ、耳に顔を近づけて囁《ささや》く。

「木下求馬《きのしたきゅうま》っていう旗本の息子がおるんやけど……」

十蔵はさっと手で制した。

「木下……父親の名を存じておるか？」

「確か主計《かずえ》やったと思う」

「なるほど。礫川牛込《こいしかわうしごめ》の木下家か」

「よう知ってるなあ……」

吉太郎は感嘆した。武家の都ともいうべき江戸には、大名と幕臣を合わせると膨大な数の武家屋敷がある。それらは、外から見るだけでは誰の宅なのか判別出来ない。

魚屋が注文の鮮魚を届けようにも目指す宅が見つからず、生きが下がってしまうという意味で、

——番町《ばんちょう》を　さかなのさがるほど　尋ね
などという川柳が流行したほど江戸の民は困っていた。

そこで今より十五年前の宝暦《ほうれき》五年（一七五五年）、屋敷を訪ねる人の便宜のために切絵図《きりえず》というものが刊行された。地目別に詳述され、屋敷には武士の姓名が書き入れられている。屋敷の数は、暗記出来るような量ではないが、十蔵は、お役目のために全て頭に叩《たた》き込むように命じられた。隠密を辞めた今でも、毎年新しくなる切絵図を覚える習慣がついている。

「その木下求馬がいかがした」

吉太郎は早口に話し始めた。鉄之助と求馬は同じ道場に通っており、鉄之助は前々から求馬による嫌がらせを受けていたらしい。求馬は剣術の腕では、鉄之助に数段劣り、その口惜しさからことある毎に鉄之助を揶揄《やゆ》し、侮辱していたという。それでも木下家は道場の有力な後援者の一人であり、剣の師匠の吾妻に迷惑をかけまいと鉄之助は耐え忍んできた。

昨日の夕刻、道場帰りに求馬が絡んでくるところまではいつもと同じであったが、ある罵声を浴びせられて、遂に鉄之助の堪忍袋の緒が切れた。お前の母は元飯盛女であろう。暮らしが困窮しているならば、躰《からだ》を売って稼げばよい。そう求馬が痛罵したのだ。

「鉄之助が憤《いきどお》るのも無理はない……」

鉄之助の母は確かに飯盛女だったときく。だが、たとえそうであっても、仮にも武士である鉄之助の父が娶《めと》ったからにはそれ相応の訳があろう。他人が立ち入ってよい話ではない。

鉄之助が竹刀で求馬の頭に痛烈な一撃を見舞ったのをきっかけに、助けに入った求馬の取り巻きも加わり、大乱闘になったらしい。

「最後は鉄之助も力尽きてしもて……今朝、果し合いを申し込み、親御さんにも言わんと刀を引っ張り出して向かいよった……」

吉太郎は商売人の子らしく、無駄なく詳細を語り切った。木下家側が問題にしなかったのは、多勢に無勢だったにも拘わらず相当な被害を受けたことを恥と考えているのだろう。それでも解らないことがある。父母にも話さなかった経緯《いきさつ》を、なぜ吉太郎が知っているのか。それを尋ねると吉太郎は少しばかり言いにくそうに俯《うつむ》いて、ゆっくり口を開いた。

「先生へ言伝《ことづて》を頼まれてん……そのまま伝えるで」

「ああ。聞かせてくれ」

「これでさすがに青義堂も除籍だろう？　事が大きくなる前に破門状を書いてくれ」

十蔵は弾《はじ》かれたように駆け出した。躰中に熱いものが駆け巡る。

辻を折れるとさらに加速し、礫川牛込を目指す。橋の上は棒手振《ぼてふり》が溢《あふ》れ、混雑していると見るや欄干《らんかん》に飛び乗って、枝を走る貂《てん》のように疾駆する。行き交う人々は何者なのかと目を丸くして振り向く。

木下家に辿り着くと、激しく門を叩いた。門番が何事かと物見窓から覗《のぞ》くや否や、十蔵は声高に叫んだ。

「ご子息、求馬殿はいずこへ！」

「どなたでしょうか？　お答えする訳にはまいりません」

当然と言えば当然の対応である。いきなり訪ねてきた不審者が嫡男の居所を訊《き》いているのだ。物騒で答えられるはずもない。

「お命が危ないのだ！」

門番は絶句する。そのやり取りが届いたのか、潜《くぐ》り戸から主人と思《おぼ》しき男が出てきた。

「主計殿か？」

「騒がしいと思って聞き耳を立てていれば、求馬の命が危ういとは……穏やかでないな」

十蔵はことの仔細を語った。それでも主計の顔色はさして変わらなかった。

「まず求馬に限ってそのようなことをするはずがない。仮に月岡の倅《せがれ》が果し合いを申し込んだとしても返り討ちにするだろう」

鉄之助のほうが数段強いという話である。話が噛《か》みあわぬことに首を捻る。詳しく聞けば、以前道場に行った時、求馬が鉄之助と立ち合っているのを見たらしい。三本勝負であったが、全てを求馬が瞬く間に取った。故に主計はそう言っているのだ。吉太郎から聞いた話との差異に混乱したが、それにしても主計の落ち着きようが気になった。息子の腕を信じ切っていたとしても、命が危ういかもしれぬと聞いてこうも平静でいられるものだろうか。

「求馬殿は道場だな？　道場ならば万が一のことがあっても問題ないという訳か」

「ふん。そもそも月岡のような軽輩の倅が、同じ道場に通っていることがおかしいのだ」

「あんたのような者が親で求馬も不憫《ふびん》よ」

吐き捨てると主計の顔が紅潮し、何か言おうとしたが、十蔵は構わずに踵《きびす》を返すと、神田松永町の吾妻道場を目指した。

十蔵が辿り着いた時、外にも聞こえるほど道場は騒然としていた。中に入っても咎める者は一人としていない。

理由は一目で分かった。道場の中央に抜き身を握った鉄之助の姿があり、それを十数人の門徒たちが遠巻きに囲んでいる。刀は徒士の持つものらしく刃が痩せた貧相なもので、鉄之助の手とともに小刻みに震えている。鉄之助の眦《まなじり》は狐の如《ごと》くつり上がり、その相貌から正気でないことが窺《うかが》えた。大人の門徒たちは諸手を前へ突き出して宥《なだ》めているが、鉄之助は刀を下ろさず求馬を睨《にら》み据えている。

「鉄之助！　よい加減にせぬか！」

しわがれた声で男が一喝した。

「お許し下さい……こやつは母上を侮辱しました。師匠も常日頃から仰《おっしゃ》っていたではありませんか。貧しくとも一分の誇りは失ってはならぬと……」

鉄之助が師匠と呼んだことから、どうやらこれが吾妻兵部衛らしい。

「確かにそうは申した」

「故に武士として果し合いを申し出たまで。求馬……刀を抜け！」

「だが徒士の子風情が武士を語るとは……片腹痛い。お主ら鉄之助を取り押さえよ」

「師匠……」

鉄之助が困惑の眼差《まなざ》しを兵部衛に向けた。十蔵はそのやり取りから目を離さず、ゆっくりと歩を進めて門徒の輪に紛れ込んだ。

「主計殿の前では負けてやってくれと頼んだ時は素直に受けたので、もう少し物分かりが良いと思っていたが……とんだ頑固者よ」

兵部衛は吐き捨てるように言った。

「それは師匠の願いだからこそ……」

鉄之助の声から力が失せていく。兵部衛は鉄之助の心を折り、戦意を喪失させようとしている。しかし手段として虚言を吐いている訳ではなく、本心を吐露しているようにも聞こえた。

「お主には確かに才がある。故に謝儀を免じ、道場の人寄せのために置いてやったものを」

見る見るうちに鉄之助の目から涙が溢れ、二、三歩後ろによろめくと、天を仰いで絶叫した。

「求馬！　刀を取れ!!」

門徒たちに守られた求馬はわなわなと震えている。

「早く取り押さえよ！」

兵部衛の指示を受け、門徒らが木刀を構えた時、十蔵は衆の輪から抜けた。

「鉄之助、刀を納めよ」

はっとして鉄之助が振り返る。なぜここに十蔵がいるのか理解出来ないのであろう。真っ赤になった目で見つめていたが、やがて顔をくしゃくしゃにした。

「先生……」

「貴様、何者だ！」

「鉄之助の手習いの師匠だ」

「手習いの……神聖な道場に土足で踏み入るとは、覚悟は出来ておろうな！」

「神聖な道場か。銭まみれの誤りであろう？」

十蔵は鼻を鳴らして嗤《わら》った。怒号が飛び交うにも構わず、鉄之助の肩に手を置いた。

「納めるのだ」

「しかし……求馬は……」

「竹刀ならば沢山持っておろう？　それで立ち合えばよい」

十蔵は柄を握りしめる手にそっと触れた。鉄之助の腕から力が抜けていき、刀が下ろされる。

「鉄之助は得心した。尋常に立ち合わせてやってくれ」

「何を申すかと思えば。このような騒ぎを起こしておいて何も無しに呑《の》むと思うか？」

「ならばいかがすればよい」

「まずは非礼を詫びよ」

信じてきた兵部衛にこのような扱いを受けることは、いかばかり辛かろう。鉄之助は肩を落として項垂《うなだ》れている。

「それで立ち合わせてくれるのだな」

十蔵はさっと袴《はかま》を捌《さば》くと、膝を突いた。

「鉄之助が取り乱し、場を弁《わきま》えずに刀を抜いたこと。師の私から深くお詫《わ》び致します」

十蔵は深々と頭を下げた。擦りつけた額に、板間の冷ややかな感触が伝わる。

驚いているのは鉄之助だけではない。兵部衛や門徒たちも驚愕し、半ば呆《あき》れ返っている。武士ともあろうものが、容易《たやす》く平伏することが信じられぬのだ。

「先生には誇りがないのですか……」

蚊の鳴くような声で鉄之助が問うた。

「人の誇りは他にある。御父上や御母上が誰のために耐え忍び、誰のために爪に火を点《とも》すような思いで働いておられるのか。解らんお前ではないだろう」

十蔵は頭を下げたまま凜と言い放った。

「非礼はこの通り詫び申す。しかし鉄之助の怒りもまた当然。遺恨無きよう、是非求馬殿との立ち合いをお許し下され」

門徒たちの嘲りの笑い声が、頭上を通り過ぎていく。

忍者とはその字の通り「忍ぶ者」である。如何なることにも動じずに耐え忍ぶ。物心が付いた時よりそう教えられ守ってきた。自惚《うぬぼ》れの強かった十蔵にとって、それは決して易しいことではなく、役目として堪《こら》えてきたに過ぎない。

しかし、今こうして頭を下げることに何の抵抗も無かった。ただただ鉄之助が憐《あわ》れで、立ち合いで無念を晴らさせたいという思いだけが胸を占めていた。

「お引取り下され。鉄之助、お主も明日から来ずともよい」

「お約束が違うようですが……」

十蔵は床を凝視したまま言った。板目に足裏の脂が汚れとなって残っている。そんなことにまで気が付くほど、頭は冴《さ》えわたっている。

「儂《わし》は非礼を詫びよと申したまでのこと。約束をした覚えはない」

「先生、もう良いのです」

既に躰から怒気は抜けきったと見え、鉄之助が力なく言う。

「いや。必ずお前の無念は晴らさせる」

「ささ。師匠殿もお引取り頂きたい。それとも痛い目に遭わねばお解り頂けませんかな」

門徒たちが土下座する十蔵に歩み寄ってきた。

「お相手すれば……鉄之助に立ち合う機会を頂けるので？」

「皆聞いたか。いや参った、さすが寺子屋師匠。軽口も上手い。お手前が門徒の一人でも負かせば鉄之助と求馬の立ち合い、聞き届けてやっても構いませぬぞ」

門徒たちは一斉に哄笑《こうしょう》した。中には腹を抱えて目尻に涙を浮かべている者すらいる。

「男に二言はあるまいな」

「ああ。間違いな――」

兵部衛の言葉が急に途切れた。最も近くにいた門徒の手首を握ると、そのまま捻り上げて横転させたのだ。十蔵は端座の姿勢を崩していないにも拘わらず、門徒は苦悶の声を上げている。

「鉄之助、下がっておれ」

静かに言うと、亡霊が浮かび上がるかのように十蔵はゆらりと立ち上がった。

「侮っていた……何か武術を修めていたか。皆の者、気を引き締めてかかれ」

「一人でも負かせばよいのではなかったか。つくづく腐っておるな」

「道場を守る苦労は解るまい」

「痛いほど解っているつもりだ。しかしそれとお主の汚さは別物よ」

「黙れ。いくら達者でもこの数を相手にしたことはあるまい」

十蔵は微《かす》かに笑うと、鼻先を指で掻《か》いた。

「これでも少ないくらいだ」

「痴《し》れ言《ごと》を！」

兵部衛の一声で、門徒が一斉に向かって来た。十蔵は丸腰である。まずこれを何とかせねばなるまい。迫った門徒の一撃を難なく躱《かわ》すと、足を払って転倒させた。既に十蔵は木刀を奪い取っている。門徒らが息を呑んだ一瞬を見逃さず、小手や肩、腹や背を強《したた》かに打つ。十蔵の身のこなしは柳のようにしなやかで、門徒たちの木刀は宙を斬るのみである。

「同時に掛かれ！　僅かな差を捉えて躱しているのだ」

兵部衛の指示を受け、今度は三人が同時に斬りかかってきた。十蔵は懐に左手を捻《ね》じ込むと、大きく跳び退《の》きながら手を振った。二人の門徒が顔を押さえて悲鳴を上げた。数日乾燥させて、鉄のように硬くなった鬼菱《おにびし》の実を投げたのだ。

残る一人も十蔵の木刀が脾腹《ひばら》を打つ。

門徒十数人を叩き伏せるのにそう時は掛からなかった。皆が地に転がり悶絶している。

「お主、何者なのだ……」

兵部衛の顔は紙のように白くなっていた。その脇で求馬は呆然としている。

「何者でもない。何者かになるために寺子屋を開いたのだ」

鉄之助は、目の前の光景が信じられぬといった様子で目を擦《こす》る。

「求馬殿。貴殿が吐いた言葉は鉄之助を深く傷つけた。解るな？」

優しい語調で話しかけると、求馬は涙を流しながら何度も頷《うなず》いた。

「鉄之助、責めることよりも、赦《ゆる》すことのほうがよっぽど難しい。俺はお前にはそれが出来ると信じている」

鉄之助は力強く頷いてみせた。

「さあ立ち合え。けじめを付けよ」

鉄之助は壁に立てかけてある竹刀を二振り取ると、求馬の元に歩み寄り一振りを手渡した。両者向き合って互いに頷く。短い静寂の後、先に動いたのは求馬である。躰と躰が素早く入れ替わり、竹を打つ乾いた音が道場に響き渡った。


人通りの少なくなった夕刻の往来を、十蔵と鉄之助が行く。こうして並んで歩けば親子に見られてもおかしくない。だが会話を聞けば、子どもの言葉遣いが存外荒っぽく、人々は怪訝《けげん》な顔ですれ違ってゆく。

「無茶をしおって。しかし兵部衛も道場の名に傷がつくことを恐れ、口外はしないだろう」

「あーあ。明日からどこで剣の修行をすればいいんだよ」

鉄之助は頭の後ろで手を組みながらぼやいた。

「同じ直心影流ならば伝手《つて》がある。兵部衛の道場よりは良いと思うが？」

「自分で探せるよ。でも一応聞いておくかな」

「下谷長《したやちょうじゃまち》者町だ」

「えっ――え、え。下谷長者町……藤川《ふじかわ》道場!?」

鉄之助は動顛《どうてん》している。直心影流四代、藤川弥三右衛門近義《やざえもんちかよし》。十四年前の宝暦六年（一七五六年）に下谷長者町に道場を開き、今では門弟千を超す江戸屈指の道場である。

「いかがした。不満か？」

驚きのあまり固まっていた鉄之助であったが、急に神妙な面持ちになって俯いた。

「俺みたいな徒士の子が入れてもらえるかよ。それに謝儀だって高いだろうし……」

「弥三《やざ》さんは身分で人を見る男じゃあない。謝儀のことも俺から掛け合ってやろう」

鉄之助は顔を上げ、目を輝かせると拳を握りしめた。

「本当に藤川道場に通えるのか……」

「その代わり……」

「分かっているよ。真面目に手習いに励め、だろう？」

「いいや」

十蔵はそこで言葉を止めた。西の空はやわらかな茜《あかね》に染まり、数羽の烏《からす》が明日を焦がれて鳴いていた。歩みとともに揺れる長い影が、そっと二人に寄り添っている。

「必ず夢を叶えろよ」

鉄之助はにかりと笑い、大きく首を縦に振った。その顔は悪戯小僧そのものであったが、夕日に照り映えて、眩《まばゆ》いほど輝いて見えた。

三

鉄之助が藤川道場に通い始めて一月《ひとつき》ほど過ぎた頃、講義を終えた十蔵は、下谷長者町を訪ねた。鉄之助には伏せてあるため、裏から弥三右衛門の居室に通された。実は弥三右衛門も公儀《こうぎ》隠密《おんみつ》の一翼を担う陽忍《ようにん》であり、同時に十蔵の剣の師匠でもあった。それ故、肝胆相照《かんたんあいて》らす仲である。

「鉄之助はどうですかな？」

十蔵は出された茶を啜《すす》りながら弥三右衛門に尋ねた。

「かなり筋がよい。昔のお主を思い出す。その点では兵部衛の目も曇っていなかったようだ」

弥三右衛門は当年四十八だが、実年齢よりも随分上に見え、既に好々爺然《こうこうや》としている。この男が竹刀を取れば江戸三指に入る豪傑にはとても見えない。

「儂の弟《おとうと》弟子《でし》の弟子でな。あれも憐れな男なのだ」

弥三右衛門は湯呑みから立ち上る湯気に息を吹きかけた。

兵部衛は膳所藩《ぜぜはん》の下士の出で、少年の頃に父母を病で失っている。薬も買えず、為す術《すべ》もなかった兵部衛は貧困から抜け出すべく剣に打ち込み、江戸で修行することを認められ、直心影流の門を叩いた。兵部衛は筋も悪くなく、一日でも早く独り立ちして父母の菩提《ぼだい》を弔う資金を得たいと師に願い、道場を構えることを許されたという。

「そのような生い立ちならば、なおのこと鉄之助の心も解ってやれたであろうに。銭に追われ、己を見失ったのでしょうか」

「どうであろうな。兵部衛は解っておっただろうよ。故に鉄之助が憎らしくもあったのではないか……道場を畳んで国元に帰った今、確かめようもないがな」

弥三右衛門はようやく茶を啜った。猫舌は今も変わらぬらしい。

「人とはよう解らぬものでございますな」

その難解な生き物の最も大事な時期に、向き合わねばならぬ寺子屋師匠の責の重さを改めて感じた。

「それにしても、辞めたとは聞いていたが驚いた。音無《おとなし》の十蔵が手習いの師匠とはな」

弥三右衛門は笑みを湛《たた》えながら言った。十蔵は居合いを最も得意とし、一切音を立てず抜き打ちで斬ることから、仲間内ではいつの間にかそのような通り名で呼ばれていた。

忍びの刀といえば直刀を思い浮かべるが、人に紛れやすいという理由で、他の武士のように反りのある両刀を使う者が多い。十蔵も二本差しである。

「ご無沙汰しており相済みませぬ。日々生きるだけで精一杯でした」

十蔵は目を細めて遠くを見つめた。

「鉄之助にはお主の出自、露見しておらんのか？」

「危のうございましたが、実は弥三さんの弟子だと申したところ得心し、少しばかり見直されもしました」

十蔵が微笑むのを、弥三右衛門はじっと見つめている。

「貧しくとも、もう戻る気はないのだな」

軽薄な景春などと違い、人の機微を見るに長《た》けた弥三右衛門は察したようである。

「はい。どうも私にはこちらのほうが性に合っておるようで」

「大人になって公儀に誘われた儂と違い、お主は生まれながらの忍び……それも手を汚すこともある陰忍《いんにん》。思うところもあるか」

十蔵は何も答えず中庭に目をやった。道場から門人たちの明るい声が聞こえてくる。中には鉄之助のものと思しき声もあった。

「鉄之助をお頼み申し上げます」

道場を辞する時、十蔵は改めて頭を下げた。

「ふむ……確かに合っているようだ。随分顔が優しゅうなった」

弥三右衛門にそう言われて、十蔵ははにかみながら頬をつるりと撫《な》でた。

第二章　吉太郎の袖

一

吉太郎はいつでも陽気であった。

上方訛《なま》りで軽口を叩《たた》き、たとえ人が笑わずとも、己だけは楽しそうに笑っている。故に青義堂も吉太郎が来れば、光が差し込んだかのように明るくなる。唯一の短所ともいうべき金使いの荒さがなければ、まことに「良い子」なのである。

しかしその悪癖は他の良いところを全て帳消しにし兼ねないほど、度を越している。菓子や玩具に銭を投じて搔《か》き集めると、急に興味を失ったかのように人にくれてやったり、打ち捨てたりする。最近では衣服にも凝るようになり、自ら図案を描いて染めさせた友禅を纏《まと》う洒落《しゃれ》者振りであった。それは小物にまで及び、煙草《たばこ》を呑《の》みもしないのに、龍の装飾を施した銀の煙管《きせる》を、漆塗りの煙草入れに収めて腰に付けている。

「何だ。その格好は」

呆《あき》れながら十蔵が問うと、吉太郎は、

「大店《おおだな》の若旦那いうたら皆、洒落者と決まっててんねん。江戸者に負けてられへんやろ？」

と、袖をひらつかせ、おどけて答える。

「無駄な銭を使うな。今は店もうまく回っているやもしれぬが、お前の代になって足を掬《すく》われるぞ。神仏は慎《つつ》ましい者にお力を貸して下さる」

「おかしいなあ。ほんなら恵比寿《えびす》さんは何であんな綺麗《きれい》なべべ着てはるんや。自分は贅《ぜい》の限りを尽くして人には慎ましくって……えらい都合のええことや」

十蔵の説教など何処《どこ》吹く風、吉太郎は口が達者で時にやり込められてしまう。

近頃、吉太郎の帰りが遅いと、父の福助が相談してきたのは青葉の匂う、初夏の頃であった。

「帰りは毎日夕刻を過ぎます。町木戸が閉まる直前になることもしばしばで……」

福助は手拭いで額の汗を拭きながら言った。

「行先の心当たりはないのか？」

「最近までずっと十蔵さんにお世話になっている思てたんで、さっぱりです」

「お主は何をしておるのだ！」

十蔵が叱り飛ばすと、恐縮した福助の額からさらに汗が噴き出す。

「今、商《あきな》いのほうが正念場なんです。江戸でさらに商売を広げるため、新たに多く人を抱えましてね。給金もしっかり払うために気張っているとこで……」

「言い訳がましいことだ。吉太郎はお主の一人息子だろう」

「はい……申し訳ございません」

福助は項垂《うなだ》れて肩を落とした。福助の商いが忙しいのは嘘ではない。昨今急成長を遂げて江戸に進出した丹色屋《にしきや》は、老舗《しにせ》呉服問屋から反感を買っている。そのような中、鎬《しのぎ》を削って奉公人たちを食わせていくのは並大抵のことではないだろう。

「問い質してはおらんのか？」

「それはもう。しかし吉太郎は私には頑として話してくれません」

「故に俺を頼ったという訳か」

「他に頼れる御方はおりませんで……」

「分かった。仕方あるまい」

福助に頼まれて数日後、十蔵は直接本人に問い質してみた。

「別にどこってことあらへん」

吉太郎は、口を窄《すぼ》めて惚《とぼ》けた顔を作って見せる。

「町をうろついてまた無駄使いか？」

「それも無い、無い」

吉太郎は上方の者らしく二度続けて言う癖があった。女のように美しい顔立ちと相俟《あいま》って、その軽やかな口ぶりがよく似合う。

「玩具や菓子か？」

「玩具や菓子って歳やもうないで。最近はこれ」

吉太郎は膝を僅かに屈《かが》めて、遊女が着物を自慢するような仕草を見せた。今日の着物は美しい黒で、裾に大胆に大振りの朝顔の花があしらわれている。男物というより、むしろ女物といったほうがしっくりくるが、吉太郎はそれさえも着こなしていた。

「しかし玩具屋の親父や、木戸番小屋の娘はお前がよく来ると言っていたぞ」

子どもが買うような駄菓子は、番小屋が片手間で売っているものが多い。

「先生は抜け目ないなあ。でも他人の空似やない？」

それ以上は何を訊《き》いても答えなかった。しかたなく十蔵は、吉太郎が休みの時に鉄之助に尋ねてみた。あまり行儀のよろしいことではないが、講義の後に共に買い食いしていると聞き及んでいたのである。

「うーん……吉太郎はよく誘ってくれるけど、俺は道場があるからいつもって訳じゃないぜ。源也も家の手伝いがあるだろうし、同じだと思う」

確かに鉄之助は毎日のように道場に通っている。断ってばかりも悪いと思い、たまに応じているだけらしい。では吉太郎はどこに行っているのか。仲の良い鉄之助も源也もそれは知らなかった。

「先生、よろしいですか。この字は……」

「ああ、それは『惣《そう》』だな」

百姓《ひやくしよう》の子の徳次郎《とくじろう》が尋ねて来たので、躰《からだ》を捻《ひね》って答える。使っているのは『百姓往来』だ。

「先生」

続けて呼んだのは千織である。

「分かった。少し待ってくれ」

「いえ、吉太郎さんのことで……」

近くの席の千織が、先ほどからちらちら見ているのを気にはしていた。

「何か知っているのか？」

「最近、お見かけしました」

千織が母と共に増上寺《ぞうじょうじ》に参拝に出かけた時、吉太郎を見かけたというのだ。

「大きな風呂敷包みを抱えておりました。中身は恐らく玩具かと。目が合うとはっとしたように顔を伏せ、足早に去っていきましたので声は掛けませんでした」

相変わらず千織は大人びた口調で、そのつもりは無かろうが冷たささえ感じられる。

「ふむ。何か訝《いぶか》しいな」

「そうでしょうか。吉太郎さんはそのような御方だと思いますが」

「お前はもう少し人に興味を持て」

十蔵は苦笑して窘《たしな》めたが、千織はつんと顎を突き出して顔を背けた。


それから三日後、講義が終わり他の筆子《ふでこ》たちが慌ただしく帰り支度をする中、千織が声を掛けて来た。

「先生、今日もよろしいですか？」

手に『孫子』を携えている。千織は兵法を学びたいと熱心に訴える。学びたいという想いは決して悪いことではない。女が兵法を学んだところで役に立たないと言う者も多いが、学問は役立てるためだけにするものでもあるまい。そのようなことを言い出せば、この泰平の世に武士が兵法を学ぶことも不要になる。ましてや千織は女の学問書の殆《ほとん》どを諳《そら》んじている。故に三日に一度、居残って個人的に教えているのだ。そして十蔵も舌を巻くほど理解が早い。それを褒めてやると、千織は昼間の講義では見たことがないほど眩しい笑顔を見せるのだ。

「悪い。今日は行かねばならぬところがあるのだ。明日でもよいか？」

十蔵は両手を合わせて拝むように言った。

「解りました。では明日、お願い致します」

千織は『孫子』を両手で抱くようにして頭を下げると、帰り支度を始める。

皆を送り出した後、十蔵は自室に閉じこもった。壁板《かべいた》の一枚に手を掛け、節穴の一つに指を差し入れて中の突起をずらす。壁が横滑りし、三畳ほどの縦長の隠し部屋が現れる。

両側の壁には棚が設けられ、片側には多種多様の衣服が、反対側には苦無《くない》や手裏剣、鉤縄《かぎなわ》などの忍具が整然と並ぶ。極力手に取りたくないものだが、かといって捨てる訳にもいかぬ。忍びとして生きてきた自分を怨《うら》む者はごまんとおり、いつ命を狙われてもおかしくない。とはいえ吉太郎の尾行に忍具は必要なかろう。

――さて……何に扮するか。

吉太郎は鉄之助らと買い食いをすると聞いていた。番小屋を出るまでに捕捉すれば十分に尾けられる。手に取ったのは紙屑《かみくず》拾いの装束であった。町に落ちている紙屑を拾い、紙漉《す》き屋に売る紙屑拾いならばどこをうろついても怪しくはない。

手早く着替えを済ませた後、忍具の棚に目をやった。

裏口から出て番小屋に行くと、そこに三人の姿があった。何を食っているのかまでは見えないが、番小屋の前に立ってせっせと口に物を運んでいる。暫《しばら》くすると竹刀《しない》を担いだ鉄之助が別れ、続いて源也が手を振って離れていった。

二人の姿が見えなくなると、吉太郎は再び番小屋に入り、出てきた時には大きな風呂敷包みを抱えていた。吉太郎は北に足を向ける。

——千織の言った通りのようだな。だが増上寺ならば南のはずだ……。

適度な距離を保ち、紙屑を拾いながら吉太郎の後を追った。吉太郎は人通りが少ない路地に入って行く。流石《さすが》にこの恰好《かっこう》でも気付かれるのではないかと懸念が過《よぎ》る。

十蔵は息を吞んだ。吉太郎が足を止めたのは竜閑川《りゅうかんがわ》、通称神田堀《かんだぼり》に架かり、本銀町《ほんしろがねちょう》一丁目と竜閑町を結ぶ乞食橋《こじきばし》と呼ばれる場所で、その名の通り浮浪の者たちの根城の一つである。乞食といえども、稼ぎに出なければ生きてはいけず、まだ申《さる》の刻（午後四時）にもなっていないので人は少ない。

吉太郎が橋の下へ降りていき何か声を掛けると、五、六人の子どもがわらわらと集まってきた。吉太郎は風呂敷を広げると、一斉に群がる子どもたちを宥《なだ》め、一人一人に菓子や餅を手渡していく。子どもたちの姿は酷《ひど》くみすぼらしい。ここで暮らす乞食の子、もしくは捨て子の類《たぐい》であろう。

吉太郎は配り終えると半刻（約一時間）ほど語らってから、腰を上げて日本橋の方へ歩き出した。

辺りは既に薄暗くなりつつある。吉太郎の満足げな横顔の中に、一抹の寂しさを感じ、十蔵は陰からその姿を見送った。

「吉太郎。少しよいか？」

翌日の講義の後、また千織に手を合わせ、兵法を教える約束を日延べしてもらった。そして十蔵は、そそくさと帰ろうとする吉太郎に残るように命じた。昨日見たことを話すと吉太郎は眉を顰《ひそ》めた。

「尾けたんかいな。親父の差し金か……」

「福助に頼まれたのは確かだ。だが後は俺の判断だ」

「ふうん……ほんで何やの？」

吉太郎の表情が強ばっている。叱られると考えているのだろう。咎《とが》めるつもりはない。それでもその真意は確かめておかねばならなかった。

「増上寺の近くで千織と会った時も同じか？」

「あの界隈《かいわい》も捨て子が多いねん。皆が肩寄せ合って暮らしている」

「それで菓子や玩具を配って歩いているのか」

「悪い？　どうせ泡銭《あぶくぜに》や」

「泡銭とは……福助が汗水流して稼いだ銭だろうが」

吉太郎は険しい表情になって睨《にら》み付けてきたが、すぐにふっと視線を落として呟《つぶや》いた。

「どうせあの人は商いのことしか頭にあらへん。他のことには興味ないんよ」

「お前のことが心配だからこそ、俺に預けたのではないか」

「子守り代わり程度に思っとるわ。商いに専念出来るからな」

「母上……のことで怨んでいるのか？」

あまりに福助を拒絶する吉太郎の心底には、亡き母のことがあるような気がした。

「病のおっ母《か》さんをほったらかしにして、あの人は商い広げるためにあちこち飛び回って……」

吉太郎は逃げるのを諦めたかのように、ぽつりぽつりと語り始めた。福助が江戸に進出しようとする頃、母は病に臥《ふ》せたという。それでも福助は近江の家に帰ろうとはしなかった。

稼ぎが良くなったからこそ、良い医者にも掛かることが出来た。珍しい舶来の薬も送られてきた。それでも福助は滅多に帰ることはなかったという。母が生死の境にあった時も、福助は江戸で商いを広げるために躍起になっていたらしい。

「近江で地商《じあきな》いしていた頃は、今みたいな豪勢な飯やないけど、家族で食べとった……幾ら銭を得ても、もうそんな日は二度と来おへん」

口ではそう言うものの、商いが傾いて近江に撤退すれば、昔のように福助と過ごせると考えているのかもしれない。そうだとすれば、些《いささ》か浅い考えのように思えるが、当人は大真面目で散財しているのだろう。

「だから銭を仇《かたき》のように使うのか」

「どうせなら、喜んでもらえるように使ったほうがええやん。あそこには親子で物乞いしている子もおる。親がおらんでも同じ境遇の子同士、互いを家族として生きている子らがおる」

吉太郎の顔はやはり悲しげなものであった。十蔵が掛ける言葉を探していると、吉太郎は先んじて口を開いた。

「先生に言われても止《や》めへんで。それにこれは正真正銘、自分の道楽や」

吉太郎は袖をひらりと振って見せた。今日の着物は質素な木綿のようだが、見事な藍色で、何度も繰り返し染めた極上品と見た。これも吉太郎が意匠を凝らした自慢の一品なのだろう。藍地に見たこともないような紋様が描かれている。季節外れではあるが、それはよく見ると、雪の一粒に似ている。

二

翌日、福助にどう伝えるべきか迷った挙句、十蔵は包み隠さず語ることにした。全てを聞き終えた福助は深い溜息《ためいき》を吐いて鬢《びん》に爪を立てた。

「私が不甲斐ないばかりに……」

「安くはないが、使い道が使い道だ。あまり責めてやるな」

「むしろここのところ商いが上手くいっていたのは、吉太郎のお陰かもしれません」

どういう理屈なのか皆目解らず、十蔵は眉を顰めた。

「三方良し。近江の商人《あきんど》はこれを最も大切にします」

それは近江商人の心得であるらしい。売り手良し、買い手良し、そして世間良し。売り手と買い手がともに満足し、さらに世間にも貢献しなければならないというものである。

「それが出来れば、商いもより繁盛するから不思議なもので……当人はそのつもりは無いでしょうが、吉太郎の行いが世間良しなのかもしれませんな」

福助は下唇を噛《か》みしめながら、膝に視線を落とした。責めるつもりはないようで、むしろ深く責任を感じているようだ。

「着物は道楽と嘯《うそぶ》いておったがな」

「あれの母は織物屋の娘でしてね。嫁に来てからも沢山良い柄を生み出してくれました。それが人気を博しましてね……今の丹色屋があるのもあいつのお陰です」

昨日、吉太郎が着ていた着物の紋様を見て、十蔵は雪を連想した。近江にも、冬の地を白く染めるほど降るという。もしかすると吉太郎はその雪に想いを馳《は》せたのかもしれない。

「母に想いを馳せているという訳か。しかしいくら親子とて、人の銭を湯水の如《ごと》く使ってよい訳はない。施しをするならば己で稼いだ銭でなければ意味がない」

感傷的になりすぎている福助に釘を刺した。十蔵も吉太郎の思いは理解出来る。しかし同情に引きずられて、何もかも赦《ゆる》す訳にはいかない。駄目なことは駄目と諭した上で、気持ちに寄り添ってやる。それが正しい順であり、十蔵の思い描いている師匠像であった。

「今夜、吉太郎と話してみます」

福助は静かに言い放つと、まっすぐな視線を向けて来た。

「それが良い。親子の話し合いに勝ることはない」

十蔵の胸に引っかかっていることがあった。貧しくとも清廉な者はいる。しかし全ての者が貧困に耐えうるほど強くはない。善意が時に災いを呼ぶこともあり得る。それを福助は忘れており、吉太郎は知りさえしない。そう考えながら十蔵は頷《うなず》いた。

その晩、気がかりは現実のものとなった。手代二人を引き連れた福助が、青義堂に駆け込んで来たのは亥《い》の上刻（午後九時）のことであった。町の木戸はとっくに閉まっているというのに、吉太郎が未だ戻らないというのだ。福助は土間に頭を擦りつけた。

「十蔵さん助けて下さい！　後生です……」

「心当たりは⁉」

福助は来るまでに乞食橋や増上寺界隈も捜したが、見つからなかったと言う。途方に暮れて十蔵に縋《すが》りついているのだ。

「吉太郎のやつ、私が咎めると思って家出したのかもしれません……」

「いや、奉行所に伝えたほうが良いかもしれぬ。何者かから文《ふみ》は届いておらぬか」

「誰か受け取ったか？」

福助は左右に尋ねたが、蒼ざめた顔の手代たちは首を横に振った。

「投げこんだのかもしれん。屋敷、店の周りを探したか？」

福助は手代たちを先に戻らせ、周囲をくまなく探すように命じた。動顛《どうてん》している福助を落ち着かせるため、水を一杯呑ませる。

「吉太郎……」

福助は譫言《うわごと》のように何度も繰り返していた。四半刻（約三〇分）ほどして、手代の一人が血相を変えて戻って来た。手に一通の文が握られている。福助は奪い取ると貪るように読み、声にならぬ声を上げてその場に座り込んだ。十蔵は福助の手からそっと文を抜き取り、自身も目を通した。

――吉太郎は預かった。無事に帰して欲しくば、明日《みようにち》夕刻までに金二千両を用意せよ。奉行所に届ければ命は無い。

脅迫状の手本のような文言である。二枚目には受け渡し方法が記されており、それを見て十蔵は舌打ちして文を折り畳んだ。福助は呻《うめ》き声を発するのみである。

「福助、落ち着け！　最悪の事態は免れた」

「どこがですか⁉　これを最悪と言わずして――」

福助の両肩に手を置き、頭を横に振った。

「違う。最も悪いのは既に吉太郎がこの世におらぬことよ」

「なっ――」

吃驚《びつくり》した福助は、痰《たん》をからませたようで激しく咽《む》せた。

「しかし身代金を要求するということは、生きていると見てよい」

隠密《おんみつ》を務める上で何より大切なのは、冷静に状況を判断する力である。楽観的でも悲観的でも物事の本質を見失ってしまう。口には出せぬが吉太郎の生きている可能性は、

——七分程か。

十蔵は心の内で弾《はじ》き出した。一切の動揺なく予測出来ることを、昔ならば誇りに思ったろうが、今はその反対で疎ましくさえ思う。やはり己から忍びの血は抜けきっていないと感じてしまうのだ。

「いくつか問うぞ。包み隠さずに答えよ。まず二千両を明日の夕刻までに揃《そろ》えられるか」

「はい。今江戸にあるのが千両。近江や大坂にも千両ありますが、店を担保に千両は借りられるかと……」

即座に二千両もの大金を用意出来る丹色屋の財力に舌を巻きつつ、話を続けた。

「送金まで二、三日か」

「しかし……仕入れや給金に当てる銭も含めての二千両。店はもう持ちません」

「出せぬと申すか」

十蔵は険しい顔で睨みつけた。福助には先ほどまでの狼狽《ろうばい》した様子は見られない。きっと十蔵を見返して言い放った。

「二千両が五千両でも出してみせます。私の命を質に入れてでも」

福助が金の用意のために、急いで店に帰っていくと、十蔵は文を携えて、南常盤町の景春宅を訪ねた。夜半に突然十蔵が現れたことで、驚きを隠せぬ景春であったが、すぐに事態が切迫していることを悟り、自室に招き入れる。景春は素早く行燈《あんどん》に火を入れ、二人顔を寄せ合って文を隅から隅まで読み直した。

「何ですか。この受け渡し方は。馬鹿げている……」

「確かに常軌を逸しておるな」

前半は通常の脅迫状だが、後半に記された受け渡し方は奇妙なものであった。府内二十箇所に百両ずつ置いてゆけというのだ。その場所は江戸府内全域に亘っている。

「全てを同時刻に……下手人は大勢いるということですかね」

脅迫状には万が一、下手人より早く誰かが拾って奉行所に届けても、丹色屋は名乗り出てはならぬと書かれている。では何のために二十箇所に分ける必要があるのか。取りに行く機会が増えれば増えるほど、下手人には捕縛の危険が伴うはずである。

「案外、狙いは百両なのかもしれぬ。そうすれば残る十九箇所は全て囮《おとり》となる」

「なるほど」

景春は手を打って感心した。武家奉公の下女の年収が四、五両。百両でも大金には違いない。

景春は再び文に目を落とし、怪訝《けげん》そうな顔をした。

「しかし……これは取りに行けますかね？　囮になりそうもない」

「うむ。何を考えておるのか皆目解らん」

指定された場所には不可解なものもある。それは人目が多すぎる日本橋の中心や、江戸郊外に住まう豪農の井戸に放り込めというもの。品川《しながわ》から真東に向けて海に漕ぎ出て、半刻進んだところで金を入れた袋を沈めるというものまである。

「ともかくやってみるしかあるまい。一つ頼みがある」

十蔵は仄暗《ほの》い部屋の中、小声で囁いた。

翌日、福助は早朝に借財を申し入れ、見事二千両を揃えてみせた。それを百両ずつ二十に分け、手代や丁稚《でっち》を全て借り出して、指定の場所まで運ぶように指示した。十蔵もそこに立ち会い、心配した景春も助けに駆け付けてくれている。

「景春、手筈はどうだ？」

「陽忍《ようにん》四十人がそれぞれの場所で待ち受けています」

「よくぞ一晩で集めてくれた。私用で隠密を使わせて済まない。難儀を掛ける」

「府内に跋扈《ばっこ》する盗賊を討つということで集めました。故に心配は無用です」

景春は微笑《ほほえ》んだ。飄々《ひょうひょう》としている景春であるが、土壇場での腹の据わりようは、やはり忍びと言えよう。

昨夜、十蔵が依頼したのは公儀《こうぎ》隠密四十人に、二人一組で現場を見張ってもらうことであった。実は最も疑わしいのは百両の金を運ぶ奉公人たちである。この中の一人が百両を得るために仕組んだならば、丹色屋が二千両を絞り出せることを知っていてもおかしくない。

未《ひつじ》の刻（午後二時）には全ての奉公人が持ち場に就き、時を報せる鐘が鳴ると同時に百両を置いてその場を去る。置かずに持ち去る者、あるいは置いた百両を回収する者が現れれば、すぐに景春の元に報せが来る。

申の刻、全ての奉公人が丹色屋に戻ってきたが、隠密からは何の報せもない。つまり全員が百両を置いたということで、奉公人が下手人という線は無くなった。

酉《とり》の上刻（午後五時）、一人の男が丹色屋に走り込んできた。福助や奉公人は何者かと色めき立ったが、景春が己の身内で協力者であると告げると、恐縮して頭を下げた。

「本郷《ほんごう》の百両、持ち去った者がおります。もう一人が後を追っております」

十蔵と景春は顔を見合わせて頷いた。さらに四半刻すると、尾行していた忍びが報告に戻って来て、何と懐から百両の包みを取り出した。

「足取りから見て一人でいけると踏み、締め上げましたが……ただ拾っただけとのこと。身元も確かめましたが嘘ではないようです」

下手人を捕捉したと思っていたので、一同の深い溜息が重なった。それから一刻（約二時間）、次々に報告が入ってきたが、どれもただ拾い、持ち帰ろうとしただけの者である。

「何かがおかしい。どこの金を誰が取りに来るというのだ……」

十蔵が呟くと、景春も頷く。

「幸い多くの金は戻って来ましたが、海のものは無理でしょうね」

「……そうか!!」

十蔵が叫び、皆驚いて身を竦《すく》める。

「既に取りに来ていたのだ」

「いえ、百両を手にした者は、皆この件と無関係の者ばかり」

「それが取りに来る者だ。下手人は金を得ようとしていない。丹色屋に金を捨てさせれば、後はどうでもよいのだ」

「どういうことで？」

福助が身を乗り出して尋ねる。

「お主が江戸に出たことで傾いた店はあるか？」

「同じ日本橋で呉服問屋を営む紅房屋《べにふさや》の利八《りはち》……うちの売り上げが伸びる度に、客が離れるようで、今までも何度か嫌がらせをしてきよって……」

「丹色屋の身代が潰れればそれで良いのだ。全てを捨てた今、吉太郎が危ない」

皆があっと声を上げた。十蔵はすっくと立ち上がると、丹色屋から飛び出す。それを福助、景春、奉公人たちが追いかける。

「来るな！　俺一人で片付ける！」

「しかし……十蔵さん」

福助の息が早くも上がっている。無理もない。衰えたとはいえ十蔵は、常人が全力で駆ける速度を四半刻でも維持することが出来る。

「俺の腕は知っているだろう。お前は吉太郎を出迎えてやれ」

初めて出会った時、福助は十数人のごろつきたちに囲まれていた。これを、助けに入った十蔵は完膚無きまでに叩きのめして追い払ったのだ。福助はそれを思い出したようで、大きく頷いて脚を緩めた。

「十蔵さん、一つしかないがこれを！」

景春が放った苦無を十蔵は摑《つか》み、再び前を見据えた。

灌仏会《かんぶつえ》を少し過ぎたばかりである。紅房屋に辿りついたが、辺りはまだ明るい。これでは忍び込むのは容易でないが、ためらっている暇はない。屋敷への忍び働きは、綿密な下準備をした上で行う。番犬がいるならば毒団子を食わせて排除し、見張りがいるならば時によっては音無く屠《ほふ》る。今回はそのような時もなければ、道具も持っておらず、出たとこ勝負でいかねばならない。

店に隣接して屋敷が建ち、正面以外は板塀に囲まれている。本来ならば塀に穴を穿《うが》ち、中の様子を窺《うかが》い乗り越えるが、十蔵はそれを端折《はしょ》って一気に身を引き上げた。頭だけ出した格好で庭を見るが、幸い人影は無い。庭に降り立つと、迷いなく母屋に向かう。砂利の音を極力立てぬよう、地に触れるのは足の親指と人差し指のみである。

――縁の下……いや天井裏か。

探るだけならば縁の下のほうが適当である。しかし場合によっては、吉太郎を救出するため躍り出ることがあるかもしれない。その点では天井裏が良い。十蔵は縁側の柱に取り付いて守宮《やもり》のようにするすると上った。屋根に身を這《は》わすように進み、中央まで行くと苦無で瓦を器用に取り外す。続いて露わになった屋根板を剝がした。瞬く間に一尺（約三〇センチ）四方の穴を生み出すと、身を捻《ね》じり入れて天井裏に降り立った。

見つかれば逃げ場を失う。柱や梁《はり》に手を添えて重みを逃がし、天井が軋まぬように、声の方へ少しずつ近づいていった。声の真上に来ると、苦無を錐のようにして天井に穴をあける。同時に、十蔵は顔を苦無に近付けて息を吹きかけ続けた。こうすれば木屑《きくず》が下に落ちて気付かれることは無い。

十蔵は穿った穴から下を覗《のぞ》き込んだ。まだ明るいというのに、部屋は早くも幾つもの行燈が灯されている。行燈の火は菜種《なたね》や荏胡麻《えごま》油ではなく、勿論魚油《もちろんぎょゆ》でもない。高価な蠟燭《ろうそく》が惜しげもなく使われていた。男が三人、肴《さかな》に箸を付けながら酒を呷《あお》っている。

「これで紅房屋も安泰というものでございます」

そう言って酒を注いだのは番頭のようで、それを一気に呷った上座の男が紅房屋の主人、利八であろう。今一人は奉公人ではなかろう。日焼けした髪を無造作に束ねた浪人風である。

「これ、先生にもお注ぎせよ。厄介な務めをたった百両で引き受けて下さったのだ」

利八に促されて番頭は浪人風に酒を注いだ。

「この程度なら百両でも十分というものだ」

浪人風は豪快に笑い、利八や番頭も卑しい笑い声を上げた。

「それに比べてあの男は……嗇《しわ》いと聞いていたが、まさか五百両とは」

利八は苦虫を嚙み潰したような顔となり、手酌でもう一杯呷った。

「あのような者を頼まずとも、これからも汚れ仕事は任せておけ。安くしておく。それにしてもどうして丹色屋の倅《せがれ》が、増上寺に現れると判ったのだ？」

「あの坊主は乞食どもに施しをしておりました。これは銭になると見た乞食の一人が……」

「なるほど合点がいった」

十蔵の懸念の通り、吉太郎の善意が仇《あだ》となったらしい。後は吉太郎の居場所さえ摑めればここに用は無い。利八は弛《ゆる》んだ頬を撫《な》でた後、指を三本立てて見せた。

「その乞食、口止めするに越したことはございません。これくらいで如何《いかが》でしょう？」

「三十両か。悪くない。引き受けよう」

部屋に充満した悪意に反吐《へど》が出そうになる。お役目とはいえ、十蔵も人を殺めていた過去がある。彼らはその頃の己に重なって見えた。

その時である。座敷の外が俄《にわ》かに騒がしくなった。忍び込んだことが露見したかとひやりとしたが、すぐにそうでないと理解した。何者かが奉公人の制止を振り払い、ずかずかと廊下を歩んで来ている。利八は動揺して杯を落とし、浪人風は傍らに置いた刀に手を掛けた。さっと襖《ふすま》が開いたが、穴が小さく十蔵から姿は見えない。

「驚きました……貴方様ですか」

利八は胸を撫で下ろし、浮かせた腰を落とした。

「報酬の額を訊いておいて、他に仕事を振るとは流儀を知らぬようだな」

「子ども一人を勾引《かどわ》かすのに五百両は高《たこ》うございます」

「丹色屋から二千両きっちり奪えばよかったのよ。さすれば千両でも安い」

「危ない橋は出来るだけ渡りたくないもので。山喰《やまくい》に頼るほどではないかと」

利八は落ち着きを取り戻してきたようで、小憎らしい顔をして見せた。

――妙なことになった。

十蔵も「山喰」の名は耳にしたことがある。どのような依頼も金さえ積めば万事成し遂げるという男である。その額が途方もないことから、狙ったやまに旨《うま》みが無くなるといった意味でそう呼ばれている。景春いわく、素性を探ろうとした公儀隠密は皆骸《むくろ》で見つかり、未だ正体は摑めぬらしい。

「それでこのような盆暗《ぼんくら》を使い、しくじったら元も子も無い」

山喰が鼻で嗤《わら》うと同時に、浪人風は片膝を立てて居合いを放った。しかし刀は虚しく宙を斬る。山喰は浪人風の胸倉を摑んで引き倒すと、頭を思い切り踏みつけた。とても畳の上とは思えぬ鈍い音がし、浪人風はぴくりとも動かない。十蔵からは山喰の足だけが見え、利八と番頭は顔を引き攣《つ》らせ怯《おび》えている。

「なあ、利八。高いにはそれなりの訳があるものだ。安物を相場より高く売るお主には解らぬか。その点、俺は丹色屋と同じ、買って損はさせぬものよ」

「しかし……もうやまは終わったのです」

利八は声を震わせながら言った。

「間もなくお主は命を落とす……やも知れぬ。五百両払えばそうならぬようにしてやろう」

山喰は、五百両払わねば今から利八の命を奪うというのか。十蔵は喉を鳴らして成り行きを見守った。

「どうだ？　早く決めよ」

「は、は、払う。だから見逃してくれ……」

利八は腰が抜けたのか手足をじたばたさせ、番頭は触れた膳が揺れるほど震えていた。

「承《うけたまわ》った。だが心得違いをしているようだ」

山喰が一歩踏み出し、ようやく十蔵の視界に入った。山喰の足取りは雲の上を歩くかのように軽やかで、まるで忍びを彷彿《ほうふつ》とさせる。それが脳裏を過った時、山喰の声が頭の中で何度も反響した。思えば聴き覚えのある声なのだ。思考を廻らせた。山喰は天井を睨み付けると同時に勢いよく抜き放った。

「お主を狙うはこいつよ！」

――鬼火《おにび》の禅助《ぜんすけ》!!

苦無が天井目掛けて飛来する。十蔵は穴から目を離すと思い切り仰《の》け反った。驚くことに苦無は板を突き破り、梁に突き刺さった。凄《すさ》まじい腕力《かいなぢから》である。次々に下から苦無が撃ち込まれ、天井裏に幾条《すじ》もの光が差し込む。

――このままではいかぬ！

穴が空いて弱くなった天井を足で踏み抜くと、部屋の下へと降り立った。屈《かが》んだところにすかさず白刃が襲い、十蔵は膳を蹴り飛ばして後ろへ跳び下がる。

「音無の十蔵……奇怪なこともあるものだ。公儀隠密を退いたお主とかち合うとは」

「三雲《みくも》禅助。姿を晦《くら》ましたお主がまさか山喰とは」

禅助は十蔵と全く同じ元文《げんぶん》三年（一七三八年）生まれ。甲賀組の隠密である。いや隠密であったと言うべきか。部屋住みの十蔵と異なり、歴とした三雲家の当主であったが、十蔵が辞したのと同じ六年前、ある事件をきっかけに突如出奔し、家は取り潰された。

禅助の腕は戦国の頃の忍びをも凌《しの》ぐと言われ、十蔵と双璧を成すと噂《うわさ》されてきた。禅助は特に火遁《かとん》の術に長け、故に鬼火の異名を取っていた。

「寺子屋を開いたと聞いたが、それは隠れ蓑《みの》か？」

禅助は、刀身を掌《てのひら》にひたひたと当て首を捻った。

「いいや。真に忍びは辞めたのよ。だが故あって今一度忍んでいる」

「なるほど……吉太郎はお主の筆子か」

二人が顔見知りとあって、利八は口をあんぐり開けていた。

「禅助、退け」

十蔵は苦無を眼前に構える。禅助は鼻を鳴らすと、すうと刀を正眼に構える。

「苦無一本で強がるな。それに見事に腕が鈍っているぞ」

火遁と言っても、通常は小火《ぼや》を起こし、その隙に侵入したり遁走《とんそう》したりするもので、長けた者でも火縄を使った時限発火を行う程度である。しかし禅助の火遁はそれらとは一線を画する。まさしく講談のような火術であった。

――炎桜《えんざくら》は使えぬはずだ。

禅助十八番の術を思い描いた。油を口に含み、種火に向けて霧状に噴き出す。火焔《かえん》の幕が敵を襲うという恐ろしい技である。

「狭い屋内で炎桜は使えぬと思ったな」

禅助は片笑みながら、見事心中を言い当てた。

「皆、焼け死ぬことになるからな」

「それはお主も同じこと。衰えた腕で薫風《くんぷう》が出来るか？　あれには惚《ほ》れ惚《ぼ》れしたものだが……そもそも太刀すら持たぬではないか」

六年ぶりに聞いた自身の技の名である。自ら名付けた訳ではない。後輩の誰かがそう呼んだ。驕っていた昔はまんざらでもなかったが、今ではその名を聞くのも疎《うと》ましい。

「ただの殺しの技よ……」

十蔵が言い終わるや否や、禅助は踏み込んできた。敢《あ》えて畳に足を滑らせ、紙一重で刃を躱《かわ》す。少しでも気を散らせば命は無い。禅助は刀を右手に持ち替え、さらに速く小刻みに斬りつけてくる。

――まだやれる。

密《ひそ》かに自信を取り戻し、苦無で刀を払おうとした刹那、禅助の左手がにゅっと伸び、十蔵は咄《とっ》嗟《さ》に腕を引いた。見ると膏薬《こうやく》らしきものが袖に貼り付いている。

「お主だけ焼けよ。焔野《ほむらの》蕗《ぶき》……」

禅助は低く言うと指を鳴らした。火花が迸《ほとばし》り、貼られた部分だけが激しく燃え上がった。禅助が斬撃を繰り出す。炎に意識を奪われて反応が遅れ、刃が頬を掠《かす》めた。飛び退《の》いて剝がそうとするが、尋常でない熱さに指を近づけることも難しい。

「肩は外したが……易々とは消えぬ――」

禅助の顔が歪《ゆが》んだ。躊躇《ちゅうちょ》なく踏み込んだ十蔵の苦無が、禅助の腕を深く切り裂いた。

「炭になるまで動けば十分。吉太郎さえ取り戻せればよい」

「む……利八は殺《や》らぬか」

「俺はもう誰も殺さぬ」

焔は袖全体にまで広がりつつあった。

「早《はよ》う消せ」

禅助は興醒めしたように言い放つと、左手をひらひらと動かした。苦無で袖を切り裂くと、何度も踏みつけて念入りに消した。

「油を練り込み火薬を塗《まぶ》した膏薬か。指に嵌《は》めた輪に、火打石と鉄を仕込んでおるのだな」

「焔野菸を一見で見破るか。さすがよな」

「忍びのくせに相も変わらず大層な名を付けるものだ」

山野に咲く野菸は種子に粘りがあり、人や獣に付着して範囲を広げる。そこから名付けたのであろう。

「これは俺の決め事と知っておろう……今一度訊くが、利八は殺さんのか？」

「ああ。吉太郎さえ戻ればよい」

禅助は利八へ向きなおると、片眉を上げげた。

「ならばこれで務めは終わり。五百両は後日受け取りに来る」

「ば、馬鹿な！　こやつを仕留めると言ったのでは――」

「いいや。俺は、お主は命を落とす……やも知れぬと申したまで。命は守ってやった。それにこいつを殺すに五百両は安い。猫かぶりしておるが、こやつは恐ろしい男故な」

不敵に笑む禅助は、取り出した紐《ひも》を腕に巻いて血を止めた。

「禅助……辞めた理由はお内儀とお子の……」

「飼い犬の身に嫌気が差しただけよ」

禅助は庭にふわりと降り立った。

「生きているにも拘わらず……迎えに行かぬお主には解らぬであろうよ」

禅助は哀しげに言い残すと、見事な跳躍を見せて塀を乗り越えていった。

「さて……利八。吉太郎は無事だろうな。さもなくば……」

向き直って凄《すご》むと、利八は下顎を震わせながら何度も首を縦に振った。

吉太郎は同じ敷地内にある蔵に押し込められていた。閂《かんぬき》を外して踏み込み、手燭《てしょく》で中を照らす。

荷に腰を掛けた吉太郎はきょとんとしていた。

「無事だったか……」

安堵《あんど》の息を洩《も》らす十蔵に対し、吉太郎は意外なことを問うた。

「親父は幾ら出した？」

「金二千両を打ち捨てた。幸いそのほとんどは戻ってきたが」

吉太郎が複雑な表情を浮かべて俯《うつむ》いたことで、十蔵に閃《ひらめ》くものがあった。

「二千両が丹色屋の限界だとお前が教えたのだな」

吉太郎はこくりと頷く。

「身代を失えば昔のように戻れると思ったか」

その問いにもやはり頷いた。

「福助が払わなければどうするつもりだったのだ。口達者なお前ならば、利八を騙《だま》して額を少なくすることも出来ただろう」

「払わへんかったらそれまでや。でも……」

「払ってくれると信じていたか」

吉太郎は小刻みに震え始め、今までで最も大きく頷く。その顔は涙で濡れている。十蔵はこつんと軽く額に拳骨を見舞うと、吉太郎の肩を抱き寄せた。

三

吉太郎を伴って帰ると、福助は暗い中、店の前でずっと待ち続けていた。二人の姿を認めると、転《まろ》ぶように駆け寄って吉太郎を抱きしめた。そしてしばらく声を上げて泣いた後、身を離し、吉太郎の頬を叩いた。

「どんだけ皆に心配かけんねん！」

「ごめんなさい……」

吉太郎も涙で顔をくしゃくしゃにして謝る。その親子の姿を見て、丹色屋の奉公人たちは歓声を上げる。十蔵もようやく肩の力が抜けるのを感じ、口元を綻《ほころ》ばせた。

「十蔵さん。ほんまにありがとうございます」

福助は吉太郎の背に手を添えながら、共に深々と頭を下げた。

「これからは二人で話を交わす時を持て。親子なのだからな。吉太郎も施しは己が稼いだ金で行うことだ。それも二人で相談してみよ。三方良しを掲げる福助ならば嫌とは申すまい」

「十蔵さん、何か御礼をさせて下さい」

福助は青義堂に多額の寄付をしたいと申し出たが、十蔵は断った。

「ならばせめて新しい着物でも。何なりとお持ち下さい」

禅助の焔野菰で燃やされ、袖を切り落としたため、なんとも不格好になっている。これも断ろうとした矢先、吉太郎が口を開いた。

「袖を繕うんやったらええやろ？　俺に直させてくれへん？」

「よし。ならば」

十蔵は帯を解いて襦袢《じゅばん》姿になると、着物を吉太郎に手渡した。

「先生……ありがとう」

吉太郎は着物をぎゅっと抱きしめながら言った。

「明日も来いよ」

吉太郎の頭にぽんと手を置くと、背を向けて夜の往来を歩き出した。初夏とはいえ夜ともなれば風は冷たかった。それなのに己は襦袢一枚の不様な恰好。肩を抱くように擦りながら、大きなくしゃみを一つ。背後から福助と吉太郎の笑い声が聞こえた。小っ恥ずかしくなって視線を空へやる。雲間から覗くふっくらとした月も優しげに微笑んでいるような気がした。

吉太郎誘拐事件から十日後、十蔵は景春宅で饅頭《まんじゅう》を頬張っていた。

その後、紅房屋の利八は奉行所に引っ立てられ、今も吟味《ぎんみ》が行われている。それによれば、段取りが些か杜撰《ずさん》だったのには訳があったようだ。老中格に昇った田沼意次《たぬまおきつぐ》は、近く株仲間の強化を図ると噂されていた。それまでに新参の丹色屋を追い落とし、二度と江戸で商いが出来ないようにするため、焦って吉太郎を攫《さら》ったらしい。

「江戸で新たに商いをする者はいなくなるでしょうね」

景春は二つ目の饅頭に手を伸ばし、呆れ顔で言った。

「そこから税を取らねば政《まつりごと》が立ちゆかぬほど、公儀の財政は逼迫《ひっぱく》しているということだろう」

公儀隠密をしていた頃は、政に微塵《みじん》も疑いを持たなかったが、寺子屋の師匠となった今、世の動向を直視せずにいる訳にもいかない。

「それで庶民の暮らしはよくなると？」

「今よりはましになるのではないか。方々の金山銀山は枯渇し、米収だけでやっていくには限界がある。年貢を増やして寛延《かんえん》から宝暦にかけて多くの一揆が起きただろう」

「上田《うえだ》騒動……も、そうですね」

いつも明るい景春であるが、この時ばかりは暗い面持ちとなった。

「もう七年になるか」

十蔵は瞑目して顔を仰向けた。迂闊《うかつ》なことを口に出したと思ったか、景春が話を転じる。

「丹色屋は春が二度来たように明るくなったとか」

「やはり親子なのだ。解り合えぬはずはない。福助はそれを諦めかけていた。望みを失ってはいかん」

「よかったではないですか。ふふ……それがその御礼ですか？」

ここに来た時も景春は大いに笑ったが、まだ笑い足りぬと見える。十蔵が失った袖は吉太郎によって修復された。黒地の着物に付け直されたのは、女物の緋色の友禅である。

「笑うな。吉太郎はこれが必ず流行《はや》る世が来ると、大真面目に申している」

「絵師の私から見ても大胆な色使いですがね」

「それが既に問い合わせと注文が殺到しているらしい」

十蔵がこれを着たのは二度目であるが、往来を歩けばどこで買ったのかと問われること一度や二度ではない。それが早くも評判となり、丹色屋には数十の注文が入っている。

「蛙《かえる》の子は蛙。吉太郎は商売上手ですな。十蔵さんを歩く見本に使っている」

景春は可笑《おか》しくて仕様がないようで、膝を叩いて目尻に浮かんだ涙を拭った。

「ところで例の件はどうであった」

十蔵の一言で、すっと真顔になった景春は身を乗り出した。

「鬼火の禅助が山喰であることは疑いようがなく、公儀隠密もその線で探っています」

「利八と禅助の接点は？」

「山喰に渡りをつけるには幾つも噂があり、利八はその内の一つ、不忍池《しのばずのいけ》の北東、小さな祠《ほこら》から十四本目の松の木に、名を記した紙を括《くく》り付ける方法を採ったようです。利八は他の繋《つな》ぎ方は知らず、我々も同じようにしましたが……」

「現れぬか。もうその繫ぎは断《た》ったな」

噂のほとんどは禅助が自ら流したものだろう。そうすることで真の手蔓《てづる》をぼやかしているに違いない。それに禅助ほどの忍びが相手の素性を調べぬまま現れることもあるまい。

「また何か動きがあればお知らせします」

「相変わらず凄まじい腕前だ。お主は知らぬうちに消えおって」

「ひどい言いようだ。急いで十蔵さんの家に刀を取りにいったのですよ。しかし切り札の薫風を使わねばならぬ事態とは……」

「そこまで名が通っておれば、とても切り札とは言えぬな」

「来ると分かっていて避けられぬ。それが薫風でしょう」

「どうだかな」

十蔵は愛想無く答えた。忍びを辞めたとはいえ、守りたい者のために、再び戦わねばならぬ局面が来るかもしれない。その時、心を凍りつかせ必殺の技を仕掛けることが出来るだろうか。そのようなことをぼんやり考えながら、もう一つ饅頭を割って口に入れた。

第三章　源也の空

一

源也は常に物静かであった。

鉄之助の悪戯《いたずら》には友のよしみで付き合うものの、決して自ら企てる性質ではない。むしろ目立つことを嫌う。また常に喋《しゃべ》り続けている吉太郎とは正反対で、口数は極めて少ない。だが不思議と二人とは馬が合うようでとても仲が良かった。

源也の父で、江戸でも三指に入る大工の棟梁定一が、青義堂に乗り込んできたのは、蟬《せみ》の囂《かまびす》しさも落ち着く夏の終わりのことであった。

「源也を辞めさせようと思います。先生にはお世話になりました」

寺子屋は十三、四歳まで通って辞めることが一般的で、源也にはまだ二年ほど間《ま》がある。それを唐突に辞めさせるというからには、のっぴきならぬ事情でもあるのか。十蔵は招き入れて話を聞こうとしたが、定一は玄関先で構わぬと言い張った。

「何か私に不手際でもありましたか？」

「先生にはお世話になりました。もう『番匠《ばんしょう》往来《おうらい》』も半ば修得したと聞いております。倅《せがれ》にはそろそろ俺から大工仕事を教えようと思うのです」

十蔵は腕組みをすると、小さく唸《うな》った。

「焦らずとも、今少し学ばせてやってはいかがですか？　二年後でも遅くはない」

「お言葉ですが、遅いくらいでさあ。俺があいつの年の頃は、もうとっくに大工のいろはを叩《たた》きこまれていやしたぜ？」

定一は生粋の江戸っ子で言葉遣いが荒い。感情が昂《たかぶ》ったからか地金が出始めている。

「人との関わり方を学ぶ機は今しかありません。それはいずれ跡を継いだ時に役立つはず」

「跡を継ぐねえ……どうだか」

定一が吐き捨てるように言ったのが気に掛かり、十蔵はさらに踏み込んで訊《き》いた。

「大工仕事を学ぼうとしねえで、訳の判らねえ物ばっかり作ってやがる。叱り飛ばしてやったら、ぼそっと大工になりたくねえなんて言うもんだから、思い切り拳骨を見舞ってやった」

「では何になりたいと言うので？」

十蔵の興味はそちらのほうに向いたが、定一はそれどころではないらしい。

「知らねえよ。だからこそお宅を辞めさせて、即刻修業に打ち込ませたいのよ」

よく似ている吉太郎親子とは違い、本当に血が繋《つな》がっているのかと首を捻《ひね》りたくなるほど、この二人の気性はかけ離れている。父である定一がそこまで言えば、十蔵には抗《あらが》うことは出来ない。

定一は鼻息荒く去って行った。

翌日、源也は見るも憐《あわ》れなほどに落ち込んでいた。講義の間も潮垂れて身が入らぬ様子である。十蔵はすぐにも話を聞いてやりたくて、いつもより早く講義を切り上げた。鉄之助などは嬉々《きき》として帰り支度にかかり、千織は不満げに頬を膨らませていた。

「源也、ちょっと来い」

手招きすると、源也は肩を落としながら寄ってきた。

「親父殿から聞いた。お前はどうしたいのだ」

「辞めたくない……です。お前たちは仲が良いものなあ」

「お前たちは仲が良いものなあ」

十蔵は微笑して頷《うなず》き、優しく続けた。

「大工仕事は嫌か？」

「嫌ではないのです。ただ……」

源也は俯《うつむ》いてなかなか言わない。そこで十蔵は顔をそっと近付けた。

「誰にも言わぬと誓う。先生に教えてくれ」

源也はちらりと後ろに目をやった。鉄之助と吉太郎が談笑している。

「なるほど。あやつらは知っておるのか」

十蔵が溜息《ためいき》交じりに言うと、源也は伏し目がちのまま頷いた。

十蔵は日本橋北大伝馬町にある丹色屋を目指した。吉太郎の家に答えがあるというのだ。

「あーあ。何で先生に言ってしまうかなあ」

道場を休んだ鉄之助は、源也をちらりと見てぼやいた。

「ごめん……」

身を小さくして歩く源也を憐れと思ったか、吉太郎が間に入る。

「まあええやん。先生も他言せんと誓ってはるんやし」

「でもさ、あそこには先生をぎゃふんと言わせるための物もあるのによ」

鉄之助は宥《なだ》められてもまだ不満げで道中ぼやき続けていた。

四半刻（約三〇分）もすると丹色屋に着いた。店は手代一人で二、三人の客を相手にするほどの繁盛ぶりである。吉太郎が図案を描いた着物の人気はまだまだ続いているらしい。

「十蔵さん！　いらっしゃい。吉太郎がまた何か――」

番頭に呼ばれて元気よく暖簾《のれん》を分けた福助であったが、奇妙な取り合わせを見て顔を引き攣《つ》らせた。

「いいや。今日は吉太郎のことではない」

「旦那、私のことを信用してへんやろ」

吉太郎は、店では福助のことを「旦那」と呼ぶようになっていた。福助はその成長を心から喜んでいるという。

「どんな時も子を心配するのは当然や。ねえ皆さん」

福助が客に向けて言ったものだから、年配の客などは微笑《ほほえ》みながら頷く。店の雰囲気は明るく、良い商《あきな》いをしていることが窺《うかが》える。

「裏の蔵へ入ってよいか?」

「ああ、あれですか! 吉太郎が貸せと言うから空けてあるんです。何や得体の知れへんでっかいもん置いてありますなあ」

「旦那、入ったらあかんて言いましたよね?」

「あっ——つい……すまん!」

福助が息子の吉太郎を拝んでみせたものだから、店は再び笑いに包まれた。

店を抜けて奥へと進むと白壁の土蔵が三つ。そのうち二つが大きく新しい。残る一つは小さく些《いささ》か古ぼけている。目的の物はこの小さな土蔵にあるらしい。吉太郎が錠前を開けると、鉄之助が素早く閂《かんぬき》を抜いた。低い音と共に扉が開く。土蔵には三か所小窓があり、そこから外光が差し込んでいる。その光が重なる所に、得体の知れぬ物が置いてある。

「何だ……これは」

「千里車……陸船車《りくせんしゃ》とも言います」

ぽつりと言った源也の肩を、鉄之助は軽く叩き、訂正した。

「源也式陸船車だろう」

名を聞いても、それが何なのか全くぴんと来なかった。

形状としては田植えの時に使う田舟に近いか。その両側に木の車輪が付いている。舟の部分の長さは八尺(約二・四メートル)と少しで、幅は子どもが通れるくらいであろうか。

車輪の径は盥《たらい》ほどと大振りで、舟の部分は僅かに宙に浮いている。径に比して厚さは畳《たたみ》ほどもなく薄い。車輪には硬い樫の木を使っているようで、加工するだけでもさぞかし大変であったろう。

「これは走る……のか？」

「はい。こちらに来て下さい」

十蔵は促されて舟の後方へと回り込み、源也の指差す中を覗きこんだ。

「あの箱の中にある板を踏むと大きな車が回り、前輪に配した小さな車に伝わり車輪を回します。二本の綱は前輪と後輪を繋いでおり、舵を切ることが出来ます」

源也はいつになく饒舌《じょうぜつ》であった。

「こんなものよく思いついたな」

「いいえ。これは四十年ほど前、武蔵国《むさしのくに》児玉郡北堀村《こだまぐんきたほりむら》の百姓、庄田門弥《しょうだもんや》という者が開発し、将軍様にも献上されています」

公儀隠密の家に生まれた十蔵だが、このような物の話は聞いたことが無かった。恐らく、享保《きょうほう》六年（一七二一年）に、幕府が各藩の新技術を抑え込むために出された「新規御法度」、つまり発明を禁じる法令によって流布しなかったのであろう。

「すごい才だ。舌を巻いた」

十蔵が感嘆の声を上げると、源也は嬉《うれ》しそうに頬を染めた。

「もう少しで走れるようになります」

「これがしたいことか？」

源也は鉄之助や吉太郎と目を合わせ、互いに微笑みあった。

「先生、周りをよく見てみろよ」

陸船車の衝撃があまりに大きく、鉄之助に言われるまで気が付かなかったが、蔵のあちこちに、用途不明の見慣れぬ物が散乱している。中には小さな人形のようなものもあった。

「絡繰《からく》り、か？」

「はい……絡繰り師になりたいのです。しかし絡繰りは表立っては御禁制……」

「なるほど。だから親父殿には言い出せなかったか」

随分前から鉄之助と吉太郎は源也の才に気付いて興味をそそられ、吉太郎が福助に頼み込んで、蔵や材木などを用意したという。

「ここが三人の隠れ家ちゅう訳です」

吉太郎は胸を張って袖をひらりとはためかせた。源也が再び口を開く。

「行きたいところがあるのです……そのために作りたい物も」

源也の声はか細いものであったが、普段とは違って熱が感じられた。

「既にこれほどの物を作れるのだ。これ以上何を？」

源也は頭上を指差した。指の先には小窓があり、光が差し込んでいる。

「……空へ」

目を細めて窓を見上げる源也の頬を、柔らかな光が照らす。十蔵はその横顔に得も言われぬ神々しさを感じ、はっと息を呑《の》んだ。源也が見つめているのは、小窓から覗《のぞ》く小さな景色ではなく、その向こうに無限に広がる蒼天《そうてん》であろう。

「どこも親子というものは大変なようですね」

景春は木皿に盛った桜餅に手を伸ばした。桜の葉は塩漬けされているため、夏の終わりでも桜餅は手に入る。

景春は十蔵が訪ねる時、決まってこのような甘味を用意してくれている。実は十蔵は下戸であり、生粋の甘党なのだ。躰《からだ》が酒を受け付けず、いくら訓練を積もうともこれだけはどうにもならなかった。

忍びの務めにおいてこの弱点のせいで苦労したことも多々あった。姿を変え、標的と酒を酌《く》み交わして情報を得ねばならない時などは、他の者に代わってもらわねばならぬほどであった。その一方で酒に呑まれる心配がないため、躰を駆使しての任務には重宝された。

十蔵は桜餅を手に取ると、大口を開けてかぶりついた。甘美な餡《あん》に、桜の葉の塩気が混じり格別に旨《うま》い。

「山本屋《やまもとや》の桜餅だな」

「さすが十蔵さん。御名答」

江戸名物として人気が高い向島《むこうじま》、隅田川《すみだがわ》沿いの「山本屋」の桜餅である。享保二年（一七一七年）、長命寺《ちょうめいじ》の門番だった山本新六《しんろく》は、塩漬けにした桜の葉で餅を包むことを考えつき、店を開いた。一個四文で、約五十年経った今でもこの価格で売られている。他にも似たものは多く出ているが、やはりこの山本屋の桜餅が一段美味であった。

「源也は、いつか空を飛べる絡繰りを生み出したいらしい」

景春は手に取った餅を口に運ぶのも忘れ、絶句している。

「正気ですか？」

「当人はいたって大真面目だ」

「空を飛ぶなんて……地降傘《じおりがさ》が精一杯でしょう」

忍びが高所から飛び降りる際、通常の傘よりも骨が強靭で、紙でなく布を使った地降傘というものを使うことがある。傘を広げて少しでも風を得ようという代物である。もっともこれでは飛ぶ、というほどではない。着地の直前に傘を捨てて、猫のように両手両足、そして同時に刀の鞘《さや》を地に擦り、うまく衝撃を分散させねば怪我を負う。

「そのためには豊富な材料が必要で、何度も試行錯誤せねばならぬと言う。一年や二年で出来るものではないらしい」

「なるほど……大工の道に進むとそれにだけ打ち込んでいる訳にはいかなくなるのですね」

「忍びの世界には常人離れした達人がいる。源也の絡繰りづくりの手掛かりはないかと考えているのだが、心当たりはないか」

忍術には多くの流派があり、その中には十歳も知らぬ秘技がある。また禅助の火遁《かとん》のように、個人で特異な技を生み出す者もいる。噂《うわさ》には聞くものの、そのほとんどが口伝であり、他流の者には知る由もない。

「あくまで噂ですが……丹波村雲流《たんばむらくもりゅう》、むささび蓮平《れんぺい》。信濃戸隠流《しなのとがくしりゅう》、空網《そらあみ》の与一《よいち》。あるいは陸奥《むつ》中川流《なかがわりゅう》、蝙蝠《こうもり》の倣《ならい》あたりが秘伝の飛行術を持っているとか」

「蓮平の技は枝の撓《しな》りを使って木々を渡るもの。妙技には違いないがあくまで跳躍の域を出ない。跳ぶということならば、蓮平よりも優れた恐ろしき者はいた。それに……既に奴《やつ》はこの世におらぬ」

「蓮平を仕留めたのは十蔵さんでしたね……失念しておりました」

日ノ本五十余州には三百を超える忍術の流派があり、泰平となった今でも多くの大名が密《ひそ》かに抱え込んでいる。他国を探る公儀隠密《こうぎおんみつ》にとって、大きな障害となるのが彼らの存在であった。十蔵も任務をこなすにあたり、数多くの忍びと刃を交え、そして葬ってきた。

「その与一や倣は知らぬな」

「十蔵さんが辞めてから頭角を現した者ですからね」

「いかなる技を使う」

「それがとんと。ただ空を飛ぶとしか」

景春は苦笑して首を傾けた。

「全くか……一度刃を合わせれば判りそうなものだが」

「それは十蔵さんだけです。この十余年のうちに、公儀隠密の質も下がったと、上は常日頃からぼやいています」

景春は大袈裟《おおげさ》に困り顔を作ってみせた。

「それほどか？」

「新しい者はなかなか育たない。そこでさらに伊賀組は十蔵さん、甲賀組は禅助と、稀代の忍びが相次いで辞めたのですから、それも仕方ないことです。坂入の組でも死者が出て、九兵衛様は難儀をしておられます」

「兄上が……」

もう長いこと兄の顔を見ておらず、時折夢に出てくる姿も昔のままであった。それにしても死者多数とは如何なることか。それほど各地に密偵を放つご時世には思えない。考えを察したか、景春は重々しく語りだした。

「例のお化けですよ」

「ああ……例の。遂に死人も出たとか」

夏の初め頃から、妖怪変化が出ると府下を騒がせている。目撃者は昼夜問わず働く早飛脚や、夜の警備を行う木戸番が多く、いずれも夜更けに見たという点で一致していた。

しかし肝心の、彼らが見たというお化けの話が全て異なる。ある者は凄《すさ》まじい速さで地を這《は》う坊主だと言い、またある者は宙返りをする乙女だと言う。さらには弓に矢をつがえて射てくるというものまである。あながちそれが嘘ともいえないのは、矢で胸を射貫《いぬ》かれて死んだ丁稚《でっち》が馬喰《ばくろ》町《ちょう》で見つかったからである。

「幕閣の方々は、何者かがこの怪奇によって治世を揺るがそうとしているとお考えで、解明を公儀隠密に命じられました。表に出ていませんが隠密の被害は既に四人を数えています」

「町方も恐れて黄昏時《たそがれ》には家に帰るようになったものなあ……ところで、そのような内情を話してよいのか？」

「何、十蔵さんですもの」

景春はへらへら笑いながら、桜餅を丸ごと口へと放り込む。さすがに大き過ぎたか、喉を詰まらせたようで急ぎ茶で流し込んだ。このうっかり者振りで、よく隠密が務まってきたなと思うのだが、案外このような景春のほうが市井《しせい》に紛れ込むには丁度良いのかも知れない。茫《ぼう》と考えながら、半分になった桜餅を口に入れた。

二

——何かおかしい……。

講堂の襖《ふすま》に手を掛けた時、十蔵は違和感を持った。ここ数年ですっかり鈍った忍びの勘だが、禅助とやりあったことで冴《さ》えを取り戻しつつあった。

入り口から身を逸らし、手を伸ばして襖を一気に開け放つ。眼前を細い水流が威勢よく横切っていく。中から鉄之助と吉太郎の落胆の声、それが静まると続いて呆《あき》れたような鼻を鳴らす音が聴こえた。これはどうやら千織らしい。

「誰だ、と訊くまでもないな。げ……」

鉄之助が手に持っている物を見て、思わず素っ頓狂な声を上げてしまった。

「あーあ。今日は久しぶりに上手くいくと思ったのに」

「何だ。その恐ろしく大きな……水鉄砲……か？」

鉄之助が構えているのは、一応鉄砲の形をしている。しかし銃口と思《おぼ》しきものが僅か二分（約六ミリ）程しかないのに対し、筒《つつ》、台木、台尻いずれも愚かしいほど大きい。構えていると言うより、何とか持ちあげているように見えた。

「竜吐水《りゅうどすい》を持ち運べるようにと……まだまだ大きいですが。吉太郎が小《こ》竜吐と名付けてくれました……」

「なるほど。これは良い。水はどうする？」

「水も含め一人で持てるようには出来ませんでした。水桶も今一人が持って後ろを行き、手押しの喞筒《そくとう》を使って管で水を……」

「詳しくは解らぬが、見事なものだ。ちょっとした小火《ぼや》なら消せる。火消が欲しがるぞ」

褒められて源也は嬉しそうに頬を染める。

「前の仕掛けは上手くいったのに、これは駄目かよ」

鉄之助はつまらなさそうに小竜吐を撫《な》でた。

「それはお前の殺気が――」

十蔵はそこまで言いかけて口を噤《つぐ》んだ。己が忍びであったことは筆子《ふでこ》の誰にも話していない。鉄之助でも剣の心得がある程度にしか思っていないだろう。

――なるほど。そういうことか。

人が操る絡繰りは、どうしても人の気配が宿るので気づきやすい。それに対して仕掛けっぱなしの絡繰りは、ただの物になるため、余程見極めにくいのだ。しかし一流の忍びともなれば、罠《わな》に残った僅かな思念をも感じ取れる。かつて十蔵もそうであった。

——まだ戻ってはいないようだ。

そっと胸を撫で下ろした。昔の己にはどうしても戻りたくなかった。その頃の記憶はどれも灰色の景色でしか残っていない。

「先生、いい加減講義を始めて下さい」

千織が冷たく言い放つ。十蔵は慌てて片付けを命じると、自身は中央に座った。

「さて……徳次郎《とくじろう》は『百姓《ひやくしよう》往来』の続きを、お春《はる》は『女今川』、藤太《とうた》は『船方《ふなかた》往来』……こら千織、『孫子』はしまえ」

一人一人に語りかけると、改めて今の暮らしに幸せを感じて、十蔵は口元を綻《ほころ》ばせた。今、己の目に映るのは美しい色彩の景色である。

講義を終えた後、十蔵は重箱を手に向島長命寺の門前にある山本屋を目指した。定一を訪ねるにあたり、桜餅を手土産《みやげ》にするつもりである。

定一は日暮れ時まで浅草で大工仕事をしており、話ならそこで聞くと言われている。指定の所まで行くと、定一の姿があった。木槌《きづち》の軽妙な音が響く中、配下の大工にてきぱきと指示を出している。

「先生、すまねえな。こんなところまで足を運ばせちまって」

十蔵の姿に気付くと、定一は手拭いで汗を拭きながら歩み寄って来た。

「こちらがお願いしたこと。手を止めさせて申し訳ない」

「まあ、座って下さいな」

定一は打ち捨ててある木箱を裏返して埃《ほこり》を払うと、二つ並べて床几《しょうぎ》代わりにした。

「皆さんで食べて下さい」

十蔵は先ほど買ったばかりの桜餅が入った重箱を手渡す。

「気を遣わせちまったな。折角だから一つ呼ばれるか」

定一は重箱の蓋《ふた》を開けて桜餅を取ると、歯で毟《むし》るように食った。

「旨い。甘さに塩気を合わせるとは、これを考えたやつは天才だ」

「山本新六という男です」

「へえ。さすが先生、よくご存じだ。腕の良い菓子職人ですかい？」

「いいえ。元は長命寺の門番です」

定一はこちらの意図を察したか急に黙り込み、咀嚼《そしゃく》だけを続けた。十蔵は仕事に励む大工たちに視線を移しつつ語りだした。

「源也は絡繰りを生み出す途轍《とてつ》もない才を持っております」

「そうだな」

前回会った時、定一は何を作っているか判らないと言っていたが、その正体が何であるか知っていたようである。

「大工を継がせるなとは申しません。絡繰り作りを続けさせてやって欲しいのです。幸いその才は大工になっても邪魔にならぬと思いますが」

「先生。何も解っちゃいねえな。似て非なるものよ。絡繰りは奇抜な発想で物を作る。それが人を幸せにするか、不幸せにするかなどお構いなしさ」

定一は残りの餅を口に入れ、指をねぶりながら続けた。

「しかし大工が作るものは人の営みよ。奇抜でなくとも良い。ただ安心があれば」

定一の言うことは説得力があった。確かにその通りだろう。だからといって十蔵の想いは変わらない。自分が味方してやらねば、誰も応援してやる大人はいないのだ。次の言葉を捻り出そうとしていると、定一がぼそりと言った。

「源也は優しすぎる」

「はい……それが源也の良いところでもあります」

「あれじゃ荒くれ者揃《ぞろ》いの職人たちを、とてもまとめ切れねえ。そのためにも大工の気風に揉《も》まれないといけねえ」

「しかし源也はそう簡単に定一さんのようには……」

「似てなくて当然」

定一は短く言った。そして、眉を顰《ひそ》める十蔵をじっと見つめ、低い声で絞るように続けた。

「あいつに俺の血は入ってねえ。ここからは俺と先生だけの秘密だぜ」

十蔵は突然の告白に言葉を詰まらせた。定一は細く息を吐くと、記憶を手繰るようにゆっくりと語り始めた。

源也の母は、定一が世話になっていた親方の娘であった。その親方の世話で夫婦《めおと》になったのだが、その時には既に誰かの子を身籠っていたという。

「俺も若かったからな。そりゃあ荒れたさ。しかし恩人の娘だ。無下にすることも出来ねえ……それに俺も心底惚《ほ》れていたしなあ」

やがて生まれたのが源也である。定一は、血の繋がらぬ源也を実の息子として育てることを決意した。だが源也が二歳になった頃、驚くことが起こった。

「男と駆け落ちしたのさ。自分の腹を痛めて産んだ源也も置き去りにしてよ……あいつは母より女が勝る性分だったらしい」

「そのことを源也は？」

「知らねえ。母親は源也が赤ん坊の頃に死んだってことになっている」

定一は他人の子である源也をここまで育ててきたことになる。さらには己が一代で築き上げた大工の組を、その源也に譲ろうとしているのだ。ここに至るまで数々の苦悩や苦難があったに違いない。定一は遠くを見つめながら続けた。

「大変だったぜ。男手一つでよ。あいつが小さな頃は、何でおっ母《かあ》はいないのって泣きじゃくってさ。空からお前を見ているなんて嘘までついちまって……」

「そうか……それで！」

声を大きくしたものだから、定一はきょとんとしている。源也が何を成そうとしているのか。秘密にすると約束した手前躊躇《ためら》われたが、定一にはどうしても伝えるべきだと思われた。

源也がどんな絡繰りを作ろうとしているのか。それを語ると定一は下唇を強く噛《か》み締めた。そして、

「空へ……か」

と深い溜息を洩《も》らし、天を仰ぐ。

どんな心境なのか、人の親でない十蔵には想像は出来ても、窺い知ることは出来ない。ただ、定一の横顔に男の悲哀が滲《にじ》んでいることだけは見て取れた。


定一を訪ねて数日、源也はすっかり諦めきっているようであった。

「おっ父は、おいらが気弱なのが歯痒《はがゆ》いのです……」

確かに海千山千の職人たちを纏《まと》めていくには、それなりに押しも強くなければ務まらない。加えて当人は知らないが、実子でない源也だからこそ、定一亡き後は実力で従わせていかねばならない。その事を考えれば少しでも早く仕事を覚えさせ、度胸も付けさせたいのが定一の本音であろう。

「優しいのは良いことだが、もう少し心を強く持ってもよいかもな」

「はい……しかしどうしても緊張すると手が震え、汗が噴き出て、前後不覚になります」

青義堂に通い始めの頃、源也に朗読をさせようとしただけでそのようになった。汗の量たるや

尋常ではなく、何かの病ではないかと疑ったほどである。

「先生、源也は……」

聞き耳を立てていた鉄之助と吉太郎が、話に割り込んできた。

「うむ。今一度親父殿と話そうと考えている」

「うちみたいに話せば解り合えるんやない？」

吉太郎は自分の経験に重ね合わせて言うが、今回は微妙に違うだろう。

「無理だと思う」

源也は小さく頭を横に振った。

「定一さんは頑固そうだからなあ。俺なら大喧嘩《おおげんか》してしまうな」

確かに鉄之助の気性ならばそうなってもおかしくない。

「おいらはそんな……」

「お前も気弱過ぎるんだよ。お化けの話が出るだけで震えあがっちまうもんな」

「うん。おいらが変わらなければ、何度話しても同じかもしれないね……」

鉄之助の言葉が響いたのか、源也は思いつめたように俯いていた。

その日の夕刻、十蔵は藤川道場を訪ねた。人の機微を見るに長《た》けた弥三右衛門ならば、何かよい案を出してくれるのではないかという淡い期待からである。

弥三右衛門は十蔵とは異なり無類の酒好きである。折角だから一杯やりながらが良いと言われ、道場の近所にある、弥三右衛門馴染みの小料理屋「重福《しげふく》」に連れ立った。

「ここは鰻《うなぎ》が旨いのだ」

弥三右衛門はそう言って唇を親指の付け根でなぞって見せた。江戸風に蒸しあげることなく、上方風に少量の炭火でじっくりと焼く。皮は薄い煎餅のように香ばしく、食らい付けば中に閉じ込められた脂が口いっぱいに広がる。これに合うというので、弥三右衛門は夏だというのに熱燗《あつかん》を頼む。下戸の十蔵にはさっぱり解らぬ理屈であった。

「まあ、聞いて下さいよ……」

弥三右衛門は手酌でやるのが好みらしく、十蔵が語っている間も次々に杯を重ねていく。全て語り終えた時、弥三右衛門がようやく口を開いた。

「定一と言ったか？　儂《わし》には真の親になろうと、もがいているように思える」

「それはそうでしょうよ。血の繋がりはないのだから」

「親はそう思うだろうな。だが馬鹿にした話よ」

弥三右衛門は小女にもう一本熱燗をつけるように言い、銚子から最後の一滴まで杯に移した。

「馬鹿にしている？　誰をです？」

「源也だよ。気負わずとも父だと思っているさ。だからこそ定一の想いも全て汲《く》んで、打ち明けられずにいるのだろう」

「父と思うからこそ苦しんでいるということですか……」

「もしやすると、源也は己の母のことも、全て知っておるかも知れぬ」

「それはどうでしょう」

「十蔵。子どもを舐《な》めてはいかぬぞ」

弥三右衛門は穏やかな顔のままだったが、目だけは獣のように光っており、思わず気圧された。喉を鳴らす十蔵から視線を外し、弥三右衛門は続けた。

「時に子どもは大人より鋭敏だ。だからこそ我々が些細と思うことでも、喜び、哀しみ、怒ることが出来る。それに寄り添い、叱り、導くのが師匠という生き方よ」

弥三右衛門が師匠を生業《なりわい》ではなく、生き方と言った意味も今の十蔵ならば理解出来る。

「ごもっとも。さすが弥三さんは俺の師匠だけありますな」

弥三右衛門に剣の手解《てほど》きを受けた日々を思い出した。確かに己にもそのように接してくれていたように思う。

「そもそも大人と子どもの境はどこぞ。儂の腹の内を探っても、どうやら童心しか入っておらぬ。子どものままで酒を呑み干しておるわ」

弥三右衛門はからからと笑い、再び杯を口に運んだ。そこからさらに半刻（約一時間）ほど経った頃には、弥三右衛門の胃の腑《ふ》には、七合を超える酒が流し込まれ、頬にもほんのり紅色が差してきた。

そんな時、重福に向かって慌ただしく駆けてくる跫音《あしおと》を、十蔵の耳朶が捉えた。

「十蔵……何者だ」

剣の達人ではあるが、弥三右衛門はあくまで陽忍《ようにん》である。闇に紛れ数々の任務をこなしてきた十蔵のほうが、五感が鋭いことを知っている。

「景春のようです」

十蔵が立ち上がった時、丁度戸が勢いよく開け放たれた。果たしてそこに立っていたのは、息を切らした景春である。

「おお、絵師の坊《ぼう》か。こちらへ来て一緒に呑め」

弥三右衛門と景春は、互いが公儀の陽忍を務めていることは知っている。日常では挨拶をする程度の知己に見せてあった。

「十蔵さん、大変なことになりました」

小声で話さねばならぬようで、景春は青ざめた顔で近くに座った。

「いかがした」

十蔵が問うている間も、弥三右衛門は手酌で杯を重ねる。

「端的に申します。源也がいなくなりました」

「またか！」

講義を終えた源也は昼過ぎに帰宅した。そして夕刻に湯漬けを一杯食った後、青義堂に忘れ物をしたと言って家を出た。その後、暗くなっても戻らなかったので定一は迎えに行ったが、青義堂には人気《ひとけ》が無く、源也の姿もない。定一は困り果てて隣の家で、十蔵の居所を聞いた。隣の婆様は景春の家によく行っていると教えたという次第である。

「定一さんは若い衆を集めて源也を捜しています。もしや十蔵さんは藤川様のところかと思い、道場に伺い、ここを知り得た訳です」

「吉太郎に続いて源也も……また攫《さら》われたのではあるまいな」

「いえ、それが……」

景春が言葉を切る。十蔵は身を傾けて耳を近づけた。

「吉太郎もいません。鉄之助の家からも同様の問い合わせが……」

眩暈《めまい》を起こしそうになるのをぐっと堪《こら》え、十蔵は言った。

「あいつら、共にいるな」

「恐らく」

弥三右衛門は追加の酒をやめにすると小女に言うと、唇を指でなぞった。

「儂も捜そう。鉄之助は藤川道場の弟子でもある」

「弥三さん、すまない。それにしてもどこをどう捜せばよいのだ……」

「近頃、府下も物騒ですからね。お化け騒動もある……」

景春がそこまで言った時、十蔵と弥三右衛門は顔を見合わせた。

「十蔵、あり得る話だ」

「はい。鉄之助と吉太郎は助太刀ということかと」

「どういうことですか？」

景春だけが意味を解しかねているようで、二人の顔を見比べている。

「お化け退治をするつもりだ」

「あっ！」

定一に臆病でないということを示すためであろう。源也の思いつきにしては大胆過ぎる。鉄之助か吉太郎の差し金であろう。

「時丸《ときまる》がいればな……」

十蔵は苛立《いらだ》って下唇を嚙んだ。時丸とは、十蔵が隠密を務めていた時に飼っていた犬である。勿論《もちろん》ただの犬ではない。対象の臭いを嗅げば何里先でも追って行く忍犬であった。時丸は特に優秀で、何度も十蔵の危機を救ってくれた。しかし十蔵が辞める前年、任務で命を落としていた。

「いますよ」

「何だと……」

「二代目時丸。初代の子で、坂入家の忍犬を務めています」

「知らなんだ……景春、頼めるか？」

景春は時丸を連れに坂入家へ、十蔵は忍具を取りに青義堂へ。半刻後に藤川道場で落ち合うことに決めた。

時刻は戌《いぬ》の下刻（午後九時）頃であろうか。「お化け」が度々目撃されているのは、子《ね》の刻（午後十二時）から丑《うし》の刻（午前二時）にかけて。もうそれほど時は残されていない。

それは本当に妖怪変化の類《たぐい》なのか、それともそれを装った辻斬りか。そのどちらでもよい。ただ確実なのは現実に死者が出ていることである。十蔵はそのようなことを反芻《はんすう》しながら、黙々と脚を動かした。

三

「子の刻は過ぎたようやな」

吉太郎は頭上に輝く満月を指差しながら言った。

「いよいよだな」

鉄之助は腰に差した木刀をぽんと叩きながら返す。

「本当に……やるの」

そう言う源也の声は僅かに震えていた。

「言い出したのはお前だろう。源也にしては面白いことを言うから俺たちも乗ったんだぜ？」

「いざとなると、怖くて……」

「無理せんと止《や》めとくか？」

吉太郎が優しく問いかけるが、それでも源也の顔は強張っている。

「俺が叩きのめしてやる。源也はその後出てきて捕まえればいいさ」

鉄之助が自信たっぷりに言うと、源也の表情も幾分和らいだ。

「源也の新作絡繰りもあるしね」

「うん。使えるはず……」

源也は己が生み出したものには自信があると見え、こればかりは謙遜しない。

「吉太郎、本当にこの辺りに出るのか？」

「たぶんこのへんやと思う。今までお化けが出たのは全て水天宮《すいてんぐう》から浅草にかけて。人形町界隈《にんぎょうちょうかいわい》のみや。手代が殺されたっていう馬喰町もこの近く……って千織が言うてた」

「何であの女が出てくるんだよ⁉」

鉄之助は声を荒らげかけたが、源也が口に指を当てて宥める。

「あいつが青義堂で一番頭がええからな。理由は言わずに相談した訳や」

「あの女狐に相談することあるかよ」

鉄之助はふて腐れて砂を蹴り上げた。

「ふふふ。何や、妬《や》いてるんか？」

吉太郎がそう言うと、鉄之助の顔は夜目にもはっきり判るほど赤く染まった。

「何であんな加賀の田舎娘……」

「ほな、もっと洒落《しゃれ》込めよ。格好ええところ見せやな」

「男は見てくれじゃないだろう――」

さらに反論しかけた鉄之助であったが、途中で言葉を止めた。源也が鉄之助の肩を強く握ったのである。

「声が聞こえた……叫び声……」

聞き間違いではない。鉄之助もはきと声を聞いた。それも近い。

「行くぞ！」

三人は一斉に駆け出し、声の元を目指す。辻を折れ、小路を抜け、また辻を折れる。すると広い往来へと出た。

「吉太郎！　出るな。木戸だ……」

鉄之助は袖を引いて小路へと引き戻した。町と町の境には木戸が設けられており、亥《い》の刻（午後十時）過ぎには、自由に行き来出来ないようになる。名を名乗り、目的が真っ当であれば通してもらえるものの、今の自分たちは家出しているも同然、見つかれば親に知らせがいくに決まっている。

「声はあそこだ」

三人は縦に首を並べて往来の様子を確かめた。

木戸には自身番屋、木戸番屋の二つが設けられ、協力して木戸を守っている。今、見られる木戸番は四人。二人は木戸を越えさせせんとそれぞれ刺又《さすまた》と棒を構えており、二人がうつ伏せに倒れている。その背には矢のようなものが突き刺さり、息をしているかも定かではない。恐らく応援を呼びに走ろうとしたところを射貫かれたのであろう。

「木戸が襲われているちゅうことか……あれは何や」

襲撃者は身丈八尺はあろうかという大男で、袴《はかま》を臍《へそ》のあたりまで上げている。その袴、中に竹《たけ》籤《ひご》でも仕込まれているのか、こんもりと膨らんでいる。諸手で摑《つか》んで口に当てているのは吹矢だが、まるで鉄砲に思えるほどの太さである。顔に般若《はんにゃ》面を付けており、月明かりを受けて一層不気味に見えた。

「人……なのか？」

吉太郎同様、鉄之助にもそれが何なのか判らなかった。だが源也だけが、その正体に見覚えがあるのか、明言した。

「人形吹矢をふく絡繰り。『璣訓蒙鑑草《からくりきんもうかがみぐさ》』という本に載っている絡繰りだ……でもあれは考えられないほど大きい」

「あれが絡繰りなんか⁉」

吉太郎は吃驚《びっくり》して再び木戸へ目をやった。木戸番の一人は棒で刺突するが、乾いた音が響くだけで、びくともしない。からからと空《うつ》ろな音がし、次に鋭い風のような音が鳴る。すると一人が膝から頽《くずお》れた。筒から吹矢が放たれ、それが射貫いたのだ。火薬を使っているのかと思えるほどの速さである。

「あんなもん見えるかい」

「針金を螺旋状に巻いて弾《はじ》く。そういう作りなんだ。一尺（約三〇センチ）ほどの人形の吹矢でも畳に刺さるほど。あれはまるで鉄砲……」

大人形には長い髪まで生えており、それが夜風に軽やか舞っている。獣の毛や糸ではああはならない。恐らく人毛を使っている。そう思うと背筋が寒くなり、鉄之助の肌が粟立った。

残る木戸番は、わなわなと震え腰を抜かしてしまっている。

「助けるぞ」

鉄之助は奥歯で恐怖を噛み殺し、凜《りん》と言い放った。しかし吉太郎は懸命に止める。

「あほなこと言うな！　鉄砲に木刀で勝てるか」

「鉄砲ほど速くねえ。見たことねえけど……」

「なら何で言い切れんねん！」

「あれなら何とか見える」

鉄之助はそう言うと、勢いよく往来に飛び出した。源也の額からは滝のような汗が流れ、躰は水を被った犬のように激しく震えていた。

「あいつあほや！　源也、お前は逃げろ」

罵《ののし》る吉太郎も鉄之助の後を追った。

「おい！　何とかの絡繰り！　俺が叩きのめしてやる」

人形は釣瓶《つるべ》を引き上げる滑車のような音を立て、木戸番から鉄之助へ向きを変えた。正対して解ったが、両手は口の前で固定され、吹矢を吹くことしか出来ぬ構造になっている。

「鉄……この絡繰り言葉が通じるんか」

「やっぱり化物じゃねえか。源也は？」

「いつもの震えや。治まったら逃げる」

「下がっていろ。若旦那」

鉄之助は諧謔《かいぎゃく》を交えて言うと、木刀を構えた。

「言われんでも下がるわ。頼むで」

「なら何で出てきたんだよ……」

鉄之助は口元を緩めたが、その目は人形を睨《にら》み据えて離さない。

「ぼ、坊主……逃げろ」

木戸番は腰を抜かしながらも、必死に声を発した。

「おい、かかって来い！」

木戸番に注意がいかぬよう叫んだ時、人形が再びからからと鳴る。直後、鉋《かんな》をかけるような音とともに吹矢が飛び出した。目にも留まらぬ速さだが、鉄之助の両眼はしかと捉えていた。体《たい》を開いて躱《かわ》したところ、人形の首がぐりんと回り、続け様に矢が放たれた。鉄之助はこれを避けようともせず木刀で払いのける。

「すごいな！　いけるで！」

吉太郎の声援に後押しされ、鉄之助は前へ踏み出すと、思い切り跳び上がり、人形の肩を目掛けて木刀を振り下ろした。木刀は乾いた音とともに弾かれ、鉄之助は地に降り立つ。

「硬《かて》え……」

「鉄、たぶん樫や」

「いくら避けられても、こっちの撃ち込みも効かねえ。奉行所に知らせてくれ！」

「分かった！　無理すなよ！」

吉太郎は背を向けて駆け出した。それと同時に人形の首が素早く回り、続いてぎりぎりと筒先が下がった。明らかに吉太郎を狙い定めている。

「やっぱり言葉が解るのか！」

鉄之助は吹矢の前に身を滑らすと、放たれた矢を木刀で叩き落とす。人形は休みなく第二、第三の吹矢を放つが、これも鉄之助は的確に撥《は》ね飛ばした。

振り返った吉太郎の驚きの顔を見た直後、鉄之助は全身から力が抜け、そのまま地に伏した。

「鉄!!」

吉太郎は駆け戻って鉄之助を抱き上げる。

「やられた……」

「どこにも矢は刺さってへん！　全部叩き落としたはずや！」

「違う……人形の矢……じゃない」

鉄之助は眼球だけを動かして己の躰を見たが、どこにも矢は刺さっていない。それなのに四肢は痙攣《けいれん》し、息も上手く吸えない。唇も思うように動かず、言葉も途切れ途切れになってしまう。

「あかん……」

人形は一切表情も変えぬまま二人を見下ろしている。鉄之助の目に映ったのは、果て無く続いているかのような筒の中の闇であった。人形の内部から歯車の回る音が聴こえる。

何とかなる。鉄之助は悪戯の延長のつもりで、まさか命の危機に瀕《ひん》するなど思ってもみなかった。後悔したが、もはや後の祭りである。

その時、鉄之助の目の前を横切るものがあった。拳より一回りほど大きな球体である。それにはこの場には似つかわしくない、可愛《かわい》らしい鼠《ねずみ》の絵が描かれているのが見えた。その丸鼠は人形にこつりと当たった瞬間、蓮の花のように外殻が開き、中から蜘蛛《くも》の巣のような網が飛び出した。網が人形に纏わり付いたものの、それでも動きは止まらない。

「源也‼」

吉太郎が叫ぶ。源也が人形目掛けて猛進している。その手から二四目、三四目の丸鼠が立て続けに投げられ、それぞれ顔と腕に当たって弾けた。網が関節に挟まったのであろう。人形の動きが鈍くなり、ぎりぎりと悲鳴を上げている。

「おじさん！　吉太郎！　鉄之助を！」

源也は吉太郎と共に、茫然自失となっていた木戸番に呼びかける。子どもに助けられているのを情けなく思ったか、木戸番は歯を食いしばって鉄之助に向かう。鉄之助は二人の手を借り、何とか立ち上がった。

「足止めするから。みんなは逃げて」

「源也……お……前……も」

鉄之助は止めようとするが、口は他人のものになったかのように上手く動かなかった。

「動きはもう止まったんや。お前も逃げたらええ！」

吉太郎が意を汲んで呼びかけるが、源也は首を横に振った。

「安心して背中を見せれば、網を切ってまた射ってくるよ。ねえ？」

源也は何を思ったか、人形に向けて話しかけた。すると驚くべきことに、人形の中から低い笑い声が聞こえてきた。

「やはり中に人が隠れている……」

「坊主、絡繰り師か。よく出来た絡繰りだ。これに名はあるのかえ？」

しわがれた声で人形が話す。だが般若の面の口は動かない。中に人が入っているのだ。

「窮鼠猫《きゅうそ》を喰う……」

源也は小声で呟《つぶや》くように言った。

「おもしろい。なぜ中に人がいると判った」

「必ず人が近くにいると思った。そうじゃなきゃ、これほど大きな絡繰りどうやって隠すのさ。分解出来る構造になっているのだろう」

「くくく……やはり子どもだな。もっと判り易い点があろう。人の力を借りずして、狙いをつけられる絡繰りなどあるものか」

人形の中から聞こえる声には、嘲《あざけ》りが含まれている。

「おじさんは絡繰り師じゃないようだね」

源也は言った。先ほどまで震えていたのが嘘のように堂々としている。吉太郎は驚いて呆然としながら、鉄之助は曇る眼《まなこ》でそれを見つめた。

「なぜ……そう思う」

「真の絡繰り師は、出来ないとは絶対言わない。どんなことでもやってみせようと努めるものさ」

「くそ餓鬼――」

人形の袴の部分がばさばさと音を立て、その下から小太刀が飛び出すと、絡みついた網を次々に切っていく。

「早く……吉太郎。今の内に！」

源也は、吉太郎たちに背中を向けたまま叫んだ。

このような大声はただの一度も聞いたことが無い。脱力した人間はとんでもなく重く、鉄之助は二人に引きずられるようにして下がっていく。

「自慢の絡繰りは尽きたか！　小僧！」

絡繰りが怒声を発し、源也の肩が一度大きく震えた。恐れがなくなった訳ではない。今なお闘い続けているのだ。

源也は腰に縛りつけた大袋に手を入れると、再び球体を投げつけた。今度の絵柄は鼠ではない。可愛らしくもどこか小憎たらしい少年の顔である。それは筒に当たると、卵のように割れて白い液体が飛散した。

「居眠り鉄之助……」

鉄之助は苦しさの中でも、己の口が僅かに綻ぶのを感じた。

居眠りをして教本を濡らすほど涎を垂らし、十蔵にいつも叱られている。それを模した絡繰りなのだ。構造は同じようだが、中に鳥黐《とりもち》が入っているらしく、筒の口にへばりついて塞いでしまった。

「これで心配ない！　逃げよう！」

吉太郎が叫ぶが、源也は振り返らない。

「まだ……絡繰りの吹矢に目を引きつけておいて、袴の下から人が吹矢を放っている。鉄之助をやったのはそれだよ」

「生意気な口を！」

源也の洞察は図星だったようで、中の男が激昂《げっこう》している。

人形はまた違った低い音を発し、袴から、にゅっと三本の槍が飛び出した。源也に体当たりして串刺しにするつもりだろう。風に煽《あお》られて袴の裾が揺れ、中が僅かに見えた。大きな車輪が付いた台座のようなものの上に、人形の上半身を乗せていた。構造としては陸船車と同様といえる。

源也は腰の袋に手を入れた。大きく膨らんでいた袋が厚みを失っていることから、残る絡繰りは一つであろう。源也が振りかぶって球を投げる。今度の絵も少年である。先ほどの絵と違うのは、切れ長の目が人を小馬鹿にしているように見える点である。

「金喰い虫、吉太郎」

「なんやそれ！」

吉太郎は咄嗟《とっさ》に叫んだ。球から飛び出したのは水である。先ほどと違い粘り気も何も無く、人形をただ濡らしたに過ぎない。

「焼くつもりかと思ったが……油ではないな――」

男はそこで言葉を詰まらせた。鼻がねじ曲がるほどの強烈な臭気が漂った。

「糞尿を煮詰めたか！」

源也が何も答えずにいると、男は一転卑しく笑い出した。

「臭いで苦しめるか……発想はおもしろい。まっこと殺すに惜しくなったわ。同じ絡繰り師の誼《よしみ》……お主だけ逃がしてやらんでもないぞ」

源也は額の汗を拭い、己の肩を抱いて震えを止めようとしていた。

「おいらだけ……」

大人形に対峙《たいじ》しながらちらりと後ろを振り返る。己は、鉄之助を引きずって逃げている吉太郎や木戸番と人形のあいだに、立ちはだかっている恰好《かっこう》である。

「そうだ。お主だけ助けてやろう。悪い話ではなかろう？」

震えがぴたりと止まった。源也は勢いよく正面を向くと、今までにない強い語調で言い放った。

「江戸の大棟梁定一は、情に篤く仲間を見捨てない……おいらは、おっ父の子だ！」

「ならば、死ね」

板を踏む音が響き、人形は動き出した。当然、源也も横跳びに逃げたが、やはり舵が付いており、向きを変えて追ってくる。近くで犬の鳴き声がした。野犬もこの奇怪な光景に驚き、怯えているのであろう。源也が躓《つまず》き倒れ、もはやこれまでと思った時である。突如現れた二つの黒影が月下を翔《か》けた。そのうちの一つは、天魔のような速さで源也に飛びつき、往来の脇まで攫った。

「せ、先……生。師匠も……」

鉄之助は弱々しく囁《ささや》いた。源也を抱きかかえて退避したのは寺子屋の、槍の一本を断ち切ったのは道場の師匠である。鉄之助は押し寄せた安堵《あんど》に包まれて、瞼《まぶた》をゆっくり閉じた。

四

「心配をかけおって」

十蔵は腕にしがみ付く源也に語りかけた。

「先生……何でここに」

坂入家から借り受けてきた二代目時丸の鼻は、初代に勝るとも劣らなかった。残り香を追って近くまで来ていた所、源也の心からの叫びが聞こえたのである。

「よくぞ吠えた。お前の覚悟をしかと聞いたぞ」

「ごめんなさい……」

「長い説教を覚悟しておけ」

十蔵が微笑みかけると、源也はぽろぽろと涙を零《こぼ》して頷いた。

「景春！　鉄之助は」

景春は青い顔で意識を失っている鉄之助の躰を、丹念に調べている。

「腿《もも》に毒針が刺さっていました。しかし痺《しび》れ薬の類、命に別状はないでしょう」

「よし。ここは俺と弥三さんに任せて退け！　景春、分かっておるな！」

景春は深く頷いて、木戸番と共に鉄之助を連れて逃げる。この奇怪すぎる事件は、奉行所のような表の役人が扱うものではない。隠密を直接統率している幕閣に報告しろという意味である。

弥三右衛門は槍の穂先を切り落とした後、正眼に構えて対峙していた。

「吉太郎、源也を」

「先生あれは……」

吉太郎が駆け寄って来ると、源也は離れる前に、あの人形の構造と、己がいかなる攻撃を加えたかを手早く語った。

「十分だ。俺もすぐに逃げるから安心しろ。源也を頼むぞ」

「先生、任せといて」

吉太郎は源也の手を引いて景春の後を追っていった。十蔵はそれを確認すると、音も無く立ち上がり、低く地を這うような声で言った。

「さて……貴様、ただで済むと思うなよ」

「恐ろしや。睨むな、若人《わこうど》」

姿は見えない。しかし源也の言った通り、中に人がいる。声と口調から察するに老人であろう。

「その声、土佐三雲流《とさみくもりゅう》、細川半蔵《ほそかわはんぞう》ではなさそうだな」

「何故あやつの名を……同じにするな！」

「なるほど。その対抗心……同流、怪鑿《かいのみ》の公文甚八《くもんじんぱち》か」

「お主、忍びか！」

男のしわがれた声が上擦った。土佐三雲流には稀代の絡繰り師が二人いる。一人は細川半蔵と謂《い》う。絡繰り半蔵の異名で知られ、かつて十蔵も対峙したことがある。その半蔵も今では正規の藩士として召し抱えられたと聞いた。

今一人は怪鑿の二つ名を取る公文甚八。新たな発明のためなら、いかなる残虐なことも厭《いと》わず、液体を使わねばならぬ絡繰りを生み出した折、水では軽すぎ、水銀では重すぎるという理由で、人血を用いたという男である。

「十蔵、でかした。しかし臭くて堪《たま》らんな」

甚八の注意がこちらに向いている間に、弥三右衛門は人形の脇に潜り込み、斬撃を繰り出した。鈍い金属が響き、刀は木の骨に食い込んだ。

引き抜こうと足を掛けると、袴から大振りの鎌が飛び出し、弥三右衛門は刀を手放して大きく跳び退《の》く。

「樫くらいならば断ち切れると思ったが……芯に鉄を入れておるか」

十蔵は苦無を取り出すと、人形の首、胸、袴を狙って三本同時に撃ったが、突き刺さるのみである。弥三右衛門は背後へ回り脇差を突き刺す。それも人形の装甲を貫くには至らなかった。

「刃物では埒《らち》が明かん。引き倒すぞ！」

弥三右衛門は脇差を抜きながら叫ぶ。

十蔵は投げ分銅を腰から取り、宙で回して投擲《とうてき》した。縄は人形の首に絡みつく。重心の上を捉えれば、倒すことはそう難しくはない。十蔵は全体重をかけて思い切り引いた。が、人形はある程度までは傾くものの、途中でぐわんと戻り、十蔵が引きずられる格好となった。

「まだ仕掛けがあるか……」

均衡を保っているのは恐らく水銀を使っているからだと、別れ際に源也が言ったことを思い出した。

「十蔵、火遁はないか！」

「残念ながら……碌《ろく》なものは」

火遁の代表格である焙烙《ほうろく》玉は、火縄銃と同様府内に持ち込むのは重罪である。焙烙玉以外で遠方からこれほど大がかりな物を焼くとなれば、禅助並の火遁が必要となる。竹筒に入れた少量の油はある。それを用いるためには近づいて火を点《つ》けねばならないが、それほどの猶予は与えてくれそうにない。

いかにすべきかと思案していたその時、人形の様子がおかしいことに気が付いた。ぎりぎりと軋むような音や、からからと何かが空転している音がする。再び源也の言葉が頭に過《よぎ》った。

――もう暫《しばら》くすれば、必ず動きが鈍くなるはず。

源也は確かにそう言った。半信半疑であったが、確かに人形はぎくしゃくし始めている。

「弥三さん！」

油入りの竹筒を放り投げると、弥三右衛門は受け取って人形に浴びせた。十蔵は火打石を取り出して猛然と向かう。

「何故動かぬ！　さてはあの小僧……王水《おうすい》――」

「くたばれ、甚八」

打ち付けた石から火花が飛び、人形は瞬く間に火焔《かえん》に包まれた。中から悲痛な喚《わめ》き声が聞こえ、何かを外すような音と共に、甚八が転がり出てきた。纏めて結っただけの白髪は熱で縮れあがり、皺深《しわぶか》い痩せぎすの頬は煤けている。

「大人しく縛《ばく》に就《つ》け」

十蔵が喉元に刀を突きつけると、甚八は眉間に皺を寄せて口を尖らせた。

弥三右衛門は甚八の後ろ髪を摑んで仰向けに引き倒し、顔を思い切り蹴り飛ばした。呻《うめ》く甚八が吐き出したのは、口内に仕込んだ吹矢である。

「愚か者。一時たりとも油断するな」

「はい……」

弥三右衛門は甚八の顔を踏みつけた。昔の十蔵ならば、刃で脅す前に躊躇いなく殺していたはずである。戻りたいとは思わぬが、その甘さが己を弱くしていることは事実であろう。

人形は轟々《ごうごう》と燃え、火の粉が舞い上がる。それを追って天を見上げると、月に薄雲が掛かっていた。途中、目の端に異様なものが映った気がして、正面の漆喰《しっくい》の塀を凝視した。

「弥三さん！」

風切音と共に無数の手裏剣が飛来する。袖を引こうとする前に、弥三右衛門は振り返って横に跳び、十蔵は屈《かが》みながら前に出て、一枚を叩き落とす。残る手裏剣は耳の傍を走り、髪を掠《かす》めて闇へと吸い込まれていき、かなり遠くで落ちる音がした。横目で見ると、弥三右衛門の左腿には深々と手裏剣が刺さっており、袴を濡らしていた。

手裏剣はまだ止まない。雨霰《あめあられ》と撒き散らしつつ、黒い影が恐ろしい速さで向かって来る。手負いの弥三右衛門は必死に叩き落とすが、またもや肩に受けてよろめいた。十蔵も苦無を投げ返すが、影は雷のように蛇行し、捉えることが出来ない。

「駄目だ！　こっちへ！」

十蔵は弥三右衛門の腰帯に指を掛けて、思い切り引く。甚八が膝を立てて起き上がった。手裏剣は休みなく襲ってくる。一体どれほどの量を携行しているのか。それなのに立ち尽くした甚八には掠りもしない。

――狙いは甚八か!

影は甚八の傍まで一気に駆け寄ると、さらにこちらに向けて手裏剣を撃ち込んで来た。十蔵は腰から風呂敷を取り出して、それで薙《な》ぎ払う。

「甚八、手ひどくやられたな」

二人と二人が相対して睨み合う恰好となった。男は覆面をしており、目元だけが見える。

「すまぬ。こやつは忍びよ」

甚八は地に唾を吐いて忌々しそうに言った。

「だろうな。今の技は伊賀流の母衣風《ほろかぜ》か」

甚八の仲間らしい男は、十蔵の技を一目で言い当てた。

「お主何者だ……」

「何者でもない。敢《あ》えて名乗るとすれば風魔小太郎《ふうまこたろう》とでも申すか」

「ふざけるな!」

風魔小太郎といえば戦国期に風魔党を率いて北条《ほうじょう》家に仕えた伝説の忍びである。代々頭領が小太郎を名乗るとはいえ、あり得ない。神君《しんくん》家康公が江戸に入府した折、風魔党は一人残さず根絶やしにされているのだ。男は喉を擦り合わせたような低い声で言った。

「陰の存在である忍びの中に、さらに陰を作ればそれはもはや深淵の闇よ」

細めた男の目は、火灯《ほあか》りのせいか酷《ひど》く淀《よど》んで見えた。

「絡繰りは燃えた。二人相手に逃れられると思うなよ。まもなく応援も来る」

男は鼻で嗤《わら》った。捕方などいくら来ようが意味が無いと言いたいのだろう。

「それで戦えるか？」

手裏剣が肩の骨に達したか、弥三右衛門は苦悶の表情を浮かべている。

「さて、甚八退くぞ」

「待て――」

男と甚八は脱兎の如《ごと》く逃げ出した。十蔵は迷いなく続く。甚八の脚はさほど速くなく、すぐに追いつきそうになり手を伸ばす。

「手癖が悪いぞ」

背に目があるというのか、男は振り向かぬままに言い当て、旋風のような回し蹴りを繰り出した。脾腹に足が突き刺さり、十蔵は呻きながら膝を突いた。二人は塀に近づくと、甚八がふわりと宙に浮きあがっていく。

――絹糸か。

繭から作った絹糸を縒《よ》り合わせ、糊《のり》や蠟《ろう》で固めれば細くても尋常でない強度となる。となると、上で引いている者がいるはずと、屋根の上に視線をやった。

人影が二つある。他にも仲間がいるらしい。甚八が軒に手を掛けると、続いて男も空へ吸い込まれていく。

上で糸を引く者を撃てば男の逃走を阻止出来る。懐をまさぐって棒手裏剣を取り出した。苦無よりも遥《はる》かに細く、畳針のようなものである。夜陰に紛れれば容易に目視出来ない。それを二本、屋根の二人目掛けて撃ち込んだ。

光が迸《ほとばし》り、二つの甲高い音が鳴る。苦無で棒手裏剣を弾いたのだ。恐ろしい腕前である。男と甚八は上の者たちと合流し、屋根から屋根に飛び移って江戸の闇に溶け込んでいった。

——どいつもこいつも化物か……。

今まで苦戦したことは何度もあった。だが心が折れたことはただの一度も無い。初めての経験に十蔵は項垂《うなだ》れた。人形の火は消えつつある。大通りのど真ん中、風も凪《な》いでいるため類焼の心配は無いだろう。夜も深い時とはいえ火消は疎《おろ》か、野次馬が一人もいないのはどうしたことか。

ようやく複数の跫音が近づいて来る。火消でもなく、奉行所の捕方でもない。それが何者であるか、足取りから判った。面倒事を避けるため、姿を晦《くら》ますことも考えたが、手負いの弥三右衛門を走らせる訳にもいかない。別に己が悪事を働いた訳でもないと腹を括《くく》った。

集団が視界に入った。数は十余人。格好こそ捕方風だが、正体は公儀隠密である。

「十蔵」

向こうから先に声が掛かった。懐かしい声色だった。

「兄上……」

坂入九兵衛であった。景春が報告したことで急行したのは、坂入の組らしい。数人は手桶を持っており、消し炭になりつつある人形に念入りに水を掛けている。

「藤川様は陽忍ではあるが同じ公儀隠密。お主は違う。まずは退け」

九兵衛は静かな口調で命じた。生真面目さがそのまま表れたような顔は、少し老け込んで見えた。

「は……後日」

「無用だ」

九兵衛は手短に返すと指揮を執り始め、十蔵は重い足取りで歩きだした。小路に入る間際、一度振り返る。兄は背を向けたままでこちらを顧みない。役目に忠実であれ。その信念は、今も些かも変わらないのだろう。

五

翌日も変わらずに青義堂で講義を行った。変わったことがあるとすれば、昨夜の事件に関わった三人が欠席していることである。昨夜のうちにそれぞれの親に事情を説明して回り、十蔵は一睡もしていない。

最も心配した鉄之助だが、腿に受けた針に塗られていた毒は、景春いわく即効性こそあるものの持続性は無く、命にも関わらぬものだった。明け方には意識を取り戻し、腹が減ったと連呼していた。大事を取って休ませてあるが、すぐに復帰出来るだろう。

勿論、厳しく叱りつけた。鉄之助は珍しく素直に詫《わ》びたが、それ以上に源也のことを口にした。

どうにか青義堂を辞めずに済まないかと言うのだ。

「後は俺がどうにかする」

煎餅蒲団に横臥する鉄之助に優しく言った。十蔵がこれくらいの年の頃、忍びの同輩はいても、友や仲間と呼べる者はいなかった。むしろそのような情は任務に支障が出ると教えられ、それを信じて実践してきた。故に彼らの関係を羨ましく思う。

「そういえば先生……あれは何だったんだよ」

「先ほど口外するなと申し付けたばかりだろう」

十蔵は声を潜めた。此度《こたび》の事件について、幕閣は箝口令《かんこう》を布いた。公儀隠密は当然のこと、関わった全ての者に対してである。公儀は景春の報告より早く事態を察知していたが、木戸番の救援よりも、管轄火消の押し止《とど》め、近隣住民への見張りを優先した。火消には公儀の演習ゆえ一切関わるなと通達し、野次馬が出れば僧体の隠密を繰り出し、例のお化けを見れば呪われると恐怖を煽《あお》って家内に押し戻した。鉄之助らも固く口止めするよう、兄からの言付けが届いている。

「まあ、みんな無事でよかったよ」

細かいことを気にしない鉄之助らしく、腿を掻《か》きむしりながら言った。

「しかし、あれによく対峙したな。捕方も驚いていた」

真に驚いていたのは公儀隠密であるが、子どもたちには捕方だと説明していた。

「結局、負けたけどな。源也に救われた」

鉄之助は悔しそうに眉間を寄せ、天井を凝視していた。

次に吉太郎である。こちらは十蔵と福助の二人から厳しく叱責され、気落ちしていたが、源也を想ってのことという気持ちがひしひしと伝わり、最後には責めきれなかった。源也が思いつめていたことを、師である己が知らなかったことのほうが悔やまれた。福助が席を立った時、吉太郎が身を乗り出した。

「源也の絡繰り、凄《すご》かったやろう」

「ああ。直接は見ていないが……それにしても本当に動かなくなるとは」

「王水っていうらしいで」

「あれが王水……それにしてもそのような物をどこで」

王水の存在自体は知っていた。何でも溶かすから、水の王と書く。しかしその作り方を知る者は僅かであろう。

「長崎屋《ながさきや》はんやで。あいつえらい興味持つから旦那に紹介してもうてん」

「日本橋薬種問屋、長崎屋源右衛門《げんえもん》。なるほど蘭人仕込みという訳か」

長崎屋といえばオランダ商館長が江戸に参府した折の定宿である。当主は代々源右衛門を名乗り、そのような経緯から蘭学に造詣が深い。元々薬種問屋ということもあり、特に薬学に関しては最先端の知識を持っているという話であった。

「しかし温厚な源也がそんな物騒なものを作るとはなあ」

「あいつはお化けの正体が絡繰りやないかって疑っていた。王水やったらたとえ金具に金が使われていても止められるって」

源也は過去のお化けの噂は、全て絡繰りの教本である『璣訓蒙鑑草《からくりきんもうかがみぐさ》』の応用で説明がつくと言っていた。聞けば王水もあくまで対絡繰り用で、薄めたものを使用したらしい。

「本当にあいつは絡繰り好きなのだな」

「だから定一親方にもう一度頼んでみて。源也が可哀想や」

十蔵は真剣な眼差《まなざ》しで見つめる吉太郎の頭に、ぽんと手を置いて頷いた。

吉太郎と別れた十蔵は定一宅を訪ねた。定一は煙草《たばこ》盆をすっと差し出すと、自身も煙管《きせる》に刻みを詰め出す。

「煙草は呑まねえのかい?」

「昔はやっていました」

そこまで言ってから、続けるべきか迷ったが、付け加えた。

「妻……だった女が煙を嫌いましてね。止めてしまいました」

「へえ。先生も一度峠を越えたって訳か」

定一は美味《うま》そうに煙草を呑むと、ふわりと煙を吐き出した。

「源也のことですが……」

「七、八年前、大きな野分が来たのを覚えているかい?」

定一は唐突に言った。記憶を遡《さかのぼ》ると、確かにそのようなことがあった。その日も十蔵はさる要人を消すために大名屋敷に忍び込んでいた。

「方々の屋根が飛んでよ。安普請の長屋なぞは板壁まで持ってかれる有様だった」

定一は胸の内を吐露するかのように話し続けた。

「あちこちで乳飲児《ちのみご》の泣き声はする、病人も雨晒《あまざら》しになる。それが見てられなくて、若い衆を連れて助けに回ろうとしたが……幼い源也が一人になっちまう。俺が作った家だ。滅多に壊れることはないだろうが、それでもよう」

「四つやそこらの頃なら、源也も駄々をこねたでしょう」

「それがさ、おっ父を待っている人を助けてきてって、笑って言ってくれたのさ。一晩中走り回って俺が帰ったのは雨風も落ち着いた朝方のことだった」

定一は煙管を手に打ち付け、吸殻を転《くる》がすと灰皿へ投げ入れ、再び口を開いた。

「布団に包まって寝ていたあいつの頬には涙の跡があった。手には俺が作ってやった、ちゃちな玩具を握りしめていてよ。人様のために働くのは悪くねえ。でも俺は我が子を放って何してんだって泣けてきたものさ」

子のいない十蔵でも、その時の定一の心苦しさくらいは解る。

「先生、覚えておきなよ。血の繋がりなんて関係ねえ。男は生まれた時に父になるんじゃねえ。子と共に父になるんだ。あいつ叫んだらしいな。俺の子だって……」

「はい。天に届くほどの声で」

「そうか……そうか、そうか」

目尻に光るものがあった。定一はそれを手でぐいと拭いながら何度も繰り返した。

「先生、もう少しあいつを頼みます」

定一はぽつりと言って俯いた。その姿がいつもよりも小さく見えたのは、定一の肩が僅かに震えていたからであろうか。

事件から二十日後、十蔵は昼過ぎに講義を終えると愛宕山《あたごやま》に向かった。源也、鉄之助、吉太郎の三人から呼び出されたのである。

愛宕山は日本橋から歩いて半刻ほどのところにある。山とは呼ばれているものの、小高い丘といったほうがしっくりくる。山上の愛宕神社は、神君家康公が江戸の防火を祈って祀《まつ》ったもので、そこに続く男坂には八十六段からなる急な石段が設けられている。

今より約百五十年前の寛永十一年（一六三四年）、三代将軍である家光《いえみつ》が山の上に梅が咲いているのを見て、誰か馬で駆け上がり梅の枝を取って来る者はおらぬかと言ったところ、讃岐丸亀藩《さぬきまるがめ》の曲垣平九郎《まがきへいくろう》なる武士が見事これを成し遂げた。それにより曲垣は馬術の達人として名を轟《とどろ》かせ、この石段は世間では「出世の石段」と呼ばれていた。

その石段を登り切った時、快活な声が飛んで来た。大声で呼びかけているのは鉄之助、手を振っているのは吉太郎である。

十蔵が驚いたのはその背後に控える、大きな造形物である。木骨に布が張られ、鳥を模したかのように見える。その翼の下に「凵《かんにょう》」形の木枠が飛び出し、その横木を握っているのは源也であった。

「何だ。これは……」

三人は互いに顔を見合わせてにんまりと笑った。

「風翼機《ふうよくき》。源也が完成させたんだよ。空を飛ぶ絡繰りさ」

鉄之助は我がことのように胸を張った。

「まだまだ掛かると言っていたのではないか？　材料も足りぬ、絡繰りも不完全だと……」

「それが一気に解決してん。な？」

吉太郎はそう言って源也の肩を叩く。

「おっ父が材料をくれて、悩んでいた箇所も案を出して、手伝ってくれたのです」

「定一さんが……」

聞けばこの二十日間、定一は仕事の合間を縫って源也と共に作り上げたという。そして作り終えると、

——これを使え。

と、自身が肌身離さず持っていた、切出小刀をくれたらしい。

「これで飛びます。先生に見届けて欲しいのです」

源也ははきと言い切って真っすぐに見つめてきた。

「それでも定一さんがよく許したな」

「おっ父は、先生がいるなら心配なく仕事に行けると」

「分かった。やってみろ」

子の冒険心を挫《くじ》くばかりが師の役目ではなかろう。それに手を添えてやるのもまた道ではないか。十蔵は石段の途中で待ち受け、万が一の時には源也を受けとめる役を買って出た。両翼を鉄之助と吉太郎が支え、中央の源也と共に飛ぶ寸前まで並走するらしい。

暫くすると掛け声が聴こえ、石段の一番上から絡繰りが怪鳥のように飛び立った。

「おお……」

思わず声が漏れた。両翼に張られた布は下からの風を受けて膨らんでいる。源也の足と石段には三尺（約九〇センチ）ほどの間があり、それを維持しつつ滑空してくる。確かに源也は宙を舞っていた。予想よりも遥かに進むと見て、十蔵は目を離さぬまま石段を駆け降りた。

「先生!!」

「源也、すごいぞ！」

そう声を掛け合った直後、それまで安定していた翼がぐらりと傾いた。山形の横木を摑んでいた源也も、顔を強張らせてあっと声を上げた。

十蔵は一転、跳ねるように上へ向かい、源也と石段の間に身を滑り込ませる。翼が地に触れ、木骨はめきめきと折れていった。翼の布が剝がれ落ち、二人を包み込む。

「無事か??」

「はい……半分と少しかな。残念です」

胸の中の源也は口惜しそうに零した。

「たいしたものだ」

十蔵はそう言いながら散々に折れた木骨を腕で押しのけた。

「おっ母が生きていることは知っているよ。空に近づくために飛びたいんじゃあない」

「そうか」

弥三右衛門の推測通り、やはり源也は父母の真実を知っている。

「飛んで見せて名が知れ渡れば、自慢に思っていつか顔を見せてくれるかなって……」

十蔵は木骨をどけるのを止め、源也を思い切り抱き寄せた。源也のすすり泣く声が胸に響く。顔を埋めたまま源也は言った。

「でもそのために作るのは止める。おっ父のように人に喜ばれるものを作りたい。それに……鉄之助や吉太郎が応援してくれるから」

源也は流れる涙もそのままに、満面の笑みを浮かべた。源也の背を押した二人の声が石段を降りて来る。

己は何故寺子屋の師匠をしているのか。それは決して戻らぬ若い頃の日々を取り戻さんとしているからではないか。十蔵は想いを馳《は》せながら、落葉の乾いた香りを運んでくる秋風を吸いこんだ。

第四章　千織と初雪

一

明和《めいわ》七年（一七七〇年）の冬は例年よりも遥《はる》かに寒かった。霜月《しもつき》（十一月）に入って十日ほどというのに、早くも府下に初雪が降るほどである。

手が悴《かじか》んでまともに筆も持てないだろうと、講堂にも手焙《てあぶ》りを置いた。その薪炭代も馬鹿にならぬ。急に冷え込んだことで需要に供給が追い付かず、薪炭の値が激しく高騰している。

早く『隠密往来《おんみつおうらい》』を発刊したいとは思うものの、書き上げるには今少し時が必要である。もっとも発刊しても、売れるという保証も無い。それでも格安の寺子屋を維持するためには、縋《すが》るほかなかった。

本業の寺子屋を充実させればよいではないですか。などと景春は軽はずみに言うが、それが容《た》易《やす》ければこれほど苦労はしない。今年だけでも新たな寺子屋が数十軒も開業しており、商売敵は増加の一途を辿《たど》っている。

寺子屋だけで生計を立てている者は一握りで、多くの師匠は道楽としてやっている。金に困らぬ者が年老いて後、名声を欲して開業しているのが実態である。故に謝儀《しやぎ》の多寡には拘《こだわ》らず、不条理なまでの過当競争が起きている。

——そのような者が寺子屋を駄目にしているのだ。

十蔵はそう考えている。中には真に子どもを想っている者もいよう。しかし多くの者が子どもを利用して己の虚栄心を満たすために師匠をしている。彼らは自分の矮小《わいしょう》な人生訓を子どもに押し付けるだけで、忍耐力を付けると称し、寒天の下、下帯一つで石を座布団に手習いをさせるような寺子屋まで存在する。

「忍びでもそんな修行はするものか」

その話を耳にした時、十蔵は吐き捨てた。忍びこそ最も実利に聡《さと》い集団で、常により短時の鍛錬でより大きな効果を得ようとする。故に得られるものが分からぬことを強弁して押し通すことは決してしない。

師匠とは他人の人生で飯を食う職だと、十蔵は考えている。子どもの多感な時期を、親以外の最も身近な大人として過ごし、時には師の一言で子どもの進む道が大きく変わることもある。それが良い道なのか、悪い道なのか、師匠にも判らない。だからこそ大いに悩み、苦しみ、共に歩んでゆかねばならぬと考えている。

そのことを忘れぬように日々講義に臨む十蔵は、今日もぴんと背筋を伸ばし、両手で教本と文箱を抱えながら廊下を歩いた。

——襖《ふすま》には仕掛けはないようだな。

十蔵は手を襖の引手に掛けて、さっと開いた。講堂には子どもたちが勢揃《せいぞろ》いしている。鉄之助や吉太郎はやいやいと遊んでいるが、訝《いぶか》しまれぬように振る舞っているのか、その挙動に僅かな違和感があった。ふと足元を見ると、転ばせようというのか糸が張られている。十蔵がそっと跨《また》いで、畳に足を着けようとした瞬間、縁先から吠える声が聞こえた。

「こら！　時丸！」

鉄之助が咎《とが》めるが、時丸は鳴き止《や》まない。十蔵は異変を感じ、ちょこんと爪先だけを畳に落とす。すると畳表が突然沈み、半畳ほどの穽《おとしあな》が生まれた。

「全く……ここは俺の家でもあるのだぞ！　元通りにしておけ」

「一畳まるごと取り換えただけだから……すぐに直します」

源也がおずおずと言うには、予《あらかじ》め細工した畳を持ち込み、床板も丁寧に取り外したため、簡単に戻せるという。

「親父さんから余計な技まで学びおって」

この発想は明らかに大工の定一の技術を元にしている。叱られた源也ははにかんだ。

「それにしても畳の色まで同じだぞ」

自慢ではないが、青義堂には頻繁に畳を換える金は無い。一枚丸ごと換えたならば、それだけが青々としていて判るはずではないか。

「わざわざ古い畳を貰《もら》ってきてん」

吉太郎が得意げに胸を張る。

「悪戯《いたずら》にどこまで熱を入れているのだ」

十蔵は呆《あき》れ返って頭を掻《か》いた。

「あーあ……時丸が吠えなければ上手くいったのによ」

つまらなさそうに鉄之助は舌打ちする。時丸、厳密に言えば二代目時丸はあの一件の後、青義堂で飼うことになった。何も情が湧いたとかそのような訳ではない。

「九兵衛様が青義堂に置くようにと仰《おつしや》いました」

そう言い、景春が時丸を連れてきたのである。

「兄上は他に何か？」

「いいえ。それだけです」

兄の真意は朧気《おぼろげ》ながらに解った。十蔵の勘働きが明らかに鈍っていると見て取ったのだろう。時丸を貸すので、警戒に役立てよという意味である。

もっとも普通に寺子屋をしているだけならば、危険な目に遭うこともあるまい。兄の命《めい》には公文甚八が起こした怪事件が関係しているように思われた。十蔵の知らぬ所で何かが動いているらしい。

甚八を救いに来た風魔小太郎を名乗った男からは、公儀《こうぎ》隠密への激しい憎悪も感じられた。もしや忍びやその縁故の者が標的となっているのかもしれない。

「先生。始めましょう」

千織の発した一言で現実に引き戻された。

――おや？

十蔵は首を捻《ひね》った。千織がこうやって講義を急かすことは珍しくはない。気になったのはその語調であり態度である。常の千織ならば、呆れ顔で悪童たちにちくりと皮肉を吐き、鉄之助と口論になるのだが、今日はそのようなことはない。その異変に気付いたのは鉄之助も同じようで、折角身構えていたのに肩透かしをくったようである。

「よし。千織は『女論語』を復習しよう」

「はい」

驚きを隠せない鉄之助と目を見合わせた。千織が女の教養を学ぶのを拒み、孫子だ六韜だと言うのは最早恒例となっていた。今日に限ってはそれも無い。

「千織、躰《からだ》の調子が悪いのか？」

「いえ。別に」

千織が答えると、突然鉄之助が立ち上がってからかった。

「雪で滑って頭を打ったか？　男みたいなくせに、女物なんて着ているから転んじまうんだ」

「あかん！　鉄之――」

吉太郎が慌てて鉄之助の袖を引いた。鉄之助の度の過ぎたからかいに、千織の痛烈な平手打ちが炸裂《さくれつ》したのは一度や二度ではない。同じことになると誰もが思った。

「そうですね」

講堂が静寂に包まれた。無関心に返す千織は、明らかに様子がおかしい。しかし講義を急かすあたり上の空という訳ではない。何かひどく気落ちしているようにも見えた。

鉄之助は何とも言えぬ曖昧《あいまい》な表情を浮かべて席につき、ともかく十蔵も講義を始めた。

初手がこうであったからか、本日は水を打ったように静かである。本来はそのほうが良いのだが、十蔵としても何やら調子が狂う。講義の後、そそくさと帰ろうとする千織を呼び止めた。

「千織、何かあったのか？」

「いいえ。ありがとうございました」

お辞儀をする千織は大人びている。それは仕草だけではない。目鼻もしっかり整っており、顔だけ見れば二十歳と言われても納得してしまう。雪のように白く透き通る肌は、色気さえ醸し出していた。

「いや……何だ。その……何か気がかりなことがあれば何でも相談してよいのだぞ」

「はい。そのようなことがある時は、そうさせて頂きます」

千織はもう一度会釈をすると帰って行った。子どもは時として当人が意識せずとも、助けを求める合図を送る。だからこそ声を掛けたのだが、千織はそこまで心を開いてはくれていないようだった。鉄之助や吉太郎が相手ならば、もう一歩踏み込めるのだが、千織には侵しがたいものを感じて躊躇《ちゆうちよ》してしまう。それは千織が女だからではない。そう己に言い訳をしたものの、離縁した妻に女の扱いが下手だと笑われたことを思い出し、十蔵は指で頬を掻いた。

数日後の夕刻、十蔵が家の前の落ち葉を掃いていると、景春が訪ねて来た。

「まったく、十蔵さんは人使いが荒い」

景春はぼやきながら近づいて来る。

「何か分かったか？」

「自分で調べたらどうですか。その腕はあるでしょうに。お、時丸も出迎えてくれたかい」

景春は、尾を振りながら庭から飛び出してきた時丸の頭を撫《な》でた。

「どうですか？　時丸は」

「確かに鼻は良いが忍犬にしては人懐こくて困る。特に吉太郎にすこぶる懐いておる」

優しく面倒見のよい吉太郎の性分は、人以外に対しても同様らしく、三日に一度は時丸に土産《みやげ》を買って持参する。

中でも時丸は麩《ふ》菓子が大のお気に入りである。薄い醬油《しょうゆ》で煮しめた麩を短冊状に切り揃え、芥《け》子《し》を振りかけて一度天日に干し、杏子《あんず》、生姜《しょうが》、陳皮《ちんぴ》を刻んで混ぜ込んだ醬油に再度浸した上で乾かした駄菓子である。生姜の利《き》いた甘辛い独自の風味で、茶菓子はもちろん酒の肴《さかな》にする通人もいる。

「ならば今度私も買ってきましょう。中へ入っても？」

別件で話もあるのか。十蔵は竹箒《たけぼうき》を立てかけて頷《うなず》いた。

「寒いだろう」

十蔵は火鉢《ひばち》に二、三本の炭を入れ、火箸で灰の中から埋《うず》み火を取り出して火を点《つ》ける。

「独りの時は暖も取らないのですか？」

「ああ。情けないことだが、倹約せねばな」

十蔵は自嘲気味に笑いつつ胡坐《あぐら》を掻いた。

「しかし楽しそうだ。忍びを辞めてよかったのかもしれませんね」

十蔵が現役の時、景春はまだ青義堂の子どもたちほどの年齢であった。その頃の十蔵に、景春は憧れを抱くと同時に、触れてはならぬ恐ろしさを感じたと言っていた。

「すまなかったな。顔の割れている俺が嗅ぎまわる訳にもいかないからな」

「いいですよ」

景春は、目の前で手を振って朗らかに笑った。しかし一転、表情を曇らせながらにじり寄って来た。

「本題の前にお話が……例の風魔小太郎の件です」

「俺に話して良いのか？」

「これに関しては一切の口外を禁ずる。ただし危害が及ぶやもしれぬ市井《しせい》の者に限り、特例としてあらましを告げよ。九兵衛様はわざわざ私を呼び、そう仰いました」

我が身を案じてくれているのは、時丸を配したことからも明らかである。しかし伊賀組の与力として、踏み外してはならぬこともある。理屈をつけるあたり厳格な兄らしい。しかし不可思議なのは、とうの昔に忍びを辞めた己に危害が及ぶとはどういうことか。

「長くなりますので、順を追ってお話し致します。まず今現在、江戸に他国の忍びが何人ほど紛れ込んでいるかご存じですか」

「ふむ。十、いや多くとも七、八といったところか」

伊賀組、甲賀組などを始めとする百人組の多くは、並の武士と同じ暮らしをしている。それでも百人組各組にはまだ三十人程の陰忍《いんにん》がおり、また将軍直轄の御庭番という精鋭陰忍集団もいる。

衰えたとはいえ、他国から入った忍びはあっと言う間に駆逐される。

「我らが摑《つか》んでいるだけで、その数は五十に迫ります」

「なんだと──」

十蔵は絶句した。関《せき》ヶ原《はら》の戦い前夜でも、それほど多くの忍びを江戸に入れたことがあったか。

「どの大名の差し金だ」

景春は目を細めて頭《かぶり》を振った。

「大名の手の者ではありません。奴《やつ》らは誰の命《めい》も受けず自らの意思で動いております」

「今なおそれほどの忍びを抱えている里があると言うのか……」

とても信じられぬことである。泰平の世が長らく続き、需要が減った忍びはごく少数を除いてある者は並の藩士となり、またある者は帰農して消えて行った。

それでも僅かに残っていた忍びがほぼ消えるに至ったのは、今より十数年前の宝暦《ほうれき》年間である。圧政に苦しんだ民が各地で一揆を起こした。待遇への不満から一揆に同心する里、反対に己の存在意義を示す格好の機会と、大名家に請うて積極的に鎮圧に協力する里もあり、その騒乱の中、多くの忍びが死んだ。

一揆側に忍びが加わった地では、正攻法しか知らぬ武士は大層手を焼き、秘密裡《り》に幕府から忍びの援軍が派《は》され、十蔵も各地で大いに暗躍した。

「潜伏している忍びの出自はばらばら。分かっているだけで十の流派に跨《また》がっております」

景春はことの次第を滔々《とうとう》と語りだした。

昨年明和六年（一七六九年）の暮れ、幕政を握る田沼意次の屋敷の前に一通の書状が置かれていた。それはまさしく宣戦布告ともいうべき内容であった。

「将軍暗殺……」

「加えて御三家、幕閣、全て殺してゆくと……さらに文《ふみ》には続きがあります。公儀隠密は指を咥《くわ》えて見ておれ。さもなくば当人のみならず、妻子も殺すと。実際その脅しに屈して姿を晦《くら》ませた者もおります」

「六年前と同じか……」

十蔵が隠密を辞した頃、似たような事件が多発した。隠密、その妻子が次々と殺害されたのである。あまりに続くものだから下手人は複数と思われたが、一人が凶行に及んだことで、多くの者が模倣して続いたというのが真相であった。それほど公儀隠密が方々から怨《うら》みを買っていたということである。公儀隠密は総力を挙げてこれを追い、何人かの下手人を捕らえたところでことは収束した。

「今回はそれが組織だって攻めて来る。もはや戦《いくさ》です」

「何人の公儀隠密がいると思っておる。そのようなことが出来るものか」

「敵方には既に名の知れた猛者が数人加わり、まだまだ数を増やしております」

「どのように増やすのだ」

「勧誘。ただそれだけです。但し断った者は全て殺すというのが奴らのやり口。中には元公儀隠密もおります」

「故に兄上は俺に警戒せよと……」

手が冷えるのであろう。景春は火鉢で手を焙りながら続けた。

「陰忍を引退し、甲斐《かい》で陽忍《ようにん》をしておられる熊笹《くまざさ》の銀佐《ぎんざ》殿をご存じでしょう。三月《みつき》前にやられました」

「まさか……年老いたとはいえ、根来組きっての隠密だった男だぞ」

「十蔵さんも甚八と戦い、奴らの腕前をご存じのはず。決して不思議ではないでしょう」

驚きの連続にさすがの十蔵も息を呑《の》んだ。景春は続ける。

「さらに裏稼業を持つ口入屋、汚い商《あきな》いをする商人《あきんど》などの依頼を受け、銭も蓄えているとか……何か大きなことを考えているのやもしれませぬ」

十蔵は黙り込み、無言の時が場を支配した。時折、静寂を嫌うかのように炭がはぜる。

景春の話にどこか現実味を感じないのは、己も既に陽《ひ》の当たる場所の住人になっているからであろうか。躰や勘が鈍ったこともあるが、とてもではないがそのような血生臭い世界に戻れる気がしない。

「俺には何も出来ぬ……だが気をつけよう。そろそろ本題に入ってくれ」

若干の心苦しさはある。だが今は子どもたちのことを一番に考えねばならない。そう己に言い聞かせて話を転じた。

景春は先ほどまでとは打って変わり、軽やかに言った。

「縁談ですね。それも飛び切りの良縁です」

千織の生駒家は加賀に六十八家しかない人持組《ひともち》に属しており、石高も三千石と大身旗本にも引けを取らない。今回の縁談相手はその上を行く名家で、俗に加賀八家と呼ばれる家の一つ、松根《まつね》城代村井家《じょうだいむらい》であるらしい。その石高は実に一万六千五百石と小大名に等しい。

「めでたいことではないか」

「それなのに当人が気落ちしているといえば訳は一つでしょう。恋煩いですよ」

「まさか……千織はまだ子どもだぞ」

「親や師匠というのは、どうもいつまでも子どもでいさせようとする節がある。千織ちゃんは十三でしょう？　恋の一つや二つしていてもおかしくない」

景春は若いが、十蔵よりも遥かに女慣れしている。この点に関しては説得力がある。

「相手は誰だ？　鉄之助、いや吉太郎……もしや源也か？」

「青義堂に来る前にどこかに寄っているようです。決まって余った冷や飯を持ち出しているので、これはどこかで犬猫の面倒でも見ているのかもしれない……。何なら直《じか》に訊《き》けばいい。ねえ？　先生」

景春は揶揄《からか》うようにそう呼んだ。

「しかし……どうも千織は接しにくくてな」

これぱかりは景春に相談してもどうにもなりそうにないが、つい零《こぼ》してしまった。すると意外にも景春は真面目に考え込んだ。

「その心はきっと千織ちゃんにも伝わるはず。案外寂しい思いをしているかもしれませんよ。十蔵さんはもう忍びじゃあない。正面から当たればいいのですよ」

景春の言葉に目から鱗《うろこ》が落ちたような心地であった。

「たまには良いことを言うものだ」

「たまに、は余計です」

十蔵が片笑むと、景春は舌先をちょっと出して戯《おど》けて見せた。

翌日の講義の後、半ば強引に千織を残らせた。景春から聞き得たことをぶつけてみると、千織はむっとした顔付きで尋ねた。

「どなたからお聞きになりました？」

「いや……加賀藩出入りの商人にな……」

千織は観念したかのように深い溜息《ためいき》をついた。咄嗟《とっさ》の言い訳は、あながち的外れではなかったらしい。

「確かに噂《うわさ》にはなっておりますものね」

「嫁ぎたくないのか？」

「先方は松根城代の御家柄、どうなるものでもありません」

やはり女というものは、男とは根本的に物の考え方が異なるらしい。同年代の鉄之助らとは比べ物にならぬほど、早くも大人の悟りを身に付けている。

「俺は千織の心を訊いているのだ」

真剣な口調で言うと、千織は微《かす》かに口元を綻《ほころ》ばせた。だが、それは嬉《うれ》しさから来るものには見えなかった。どこか冷たく、小馬鹿にしているようですらある。

「では正直に申し上げます。私は学問をやめたくはありません」

「学問は嫁いでも出来る」

「それは綺麗《きれい》ごとというもの。嫁が兵法を学んで咎めぬ家がどこにありましょう」

難なく論破されてしまった。それでも十蔵は景春の言葉を思い出し、さらに踏み込んだ。

「青義堂を辞めたくないということか？」

「先生は女の教養だけでなく、兵法を教えて下さいます。そんな寺子屋はございません」

十蔵は苦笑してこめかみを掻いた。千織の親からはきっちり女の素養を身に付けさせて欲しいと言われていた。千織が学びたいことと、親が学ばせたいことには大きな隔たりがある。数々の寺子屋と揉《も》めてきた要因もそこにあった。そこで十蔵はその日の学ぶべきことを終えたならば個別に兵法の手《て》解《ほど》きをする約束をし、これまでその通りにしてきた。

「他にも青義堂から離れたくない訳があるのではないか？」

これも景春の仮説に基づいている。つまり想う相手がいるのでは、ということである。千織は首を捻って考えているが、まことに思い当たる節はなさそうであった。

「やはり違ったか。なに、景春が千織は恋をしているのではないかなどと言うのでな。俺は千織に限ってないと申したのだ」

千織の白い首筋が桃色に染まり、それはみるみる顔まで昇っていく。

「せ、先生といえども失敬です！」

「え……」

千織は頬を林檎《りんご》のように染めて声を荒らげたので、十蔵は呆気に取られて目を丸くした。

「私はもう大人です！　子ども扱いしないで下さい」

「すまない……」

「ともかく縁談の話は家に従うと決めております。まだ暫《しば》くはお世話になりますが、来春にはここを去ることになるかと思います」

「それはまた急な話だ」

「何もこの縁談を望んでいないのは私だけではないのです。早いに越したことがないというお考えでしょう……」

千織は深々と頭を下げると、そのまま行ってしまった。

――やはり女心は解らん。

そこまで怒ることだろうかと眉間《みけん》に皺《しわ》を寄せる。十蔵はつるりと頬を撫でた。

二

さらに翌日、講義を終えた十蔵は身支度を整えると、勝手口から首を出して道を窺《うかが》った。

――よし、誰もいない。

確かめた上で青義堂を出る。もし今の十蔵の恰好《かっこう》を筆子《ふでこ》やその親が見たら、寺子屋商売が上手くゆかぬから副業を始めたと思うだろう。また景春に見られたならば、あれほど正攻法でいけと言ったではないですか。そう厭味《いやみ》を言われるに違いない。

「汁粉ー。甘い、あまーい、汁粉ー」

そう繰り返しながら歩く十蔵の恰好は棒手振《ぼてふり》そのもの。天秤棒の先に桶や笊《ざる》を取り付けて担ぎ、売り歩く者を棒手振や振売《ふりうり》という。

棒手振の扱う品は鮮魚や貝、青物などから、豆腐、油揚げ、海苔《のり》などの加工品、醬油や味噌《みそ》、七味唐辛子などの調味料、清流から汲《く》み上げてきたばかりの冷水など多岐に亘《わた》る。最近では寿司や、白玉団子などの甘味を売る棒手振もいた。

十蔵が扮しているのはこの寒い季節に人気の汁粉売りである。本郷の加賀藩上屋敷の近くを歩き回って商いをし、情報を得ようとしていた。昨日、千織が去り際に言った言葉がどうも引っかかったのである。

「親父、二杯くれ」

手を揉みながら二人の侍が声を掛けてきた。親父と呼ばれるほど老いてはいないが、顔をわざと煤《すす》けさせ、無精髭《ひげ》まで生やして年嵩《としかさ》に見えるようにしている。

「へい。寒うございますね。餅を多く入れさせて頂きますよ」

「それはすまぬな」

別の侍が顔を緩めた。天秤棒を下ろして鍋の蓋《ふた》を取ると、白い湯気が立ち上った。柄杓《ひしゃく》で椀《わん》によそって差し出す。椀を持ち込まぬ限り、その場での立ち食いである。侍の中には不格好として嫌う者もいるが、この泰平の世では、その気風も随分無くなっていた。

「お侍様は加賀様の御家来衆でございますか？」

「おお。よく判ったな」

「いえね。加賀様の御家中は粋なお召し物の方が多いもので、ぴんと来た訳です」

「嬉しいことを申してくれるではないか。のう？」

二人の侍は気分良さそうに汁粉を啜《すす》り、餅を頬張った。こうして煽《おだ》てることも忍術であり、「五車《ごしゃ》の術」と謂《い》う。

五車とは「喜怒哀楽」に「恐」を加えた感情を指し、「喜」は煽てて隙を作り、「怒」は挑発して冷静さを奪う。「哀」は哀れさで同情を誘い、「楽」は金品を与えて買収する。最後に「恐」は悲観的な情報を吹き込んで意欲を削ぐ。これらをうまく組み合わせて情報を引き出すのが、内偵の基本中の基本である。

「そういえば……生駒様のところに縁談が持ち上がったとか？　先ほどご同輩のかたがそう漏らしておられました」

先に漏洩《ろうえい》させた犯人を作っておけば、人は罪悪感が薄れるものだ。

「うむ……そうだ」

侍たちが突然暗くなったことで、やはり何かあると確信した。

「めでたくないので？　祝言の日取りが分かれば餅でもお届けしようかと……商いを広げたいと思っていまして」

「抜け目のない親父だ。だが破談になろうよ」

「おいっ……」

一人が口を滑らせたのを、もう一人が袖を引いて咎めた。

「良いではないか。棒手振の親父だぞ。生駒家は人持組といえども最末席、御城代とは家格が違いすぎるのだ」

「へえ……それなのになぜ？」

「国家老の横山《よこやま》様が薦められ、御城代も乗り気になったのよ」

「ならば、やはり決まったようなものではないですか」

十蔵は爺《じじ》むさく手をぽんと叩《たた》いた。

「祝言を挙げようにも相手がおらねば何ともなるまい」

「それ以上は――」

もう一人は先ほどよりも強く袖を引く。話していた侍もさすがにまずいと思ったのか、あとは黙って汁粉を食べ、そそくさと去っていった。

――血生臭いこともやらねばならぬようだ。

十蔵は掌《てのひら》で空になった椀をくるりと回し、暮れなずむ空を眺めた。

十蔵は口を滑らせかけた加賀侍の身辺を探る。男は度々この辺りをうろついているらしく、特徴を伝えて近くに聞き込みをしただけで、江戸広敷御用配下の津田《つだ》という男だと判った。

これの口を割らせるのが手っとり早いだろう。今日のうちに聞き出したいが、すでに日は沈んで辺りを闇が覆っている。

加賀藩の上屋敷に忍び込むのは流石《さすが》に無謀である。己が最も目的を達しやすい環境を整えることも、忍びの胆《きも》である。外にまた出て来た時がよいが、武家には門限がある。誘い出すには一工夫いる。

「火事だ！　火事だぞ！」

十蔵は屋敷の外周を駆けまわりながら連呼した。叫ぶ度に声色を変えることも忘れていない。喉を思い切り締めることで、女の声すら容易く真似《まね》られる。

加賀藩は府下随一の火消集団である加賀鳶《とび》を擁している。近くで火事と聞いて動きが無いはずがない。津田は火消侍ではないが、事ある時は全員が飛び起きて屋敷の周りの警護に当たるのは常識である。

屋敷は蜂の巣をつついたような騒ぎになり、煙草《たばこ》を一服するほどの間にわらわらと火消侍が現れた。

「兵馬《ひょうま》、手分けして火元を見つけるぞ」

「はっ」

頭であろうか。精悍《せいかん》な顔付きの男が命じ、火消侍たちは四方八方に散っていった。続いて現れた残る者たちで屋敷の周りを警戒している。十蔵は東向かいの屋敷の屋根の上から目を凝らした。

――見つけた。

十蔵は音もなく地に降り立つと、顔を伏せながら喧噪《けんそう》に紛れて近づいていく。

「津田殿、御用頭《がしら》がお呼びです。こちらへ」

「何？　頭は先ほどそこに……」

「津田殿のみに伝えねばならぬ大事な用とか。先に待てと」

「うむ……例の件か？」

「はい。お急ぎを」

例の件が何を指すのか解らないが、十蔵は話を合わせた。十蔵は津田を連れて集団を抜けると、すぐ先の辻を折れて小路に入る。

「どこで待てば――」

次の辻を折れた瞬間、十蔵は首に巻いた布を鼻まで引き上げて顔を隠すと、津田の喉を摑んで海鼠《なまこ》壁に押しつけた。

「生駒家について話せ」

手の力を僅かに緩める。津田の口辺には細かい泡が溢《あふ》れている。

「貴様……生駒の手先か……」

「二度は言わぬ。生駒の娘に何を企てている」

懐から素早く抜き取った刺刀《さすが》を、頸《くび》に押し当てて冷たく問うた。

「わ、分かった……」

津田は苦しげに、つぶさに語り始めた。今、加賀藩は大きく三つの派閥に分かれている。

最大派閥は筆頭家老の本多《ほんだ》家。加賀藩の中でも特殊で、幕府が開かれた時、加賀前田家を牽制《けんせい》すべく徳川家から送り込まれた。幕府とも深い関係を持っており、その権勢は藩主に匹敵する。

それに対抗しているのが国家老にして富山《とやま》城代の横山家で、幕府の威光を笠に着て藩主を蔑《ないがし》ろにする本多家を抑え込もうとしていた。千織の父である生駒勘《かん》右衛《え》門《もん》はこの派閥に属しているという。

最後は中立派である。人持組の今柄《いまがら》家、青山《あおやま》家、大音《おおと》家など中堅藩士が多く属しており、ここの筆頭こそが千織が嫁ぐ予定の村井家なのだ。

「なるほど。中立派筆頭の村井家と、国家老派の生駒家が縁付くことを本多は嫌っているということか。それで如何する」

十蔵は刃をさらに強く押し付けた。

「娘を……殺す」

「そこまで……露見せぬと思うか」

「御家老は自らの手を汚さぬ。凄腕《すごうで》の者を雇われた……信じられぬであろうが忍びだ。この泰平の世に忍びなど、初めは俺も信じなかった……嘘ではない！」

十蔵は背後に気配を感じた。津田の脾《ひ》腹《ばら》を打って気絶させると、身を翻《ひるがえ》した。闇を切り裂いて苦無《くない》が向かって来る。刺刀で払うと、壁を蹴って宙を舞う。

——敵は二……いや三人。

十蔵は二度浅く息を吸って、深く吐き出した。呼吸を整えて気を落ち着かせると、地を蹴って敢然と向かっていった。予想外の加速に敵の動揺が見て取れる。十蔵は一人を肘で撃ち、もう一人に足払いを掛け、残る一人の襟首を摑んで肩越しに投げた。

「十蔵様⁉」

首を踏みつけようと足を掛けたその時、そう呼ばれて胆を冷やした。

「壮太《そうた》！　ではあちらは……」

「岩鷲《がんじゅ》と拾《ひろい》でございます。足をどけて頂けませぬか」

「おお。すまぬ」

壮太は立ち上がると覆面を取った。それに倣《なら》って他の二人も顔を晒《さら》す。この者たちは坂入家配下の陰忍であり、かつては十蔵と共に忍び働きをしていた。

「お主たち、ここで何を……」

十蔵が訊くと、壮太は目元を厳しくして素早く首を横に振った。

「お役目としか申せません。十蔵様こそ何故ここに」

「こちらもお役目のようなものだ。どうしても言えぬか」

「それはご存じのはず。御頭の許しが無ければ……」

壮太は心苦しそうに俯《うつむ》いた。

「そうだな。では直に尋ねるほか無いようだ」

「それでは……」

「明日、お訪ねすると伝えてくれ」

十蔵はそう告げると天を仰いだ。吐き出した白い息は、寒天に居座る満月の光を受けて、儚《はかな》げに浮かんでは消える。己の過去はこのように容易くは消えないようだ。


十蔵は坂入家の前に立つと、感慨深く門を眺めた。

――六年ぶりだろうか。

伊賀組与力の坂入家は小さいが門を持っていた。幼い頃から何度この門を潜《くぐ》ったか。だが二度と戻らぬ決意を胸に、六年前にこの門から出た。脇戸が開いて色の浅黒い老人が顔を出す。

「お待ちしておりました。主人がお待ちです」

「茂爺《しげじい》、久しぶりだのう。達者か」

「おかげさまで。十蔵様も健やかそうで何よりです」

茂一《しげいち》は、祖父の代から坂入家に仕える郎党である。父を早く亡くした九兵衛と十蔵の、父親代わりのような存在であった。茂一は先に立って案内する。

「そろそろゆるりとしてはどうだ」

「なかなかそう上手くいかぬもので」

ちらりと振り返った茂一は苦笑していた。

「十蔵様がお越しです」

「通せ」

茂一が襖を開け放つと、九兵衛は文机に向かって書きものをしているところであった。茂一は会釈をして下がり、二人きりとなる。

「お忙しいようですな」

「そうでもない」

そうは言うものの、向き直った九兵衛の目の下には隈が浮き上がっていた。

「私の気儘《きまま》のせいで申し訳ございません」

「お主のせいではない。まあ座れ」

坂入家の組の中では、十蔵の腕は頭二つ抜きん出ていた。十蔵を欠いた後の苦労は並大抵ではないだろう。それは当時から重々承知であった。しかし無理を通して忍びから足を洗ったのである。

「お聞き及びかと思いますが、昨夜坂入の組の者と出くわしました。壮太、岩鷲、拾、どの者も陰忍です。なぜあのような所に」

「それはこちらこそ問いたい。辞めたお主がなぜ忍び働きをする」

九兵衛の顔色は一切変わらなかった。

「こちらが尋ねる身。あらましを語らねばなりませぬな」

昨夜、何故己があのようなことをしていたのか。十蔵は包み隠さずに話した。

「ほう。娘はお主の筆子か」

「ご存じでしたな」

　坂入の組が千織に関することで動いているのは確実である。そうであれば指揮を執る九兵衛が調べていないはずがない。

「景春から聞いておろう。例の奴らを追っていた。そこにお主が突然現れたという訳だ」

　九兵衛の言うことを額面通りに受け取ったとしても、あそこでかち合うなど偶然にしては話が出来過ぎている。その時、十蔵の脳裏に閃《ひらめ》くものがあった。

「まさか……本多が雇った千織を狙う者はそやつらなのですか」

「相変わらず察しが良いな」

　九兵衛は感心したような顔で続けた。本多は当初、幕府に縁談を潰してほしいと泣きついたという。しかし幕府としても、他家の縁談に口を出すのは、流石に憚《はばか》られる。

「万策尽きた本多は、近頃市中で噂になっている奴らに、千織殿の暗殺を依頼したという訳だ」

「幕府は……」

「断じて許さぬ」

　言いかけるや、九兵衛は強く遮る。そして一呼吸置き、元の静かな語調で続けた。

「接触する機会と見て、我らは毎夜加賀藩邸を見張っておる。そこに火事だと叫ぶお主が現れたという訳だ」

「ありがとうございます……御免」

十蔵は早くも腰を浮かした。公文甚八の一件で奴らの強さは承知している。千織を守るため一刻も早く対策を立てたかった。

「何にも動じなかったお主だったが、随分変わったな」

言われるまで気づかなかったが、確かに昔の己ならば冷静であっただろう。

「今ならば隠密失格ですな」

十蔵は自嘲気味に笑ってその場を後にしようとした。

「待て。教えてやろう。知っておいて損はない」

九兵衛はそう言うと、文机より一通の書状を取り出した。

「何でしょうか」

「敵の陣容だ。我らが調べた限りだが。今はもっと多いやもしれぬ」

書状を開くと紙面に目を落とした。そこには多くの忍びの名が羅列されている。中にはちらほら知った名もあり、事前に聞いたように元公儀隠密の名もあった。

「田沼様に届いた文を写したものだ。奴らは『宵闇《よいやみ》』と名乗っておる」

小太郎と名乗った男の話を思い出した。宵闇、つまりは光と闇を繫《つな》ぐ者といった意味合いであろうか。十蔵は一つ一つの名にじっくりと目を通した。

「寄せ集めといった感じですな。知った名もありますが……何と言いますか……」

「物の数ではないか。まあ、確かに音無の十蔵から見ればそうかもしれぬな」

九兵衛は心中を見事言い当てた。挙げられている名はかつての十蔵からすれば、束になってかかって来ようが恐れるほどのものではない。

「ではこれはどうだ。俺が推量した」

九兵衛は再び文机に向かうと、一枚の半紙を取って渡した。

「これは……」

十蔵は釘付けとなった。九兵衛の低い声が額に当たる。

「この者たちが首領格と俺は見ている。討てば奴らは瓦解するだろう」

「風魔小太郎……あの男か」

「知っているのか？」

九兵衛は顎を引いて尋ねる。十蔵は、源也らがお化け退治に出たあの日のあらましを語った。

「なるほど……こやつが全ての元凶である。偽名であろうが、未だ隠密も正体を摑めぬ」

十蔵が衝撃を受けたのはそれだけではない。日ノ本の中でも十傑には入ろうかという手練《てだ》れたちの名があったからである。陰に潜む忍びであるはずなのに、名が通るとはいかなることか。余人が聞けばそう思うに違いない。しかし現実はそうではない。いずれも失敗が許されぬ任務である。成功率を高めるため、一番の手練れが繰り返し使われる。そのためどうしても名や相貌が知れ渡り、いずれ任務に支障を来《きた》して死ぬことになる。つまりそれでもなお生き残っているということは、一等腕の良い忍びであると言える。

記された名は四名である。

風魔小太郎
怪鑿、公文甚八
空網の与一
冥蜂《めいほう》、霧島十徳《きりしまじっとく》

「甚八は厄介な男であったろう」

「はい。半蔵の他に類を見ぬ忍び」

甚八は同じく土佐の細川半蔵、通称「絡繰《からく》り半蔵」と双璧をなす絡繰り忍びである。前回は運よく退けられたが、次戦えばどうなるかは分からない。

「この者は？」

十蔵は与一の名を指差した。以前、確か景春が独自の飛行術を持つ忍びを挙げた中にいた。風魔を除いた三人のうち、この者だけそれ以上のことを知らなかった。

「公にしておらぬが、昨年お城で小火《ぼや》があり、この男がつけた。戸隠流の忍びでまだ若いということだけ判っている」

江戸城に忍び込むなど、六年前の十蔵でも不可能に思われた。それを成し遂げるというだけで、その腕が知れよう。

「そのような男たちに加えて、あの霧島十徳とは……」

石見《いわみ》に古くから根付く苫屋《とまや》鉢屋《はちや》流《りゅう》の忍びである。冥蜂の異名の通り、刀や手裏剣に数種類の毒を塗り込み、掠《かす》りさえすれば命はない。しかも体術の達人である。

かつて十蔵はお役目でこの十徳と刃を交えたことがある。死闘を繰り広げること実に半刻（約一時間）。何とか痛み分けに持ち込んだという結果であった。

「十徳は死んだ。二十日前に水道橋《すいどうばし》の下で骸《むくろ》を見つけた」

「何と――」

「奴らが忍びの勧誘をし、断られれば殺しているというのは聞いたな」

「はい。故に兄上は私に時丸を授けて下さったものと……」

「うむ。十徳は返り討ちにされたものと見ている」

霧島十徳は三十余年もの間、第一線で暗躍してきた凄腕の忍びである。一体誰がやってのけたというのか。その疑問を察したのか、九兵衛は指を鳴らす振りをしてみせた。

「それはまさか……」

「鬼火の禅助よ」

十徳は躰の大半に火傷《やけど》を負っていたという。あれほどの忍びを焼き殺せるのは、禅助以外には考えられない。宵闇は公儀隠密を殺そうとはするが、辞めた禅助を狙う理由はない。つまり勧誘に失敗したというのが九兵衛の見立てである。

「私は……どうでしょうか」

十蔵を勧誘しに現れれば、寺子屋の筆子にも危害が及ぶかもしれない。

「念のために時丸を与えたが……お主は病ということになっておる。まずは心配いらぬ。それに今のお主では宵闇も持て余すであろう」

九兵衛は十蔵の今を見抜いている。忍びにおいて最も重要なのは技ではなく心である。慈しむことを覚えた己は、かつての半分の力も出せまい。

九兵衛はじっと見つめてくる。どうしたものかと十蔵は眉を寄せた。

「睦月《むつき》はどうしているだろうな」

唐突にぽつんと言ったので、十蔵は思わず俯いてしまった。

「それは……」

その名を久しぶりに聞いた。十蔵が忍びを辞める直前に離縁した妻の名である。

「迎えにいってやれ。睦月も今のお主とならば……」

「いいえ。済んだことです。あれはあれで幸せにやっているでしょう」

「もう辞めたのだ。お主も幸せになれ」

九兵衛は元来優しい兄である。兄でありながら、個の力では常に十蔵に後れをとっていた。それを己でも知っているからこそ、頭として感情を殺して隠密を務めている。それこそ睦月と一緒になると報告した時も、手放しで喜んでくれた。

「お暇《いとま》致します」

十蔵は頭を深々と下げた。

「よいか十蔵、何があろうとお主はお主の道をゆけ。睦月のことも今一度考え直せ。ゆめゆめ忘れるな」

九兵衛は嚙《か》んで含めるかのように言う。十蔵が頭を擡《もた》げると、そこには幼き頃を思わせる兄の笑みがあった。

三

筆子たちは啞然としていた。十蔵は小言一つ言わずに額を擦《さす》った。赤く腫《は》れているのだろう。僅かに熱を持っている。襖を開けると同時に、薄い板が撓《しな》って襲ってきた。それを額に受けたのである。

「先生……大丈夫？　ごめん」

いつもなら大喜びする鉄之助も、全く怒られないものだから気味悪そうに顔を覗《のぞ》き込んできた。

「ああ。直しておけよ」

兄を訪ねて数日、十蔵はずっとこのような調子であった。何をするにも頭から宵闇のことが離れないが、九兵衛は十蔵が忍びの世界と関わりを断つことを望んでいる。

――生駒千織は我ら公儀隠密が守護する。そこで宵闇を討ち滅ぼす。

九兵衛はそう誓った。食い下がろうとする十蔵に対し、千織を支えるという役目こそ今のお主の本分である。そう付け加えて尚も釘を刺した。坂入の組に加えて、二十五騎、甲賀、根来の三組から選抜された、計五十人体制で守るという。いくら手練れといえども、容易く打ち破れないだろう。

「千織、暫く休め」

十蔵は千織にそう命じた。景春の話によれば、今年の暮れ頃には村井家の当主と嫡男が正式に結納を交わすため参府するという。そうなれば筆頭家老の本多も怪しまれることを避け、易々とは手を出せまい。それにもう青義堂に通う必要はないのだ。少しでも外出の機会を減らした方が良い。いつもならば反抗するはずの千織も、何かを察したのか素直に頷いた。

「先生は何者なのですか？」

千織はやはり賢い。自身に迫っている危険も知っている。さらにそれを知り得ている十蔵が只者ではないことも感じ取っている。

「何者……なのだろうな」

己でも判らなかった。寺子屋の師匠としては未熟で、忍びと呼ぶには軟弱過ぎた。

「私は男に生まれたかった。女の身では何者にもなれません」

千織の頰に涙が伝っている。拭ってやろうとしたが、千織は十蔵の手を払い、駆け出していった。恐らくもう二度と千織は来ないだろう。そして二度と会うこともないのだ。十蔵は哀しさを抑え込みながら、心の内で千織の幸せを祈った。


千織が来なくなって十日が経った。筆子たちには都合で暫く来られないとだけ伝えてある。最も変化があったのは鉄之助である。憐《あわ》れなほど気落ちしており、吉太郎や源也が気を紛らせようとするが徒労に終わっていた。

「鉄、そんな落ち込むなら帰りに千織のとこへ寄ろうや」

「誰があいつのことで落ち込むか！」

鉄之助はそう強がっているものの、やはり気にはなるらしく落ち着かない。

「家を訪ねることは止めよ。故あって千織は外に出られぬ」

いつ生駒家に襲撃があるか分からない。鉄之助たちを再び危険に晒す訳にはいかなかった。

「おっ父が今建てている家の近くで、千織をよく見るって言っていたんだけどなあ……」

首を捻りながら呟《つぶや》いたのは源也である。そのことに驚いたのは何より十蔵であった。

「定一さんが？　どこで⁉」

「神田明神《かんだみょうじん》様の近く」

本郷の加賀藩上屋敷からそう遠くはない。

「何をしているのだ」

「どこに行くのか訊いたらしいけど、上手くはぐらかされたみたい。竹皮に包んだ握り飯を持っていたこともあるみたいだし、犬でも飼っているんじゃないかって」

千織がどこかで犬猫でも飼っているのではないか。そう景春が言っていたのを思い出した。その時は気が付かなかったが、辻褄《つじつま》の合わないことがある。

「あいつは犬が苦手だ」

思ったことを、鉄之助が先に口にした。事実、千織は時丸を怖がって近づこうともしない。

「でも猫ってこともあるんやない？」

吉太郎が新たな仮説を立てるが、それも鉄之助が即座に否定する。

「それもない。猫を抱いたらくしゃみが止まらないから困ると前に言っていた」

「へえ。よう知ってはることで」

吉太郎は白い歯から息を洩《も》らして笑った。

「ともかく、千織を訪ねるのは固く禁ずる。仔細は話せぬがそれが千織のためにもなる」

やはり千織に惚《ほ》れているのだろう。千織のためと言ったのが効いたか、鉄之助は口を真一文字に結んで頷いた。


時丸は縄で繋がず、狭い庭に放してある。不意の侵入者とも戦えてこその忍犬なのだ。

その時丸が激しく吠えたのは、師走《しわす》に入ったばかりの夜半であった。すわ宵闇かと身を起こしたが、そうでないことにすぐに気が付いた。侵入者ならば時丸は容赦なく喉笛に嚙み付く。しかし格闘している様子は伝わってこない。ただ吠えているだけなのである。十蔵は枕元の刀を手に、中庭へと進んだ。

「十蔵様！」

半月前に出くわした坂入組下の隠密、壮太である。肩には苦無が突き刺さり、頰からも血が止めどなく流れていた。下手に苦無を抜けば血を失って身動きが取れなくなる。故に壮太はそのまま駆けてきたのだ。

「いかがした！　まずは手当をする。少し待っておれ……」

「火急でございます。千織殿の行く先に心当たりはございませぬか」

「何がどうなっている」

「奴ら、姿を隠そうともしない……もはやこれは戦です！」

「暫《しば》し待て。道中に詳しく教えよ」

十蔵は奥に引っ込むと、寝間着の上に一枚羽織り、苦無や手裏剣など最低限の道具を手に駆け出した。

「これで血を止めよ」

並走する壮太に晒《さらし》を差し出す。怪我こそ負っているものの、壮太には駆けるだけの体力は残されている。壮太は顔を顰《しか》めつつ苦無を抜き、走りながら晒で血止めを行う。

「左手は壊れました」

忍びは自身の躰を物のように扱う。壮太もそのように表した。

「何があった」

「襲撃されました」

「馬鹿な……隠密五十名の目を掻い潜ってか！」

「いえ。亥《い》の刻（午後十時）、生駒家に動きがありました」

壮太が言うには突如として本郷の上屋敷の潜り戸が開き、三十人ほどの一団が現れたという。それが生駒家の者たちであったのだ。対応に困った公儀隠密は全体を半分に分けて一組を一団の尾行に、残る一組をそのまま上屋敷に張り付けた。

「私は御頭率いる尾行組のほうに配されました。一団と木戸番との問答を盗み聞いたところ、危急のことで加賀藩中屋敷へ向かうと」

「巣鴨《すがも》のか。それほど距離はないな」

巣鴨御籠町《おかごまち》には確かに加賀藩中屋敷がある。しかし夜分に向かうとは只事ではない。

「はい。しかし三町（約三二七メートル）ほど先で突如襲撃を受けました」

「誘い出された訳か。兄上は……」

恐らく事の推移を静観するか、撤退を指示されただろう。そう言いかけたが恨み言のようになると思い、言葉を呑み込んだ。公儀隠密が市中に姿を現すことは許されない。市井の者に存在を知られれば、幕府に陰があることを知られてしまう。

「救出を命じられました」

「何だと……」

忍びの本分を守ろうとする兄とは思えぬ行動であった。公儀隠密が助けに入り、生駒家の者たちは敵味方入り乱れる中であるいは刀を抜き、あるいは上屋敷に逃げ走り、気づけば千織も見失っていたらしい。

――俺との約束を守ろうとされているのか。

兄は誰よりも弟が人並みの幸せを得ることを祈ってくれていた。故に関係を断とうとしていたに過ぎない。そして兄は己の信念を枉《ま》げて、十蔵の筆子を救おうとしてくれている。

「本郷の北だな。急ぐぞ！」

「お待ち下さい！　御頭は千織殿を捜すために十蔵様を頼れと。お主の道を全うせよと」

唇を強く嚙み、口中に鉄の味が広がる。兄は為《な》すべきことを己以上に知っていた。

「分かった……行くぞ！」

十蔵はさらに速度を上げると、次の辻を西に折れた。

「巣鴨の中屋敷を目指すのでは？」

息を切らせた壮太は怪訝《けげん》そうに尋ねた。

「そこには宵闇が待ち受けておろう」

「しかし千織殿は知る由もない。ましてやこのような時に考えつくでしょうか……」

一年と二月《ふたつき》。十蔵は千織と過ごした日々に想いを馳《は》せた。思い出すのはいつものつんとしたすまし顔。時折、兵法を褒めると見せる笑い顔。そして最後に見せた泣き顔であった。

「千織は青義堂一の切れ者よ。必ず読み切る」

十蔵はそう言い切ると、後はただ前を見据えて腕を振った。

四

千織の頭は妙に冴《さ》えわたっていた。

突然、父が中屋敷に移ると言い出したのは夜も更けた亥の刻のことである。同じ人持組の品川《しながわ》家より、生駒の家に恐ろしき刺客が紛れ込んだと報せが入った。中屋敷は国家老派が完全に牛耳っており、上屋敷よりも遥かに安全だから急ぎ移れという。

「話が出来過ぎているのでは……」

千織は進言したが、父は小賢《こざか》しいと思ったか、それとも狼狽《ろうばい》して気が立っていたのか、ともかく聞き入れられなかった。千織は事態が逼迫《ひっぱく》していることを悟った。

品川家の使いから、藩主が出した夜間通行の手形を貰い受け、上屋敷を飛び出した。駕籠《かご》は目立ち過ぎるため、千織も徒歩《かち》である。吹きつける風は刺すように冷たい。

手形を見せて木戸を抜けると、本郷の大通りに出る。ここを北進すれば巣鴨にある加賀藩中屋敷は近い。緊張に強張った供侍の顔が、些《いささ》か緩んだその時である。音も無く無数の影が現れ、往来を塞いだ。退避しようと振り返るも後ろも同様に遮られている。

温厚な父は、罠《わな》に嵌《は》められたことを今更《いまさら》ながらに悟ったようで、半狂乱になりながら突破を命じた。千織は気丈に振る舞っていたつもりであったが、その両脚は綿のように感覚を失い、手は小刻みに震えた。

――私は死ぬのだ。

僅か十三年である。実感などあったものではない。

その時である、新たに無数の影たちが現れて、道を塞いだ影どもと刃を交え始めたではないか。刀だけではない。見慣れぬ鉄塊が飛び交い、縄が蛇のように乱舞する。何が何だか解らぬが、新手は自分たちを助けようとしてくれているらしい。

「生駒の者よ。逃げよ！」

叫ぶ声は何故だか身近に感じた。どことなく十蔵に似ているからであろうか。

場は混乱を極めた。千織は右往左往して逃げ場を探したが、敵と思《おぼ》しき黒装束が迫ってきた。

生駒の侍はある者は倒れ、またある者は逃げ出し、防ぐ者がいなかった。

「千織殿！　こちらへ！」

男が二人駆け寄ってきた。信じるか否か答えを出せずにいると、一人が言い放った。

「十蔵様と懇意の者だ」

千織は迷いを振り払い、手を引かれて走り出した。二人の男は、走りながら見交わして頷くと、一人が脚を緩めて、追ってくる男の前に立ち塞がった。足止めのために残ろうというのだ。

「中屋敷を目指します。御免」

一人が千織を抱きかかえ、さらに速度を上げた。この腕力と脚力、やはり並の者ではない。

「南……南へ！　これが罠ならば必ず北で待ち受けているはずです」

「なるほど……一理ある」

「良き隠れ場所を知っています。神田明神様の裏です！」

「よし。しかと掴まっていなされ」

木葉に掴まり川面《かわも》を流される蟋蟀《こおろぎ》は、きっとこのような心地に違いない。千織はそっと目を瞑《つむ》った。


一月《ひとつき》ほど前であろうか。講義の前、朝靄《あさもや》煙る神田明神に参拝した。ここには、月に一度はお参りに来る。願うのはいつも決まって、

——次に生まれてくる時は男でありますように。

ということであった。何故女などに生まれたか。時には罰当たりにも神仏を怨んだことさえある。己の才を存分に世に問いたい。その欲求を満たすためには、女と謂う性は邪魔でしかなかった。その日はいつもよりも早く、また靄が濃かったせいか、境内《けいだい》には人っ子一人いなかった。

お参りを終えて振り返った時、靄の中に薄らと浮かぶ人影が見えた。影はゆらりゆらりと揺れながらこちらへ近づいて来る。しかも砂利が敷かれているというのに、不思議と跫音《あしおと》がしない。

千織は恐怖より先に期待に胸を膨らませた。

――神様が降りて来て下さった。

無邪気にもそう思うほど、影は神気を帯びているように見えたのだ。

現れたのは十蔵と同じ年頃の男であった。千織は人であったかと落胆し、次いで躰から血の気が引いていくのを感じた。男は躰中に無数の傷を負っている。顔色は土のようで足取りは覚束《おぼつか》ない。刹那、男が膝から頽《くずお》れる。千織は駆け寄って支えるように抱きかかえると、大人の重みに懸命に耐えながら呼びかけた。

「大丈夫ですか！　傷の手当てをしないと」

「傷は……たいしたことはない。毒……を盛られた」

「大変！　誰か人を呼んで来ます」

千織がそう言って立とうとすると、男の手が肩を摑んだ。

「駄目だ。人目につかぬところへ……社《やしろ》の裏に……そこへ」

相当苦しいのだろう。歯を食い縛る男の首には筋が盛り上がっていた。

――お尋ね者……。

言動から推測するにそうとしか思えなかった。今ここで突き放しては、いくら弱っているとはいえ危害を加えられるかもしれない。男の言う通りにして、後で奉行所に知らせるのが良いだろう。千織は肩を貸すと、引きずるようにして社殿の裏へと連れて行った。

「そこ……だ」

男が指差したのは社の裏の板壁である。男は壁を指でなぞり、何枚目かの板を上へとずらした。そして寄りかかるように押すと、板壁が回転して二人は社の中へと吸い込まれた。

「これは隠し戸……」

「助かった」

男は御神体が収められているであろう大きな桐箱に、もたれかかるように座り込む。

「罰が当たります」

千織は男を起こそうとしたが、脱力して早くも寝息を立てていた。

――奉行所へ……。

そっと立ち上がろうとしたその時である。男は呻《うめ》くように呟いた。

「離れないでくれ……」

心の臓が止まるのではないかというほど驚いたが、どうやら譫言《うわごと》のようである。

「小春《こはる》……父上のところへ……行くな」

仄《ほの》暗い中、男の目尻が煌《きら》めいていることだけははきと解った。もう奉行所に行こうなどという気持ちは霧散していた。千織はそっと寄り添いながら、板壁の隙間から差し込む光を眺めていた。

そこから千織と男の奇妙な交流が始まった。男は行き倒れた訳を語らなかった。怪我は命に係わるほどではないが、毒は厄介らしく、全身から力が抜け、歩行もままならない。完全に抜け切るまで二十日は必要だと言った。

「遅くなるから弁当を作ります」

千織はそう言い訳して、朝餉《あさげ》の余りの米で握り飯を作った。講義の後、あの男に持って行くためである。千織は生駒の家ではお姫様《ひいさま》と呼ばれる身。そのようなことは私がやると下女は止めたが、犬猫を隠れて飼っているような背徳感からか、はたまた己に迫る不条理を一時でも忘れられるからか、千織は自らの手で握った。

――愛想のないこと。犬猫のほうがまだましだ。

そこまでしているのに、男はくすりとも笑わずに貪《むさぼ》るように食った。名を尋ねると、男は少し考えた後、伝八《でんぱち》と名乗った。偽名であろう。逃げ隠れしているのがそれを物語っている。気になって張り出される人相書を見たが、似たような男は追われていなかった。

「伝八さんはお尋ね者なの？」

出逢《であ》って十日ほど経った頃、千織は思い切って訊いてみた。伝八は握り飯を食う手をぴたりと止めた。

「だとしたらいかがする」

「もしそうなら遠くへ逃げるのでしょう。連れて行ってよ」

伝八は口のまわりに米粒を沢山つけたまま、目を丸くした。

「お尋ね者と共に逃げようとするなど、変わった娘だ」

「でも伝八さんは悪い人には思えないけど……」

「何故、逃げ出したい。見たところ良家の娘だろう」

千織は加賀藩の上士の子であること、今縁談が持ち上がっていること、己の才を世に試したいこと、そして女に生まれたことを嘆いていること。全てを滔々と語った。伝八は目の前を通り過ぎる人に違いない。それに千織は気付いていた。だからこそ全てを吐露することが出来たのかもしれない。

「人は思いを伝えるべき時に伝えねばならぬ」

そう答えた伝八の声はとても優しいものであった。

「しかし……無駄です。叶うはずありません」

「たとえ叶わずともだ。そうでなければ悔いを残す。父でなくともよい。誰かに打ち明けてみてはどうだ」

その時、千織の脳裏に浮かんだのは十蔵の姿であった。千織は十蔵のことが好きである。それが恋かと訊かれれば首を横に振るだろう。初めて兵法の才を褒められた時、千織は天にも昇る心地であった。いわば十蔵は己を認めてくれた大切な人である。

「もう伝八さんに打ち明けました」

千織はそう言ってはぐらかした。珍しく狼狽した伝八は慌てて視線を外した。

「俺は悪人さ」

ぽつりと言う伝八の横顔はひどく哀しげであった。

「随分良くなった。明日には出て行く」

伝八が唐突に別れを告げたのは今朝のことである。一月近くも薄暗い場所に横臥して暮らしたため、躰は鈍っているが、毒はすっかり抜けたらしい。

「何故、毒なんて……」

今日、別れれば二度と逢うことはないだろう。ずっと気になっていたが、訊くのが恐ろしかったことをぶつけてみた。

「おおよその毒草は食ったが。此度《こたび》ばかりは死ぬかと思うた」

毒草などを好んで食べる者がどこにいようか。冗談を言ってはぐらかしている。千織はそう思った。

「小春……って？」

「何故その名を知っている」

伝八の顔にさっと翳《かげ》がさし、千織は思わず身震いをした。

「初めて逢った日、伝八さんが譫言で」

「そうか……娘の名だ」

「お内儀がいるの？」

「ああ。お松《まつ》と謂う」

千織は胸の深いところをぎゅっと締め付けられた。漠然とではあるが、伝八は独り者だと思っていた。

——だから何だというの。

千織は己でも妬心を抱いたことに驚いた。別に、二十歳は離れているであろうこの男に惚れている訳でもなく、何かを期待していた訳でもない。野良だと思っていた犬に、実は飼い主がいた。そのような感情かもしれない。

「では、帰るのですね」

「帰る場所は無い」

「え……？」

「妻と娘は死んだ。娘は生きていれば千織と同じ年頃だ」

千織は項垂《うなだ》れたまま二の句が継げなかった。やがてぽつりと落ちた滴が、古ぼけた床板を濡らした。

どこかで自分と伝八は同じだと思っていた。故に伝八にも帰る場所があると勘違いして妬心を抱いたのだ。だが実は反対であろう。自分は望まぬまでも帰る場所がある。伝八にはこの天地のどこにもない。

情けなさと申し訳なさが込み上げてきて涙が止まらなかった。千織の頭にそっと手が置かれた。顔を上げると伝八ははっとして手を離す。

「ごめんなさい……ごめんなさい」

千織は伝八の襟にしがみつき、何度も繰り返した。ここに来てから数度水で拭いただけの伝八の躰は臭かった。だがそれにもとっくに慣れた。この酸《す》い臭いを我慢するのも今日までと思うと、余計に涙が零れた。

「思いを伝えろ。お前は一人ではない。鉄之助であったか？　吉太郎、源也、誰でも良い。寺子屋の師匠も良い人そうではないか。頼ってみよ」

伝八は他愛もない話を全て覚えてくれていた。千織は激しく頭を振って何度も頷く。

「またいつか逢える？」

伝八は少し困った顔になったが、意を決したように言った。

「千住宿《せんじゆ》に檜屋《ひのきや》という小間物屋がある。どうしても困った時はそこを訪ねよ。行けぬ場合は居場所を書いた文を送れ。俺に繋ぐように申し付けておく」

「檜屋……」

「そうだ。飛んで行くという訳にはいかぬが……日ノ本のどこにいても必ず行く。お前は一人ではない」

伝八はもう一度同じことを言った。今度の言葉には鉄之助たちだけでなく、伝八も含まれている。そう思うだけで心強かった。

千織は後ろ髪を引かれながら社を出た。生憎《あいにく》小雨が降っている。この寒さならば夜には雪に変わるかもしれない。千織は雲間から僅かに覗く陽を見つけると、大きく一歩を踏み出した。

雪がちらつき始めた。月明かりに照らされ、一片《ひとひら》ずつ意思があるかのように宙を舞っている。

千織は名も知れぬ男に抱きかかえられ、肩越しに後ろから迫る人影を見た。

「後ろから人が」

「拾はやられたか」

先ほど踏み止《とど》まった男だろう。名があるのは当然のことなのだが、千織には何故だか不思議に感じた。己を取り巻くこの状況が非現実的で、まるで夢のように思えたからである。

「おじさんの名は？」

「岩鷲」

「岩鷲さん、隠れるところを見られれば……」

「解っている。神田明神は目と鼻の先。一人で行けるか？」

千織は口をぎゅっと窄《すぼ》めて頷いた。岩鷲は千織を地に下ろすと、振り返って影を待ち受けた。その背には数本の太い針のようなものが突き刺さり、衣服を濡らしていた。

「その背中……」

「早く行け！」

千織は前を向くと一目散に駆け出した。半町（約五五メートル）ほどで足が縺《もつ》れて転んだ。千織は雪駄を脱ぎ捨てて足袋跣《たびはだし》で走った。石段は張り付くほど冷たく、小石は足裏に食い込むが、それでも懸命に走り続けた。ようやく社が見え、僅かに気が緩んだその時、背に強い衝撃を受けて前のめりに倒れた。頬が砂利に擦れ、地に張り付く格好となって動けない。背を押さえつけられ、千織は呻き声を上げた。

「手間を取らせおって」

背をなぞる声は拾の声でも、岩鷲の声でもなかった。

「助けて‼　たす――」

千織は繰り返し喚《わめ》こうとしたが、二度目には顔を押さえられ声も出せなかった。

「殺してよいのだな？」

「ああ。それとも身の代でも取るか？」

千織の視界に複数の脚が見えた。遅れて追い付いてきた者たちである。

「既に銭は受け取っていると、頭領は許さないだろう。妙なところだけ真面目な御方よ」

「銭を取って殺せばよいものを。要領の悪いことだ」

潰された蛙《かえる》のようになっている千織の上で、男たちは愚痴を零していた。千織の心中は恐ろしさよりも、悔しさのほうが勝っていた。折角男に生まれながら、この者たちの頭には悪事と銭しかないのか。その境涯を、私によこせ。千織は悔し涙を流しながら胸の内で吼《ほ》え続けた。

「む……貴様、どこから――」

男の一人が言葉を詰まらせたかと思うと、屋根から雪がずり落ちるような音が地に響いた。

「何をする！」

千織からは依然、脚しか見えない。一人が駆けだしたが、すぐにふらふらと千鳥足になり、どさりと倒れた。男と目が合った。白目を剝《む》き、開いたままの口は柘榴《ざくろ》を割ったように赤い。既に息絶えている。

「公儀隠密か……」

乱入者の跫音がゆっくりと近づいてくる。

「寄るな！　娘を殺すぞ！」

叫んだのは千織を押さえつけている男である。その次の瞬間、けたたましく男が叫び、ふと背中の重みが消え去った。

慌てて躰を回し、半身を起こした時、千織は己の目を疑った。男の首から上だけが業火に包まれているのだ。男は諸手で顔を叩《はた》いて消そうとするが、火は一向に弱まらず、やがて膝を折って突っ伏した。

「千織、立てるか」

千織は腰が折れるほどの勢いで身を捻った。そこに立っているのは伝八であった。

「何故……出て行ったのに……」

「礼をするのを忘れたでな。あれこれ捜しているうちに遅くなった」

伝八はそっと手を差し伸べ、千織を引き上げた。

「あの火遁《かとん》は……間違いない。仕留めるぞ」

「我らでは無理だ。あの霧島十徳を討った男だぞ……」

男たちは囁《ささや》くように相談している。

「下がっておれ。心配ない」

伝八は、立ち上がった千織の肩に触れると、そっと背後に押しやった。それを隙と見たか、男が刀を抜き放って迫る。待ち受ける伝八は素手である。無残に殺されてしまうとしか考えられなかった。

「伝八さん、逃げて！」

千織は悲痛な叫び声をあげた。伝八は自ら一歩踏み込むと、片手で男の手首を鷲摑みにして捻りあげ、残る片手は柔らかくその胸に当てた。

「火遁……焔野蕗」

伝八が指を鳴らすと火花が飛び、男の胸から炎が噴き出した。

「何故だ！　何故消えぬ――」

男は取り乱して衣服をはためかすが、火は風を取り込みますます燃え盛った。残る男たちは四人。どの者も固唾《かたず》を呑んで目の前の怪異を見守った。

「主らに俺はやれぬ」

伝八が冷たく言い放った。返答は男たちではなく、石段の下から這《は》い上がってきた。

「だろうな。だが俺ならばどうだ？」

姿を現したのは顔を布で覆った男である。石段を上りきって分かったが身丈が高い。

「お主は？」

「風魔小太郎」

「ふざけた名だ」

「別の者にも言われた。こちらは大真面目なのだが」

小太郎が近づくと、男たちは道を空ける。

「よくあの十徳をやったな。改めてお前を宵闇に迎えたいと思ったぞ。気は変わらぬか？」

「俺は雇い主を裏切らぬ」

「ほう。生駒に雇われたか」

伝八は鼻を鳴らすと、低い声で答えた。

「生駒？　おれの雇い主はここにいる」

「馬鹿を申すな……何百両も分捕るお主を、小娘が雇えるものか」

伝八は小太郎を横目に、千織にゆるりと語り掛けた。

「千織。騙《だま》してすまぬ。俺は伝八ではない」

「知ってる」

千織が涙ながらに言う。

「侮れぬやつだ」

伝八は初めて頬を緩めてみせた。そして小太郎に向き直ると、掌を上向けて前へと突き出した。

「此度の報酬は握り飯よ」

「戯言《ざれごと》を……呆《ぼ》けたか鬼火の禅助」

小太郎の歯ぎしりがここまで届いた。掌に雪が降《お》り、すぐに滴へと姿を変える。それを米粒であるかのように、禅助はぺろりと舐《な》めた。

駆け出す小太郎の周りを不規則に雪が舞う。禅助も走り出し二人の距離はあっと言う間に縮まった。小太郎は勢いよく抜刀した。大刀よりも短く、脇差よりも長い諸刃の剣である。禅助は体《たい》を開いて躱《かわ》すが、剣はぐにゃりと撓り、向きを変えた。これも紙一重で躱す。しかし剣は裑《みごろ》を大きく切り裂き、風切り音を立てながら、休むことなく禅助を襲う。禅助が懐に手を入れ、鋭い掌底を繰り出した。

「その手は食わぬぞ」

剣が腕を掠め、禅助は大きく飛び退《の》いた。その手から薄い布のようなものが落ちる。先ほど禅助が焔野蕗と言っていたものの正体である。

「南蛮の剣か。厄介な動きよ」

「では諦めるか」

「近づかねばよいだけのこと」

禅助は帯を解き、小袖の前を開け放った。下帯に無数の小さな玉が括《くく》り付けられており、余りの紐《ひも》に大きな釘に似たものが垂れ下がっている。それをもぎ取ると、再び指を鳴らす。どのような仕組みなのか、紐にあっという間に火が点いた。

「飛火椿《とびひつばき》」

大釘は禅助の手を離れて飛翔し、小太郎の足元に突き刺さった。紐が燃え尽きるや、打ち上げ花火の如《ごと》く炸裂する。土と雪が舞い上がり視界を覆った。

これを逃れる術《すべ》はないだろう。千織が安堵した次の瞬間、粉塵《ふんじん》の中から飛び出した小太郎が、あっと言う間に距離を詰め、禅助に当て身を喰らわせた。そしてそのまま押し倒し、馬乗りとなる。

「火遁、炎桜――」

膨らませた禅助の頬を、小太郎は強烈に殴打した。禅助は苦悶の表情で口から液体を吐き出した。月光に照らされたそれには鮮血が混じっている。

「おい、禅助よ。お主ほどの忍びがなぜ己の術に陳腐な名を付ける」

「黙れ……」

小太郎は手を止めず、容赦無く殴り続けた。

「わざわざ唱えては、二度と同じ手は使えぬものを」

「黙れ、だま――」

喉を押さえつけられ、禅助の声が途切れた。

「惜しいが、加わらぬとあらば殺さねばならん」

腰から刺刀を抜いた小太郎の頭に石が当たる。禅助を助けようと、千織が無我夢中で投げたものである。

「小娘……こいつを仕留めてから殺してやる」

覆面から覗く小太郎の目を見て千織は戦慄した。どのように生きれば、これほどまでに憎悪の籠った目が出来るのか。

「誰か！　助けて！」

「おい、黙らせよ」

――誰か……先生。

祈るように念じた千織の脳裏に浮かんだのは、なぜか頼りなさげに笑う十蔵の姿であった。命じられた男たちが千織を捕らえようとしたその時、禅助に跨っていた小太郎が大きく飛び退いた。薄らと雪が積もり始めた地に、三本の寸鉄が突き刺さる。三本は全て等間隔で、見事な三角を描いていた。

「次から次へと……」

「先生……」

千織は全身から力が失せ、ぺたんと座り込んだ。雪の中に降り立った十蔵は、睫毛《まつげ》に載った六花《りっか》に重なりいくらかぼやけて見えた。

五

「どうなっている……」

十蔵は愕然とした。眼前の光景があまりに意想外だったからである。誰だか解らぬが助けようと棒手裏剣を投げ、小太郎は敏感に察知して躱した。身を起こしたのは口回りを血に染めた禅助。千織はまぶたを泣き腫らした顔でこちらを見つめ、周囲を忍びらしき者が取り囲んでいる。

「先生……」

「壮太、千織を頼む」

壮太は軽く頷いて千織へと駆け寄った。宵闇は千織を狙っており、禅助もその頭目に殺されかけていた。今回は敵ではないことは確かである。

「お主、確か甚八の時の……」

その声はやはり小太郎である。十蔵は答えぬままに問い返す。

「千織を殺すが主らの役目かよ」

「いいや。破談になればよいのよ」

「ならば殺す必要はあるまい」

「我らは最も確実な術《すべ》を採るまで」

人命を奪うことを、路傍の草を摘むように言う小太郎は、昔の己に重なって見えた。

「火遁……炎桜」

禅助の声に皆がはっとする。手甲に仕込んだ火打ち石から火花が迸《ほとばし》り、口から火焔《かえん》が噴き出される、小太郎の背を焦がした。禅助の十八番ともいうべき技である。小太郎は水面に飛び込むように前転し、衣の炎を消し止めた。

「やれ！」

叫ぶ禅助に呼応して十蔵は抜刀したが一息遅い。小太郎はさらに横転して距離を取る。周りの忍びたちが一斉に十蔵に押し寄せてきた。もう人を殺めたくはない。かといって峰を返せば刀は脆《もろ》く、真二つに折れる恐れがある。

「壮太、千織を連れて逃げよ！」

向かって来た忍びの胸を小柄《こづか》で突くと、もんどりを打って地に伏した。

逃げる壮太らを追わんと身を翻した忍びに、禅助が再び炎桜を見舞う。火達磨《ひだるま》になった忍びは踊っているかのように駆け回った。手を引かれた千織が見えなくなるのを確かめると、苦無を二人目の忍びの両腿《りょうもも》に撃ち込む。十蔵はそのまま走り抜け、迫りくる忍びの手首を斬り落とした。

これでまともに戦えるのは小太郎ただ一人、禅助と睨《にら》み合いながら間合を保っている。

「禅助……どういうことだ」

「お主が千織の師匠とは。世は狭いものだ」

驚いているのは禅助も同様のようである。この場においては敵でないという確信を得た。

「ともかくあいつをやるぞ」

「そう容易くはない。あいつは音無く迫る苦無を躱した。音、臭い、風の動き、何かで感じ取っている」

現役かつ卓越した忍びである禅助は、一見でそれに気付いている。

「もっとも俺は技の名を吐くから、そうでなくとも気付かれるが」

禅助は付け加えると、自嘲気味に口を歪めた。

「技の名を吐いて得になることはあるまい」

禅助の昔からの悪癖に意見した。さらに昔、出逢った頃は技の名など口にしていなかった気がする。

「これは俺の流儀よ」

「左様か……同時にやるぞ。まだ炎桜はいけるか」

「いける。ほれ、打ち合わせが容易く済んだ。名があって役に立ったであろう？」

「確かに」

十蔵は片笑むと小太郎を目指して駆け出した。禅助も竹筒を口に付け、後に続く。

「火遁――」

禅助の声が聞こえた刹那、十蔵は躰を素早く横に振った。

「炎桜！」

焔が背を追い越して小太郎を襲う。同時に横から肉迫した十蔵は斬りかかる。しかし刀は小太郎に掠りもしなかった。その間に禅助も間を詰め、三つ巴のような格闘が繰り返された。

小太郎の反応の速さは異常である。狙おうとした時には既に察知し、難なく躱すのだ。禅助が下がったのを合図に、十蔵も離れると、流れるように刀を納めた。戦いを放棄した訳ではない。これこそが十蔵の最も得意とする型なのだ。

「禅助が驚かぬことからして、それがお前の得手か」

小太郎は洞察力も並ではない。十蔵はもはや口を開かず、ただ己の深層に潜り込まんと没頭していた。相討ち覚悟で仕留める気である。

「手打ちにせんか。我らはこの縁組を完全に破談にしたいのみ。仮に俺をやっても、宵闇は必ず娘を追うぞ」

小太郎は商人のように交渉を切り出した。しかし商いの天秤にかけているのは、銭や物ではなく命である。容認できるはずもない。禅助が一歩踏み出し、十蔵の前に立ちはだかった。

「おい、小太郎とやら。破談になればよいのだな」

「お前……」

禅助はさっと手を後ろに突き出し、黙るように促した。

「ああ。それが依頼主の望みよ」

「ならばその山、俺が代わりに喰ってやろう。銭はいらぬ。大盤振る舞いだ」

禅助が今では高い報酬を得て依頼をこなすことで、「山喰」と呼ばれていることを思い出した。

一体何を言い出すのかと十蔵は成り行きを眺めた。

「ほう。娘を消してくれるか？」

「いいや……」

禅助は無造作に小太郎に近づいていくと何やら囁いた。優れた耳を持つ十蔵でも、内容までは解らぬほどの小声である。

「おもしろい。それは確かに破談となる」

「二十日でしてのける。出来ぬ時は好きにしろ」

「些か回りくどいがそれも一興。よかろう。忍びはこうでなくては」

小太郎が卑しく笑ったのが覆面の上からも見て取れた。

「二度と俺やこいつに関わるな」

「お主はともかく、そやつは欲しゅうない。技は優れたるが……な」

小太郎は嘲笑ったように見えた。言わんとすることは解る。今の己にとって忍びとは、後悔と同義といってよかった。そのような者は使い物にならないと言いたいのであろう。

「禅助、違《たが》えるなよ。その時は……」

「去《い》ね。二度と姿を現すな」

小太郎は配下の骸を顧みもせず、不気味な笑い声を残して石段を下っていった。

「なぜお主が千織を守る。やつに何と申し出た」

疑問を一度にぶつけると、禅助は面倒臭そうに眉を顰《ひそ》めた。

「こちらのことよ。千織に害は及ぶまい」

「千織に関わるな」

未だ闇の住人である禅助と関わることは危険過ぎる。己のことはすっかり棚に上げているので、皮肉の一つでも言われるかと思ったが、禅助は口を歪めた。

「そのつもりよ」

その横顔が悲哀に彩られているように見えたのは、儚《はかな》く舞い散る雪のせいであろうか。白く煙る雪の中、小さくなっていく禅助の背を、十蔵はいつまでも見送った。

一夜明け、十蔵は公儀隠密に甚大な被害が出たと聞いた。死者九人、怪我人にいたっては二十を超えた。坂入組下の拾や岩鷲は、身を呈して千織を逃がしてくれた。ともに深手を負ったが、敵は追うことを優先したため、とどめを刺されることなく、一命を取り留めた。そして怪我人の中には九兵衛も含まれていた。九兵衛は指揮を執りながら自らも刀を振るい、敵の手裏剣を肩と背の二ヵ所に受けた。幸い軽傷であったが、数人の配下を死なせたこと、敵の主力を取り逃がしたことに責を感じ、自ら謹慎を申し出たという。

一方の十蔵は、この一件をどう収めるべきか悩んでいた。禅助は、千織の縁談を破談にするべく動くようだが、それを当てにしてもよいものか。眼前で忍びの技を見せた己のことを、千織にどう説明すればよいのか。千織は鉄之助らよりも賢く、また大人である。下手な言い訳が通じるとは思えなかった。

――ありのままを話そう。

十蔵が意を決したのは、明和七年も暮れに差し掛かった頃である。決して先延ばしにした訳ではない。加賀藩は事件の隠蔽や、後始末に追われ、千織も軟禁状態にあったらしい。むしろ案外早く会えたというのが率直なところである。

「此度の件ですが、破談となりました」

こちらが切り出す前に、千織が先んじてそう言ったので、十蔵は面食らった。

「文《あや》がついた。と、いう訳か」

「詳しいことは……ただ先方がお断りになったようです」

「ふむ……」

禅助が手を打ったようである。おそらくは先方に流言を飛ばし、千織との縁談が不利益になると思わせたのだろう。

「そのような次第ですので……また先生にはお世話になります」

千織はそう言いながら頭を下げた。それに対し、十蔵がさらに深々と頭を垂れたものだから、千織は驚いている。

「すまぬ……俺は何も聞いてやれていなかった。怖かったのだ……」

「怖い？」

「ああ。お前に嫌われとうなかった」

あまりに幼稚な答えと思ったか、千織は噴き出してしまっている。十蔵はいたって真剣で、赤心を晒しているつもりである。

「大人なのに……」

「大人になっても嫌われたくないものなのだ。特に寺子屋の師匠ともなればな。おそらく世の多くの師匠も、大なり小なりそうではないか……」

顔を上げると、千織はやはり笑っている。十蔵はなおも続けた。

「やはり子どもには好かれたい。しかし厳しく躾《しつ》けねばならぬ。いや、躾けよりも人としての優しさだ。親の思いにも応えねばば。それらの狭間で己を見失ってしまったようだ」

「これからは？」

「うむ……また迷うだろう。しかしお前には笑っていて欲しい。それがまず一番だ」

「先生は正直ですね。これからもたんと迷って下さい」

千織は袂《たもと》で口を押さえながら笑った。

「未熟な師匠ですまんな」

「では正直者の先生にお尋ねします。先生は何者なのですか？」

胸がざわついた。隠匿を本分とする忍びとして生きてきた十蔵は、この手の問いには咄嗟に嘘をついてしまう。それをぐっと堪《こら》えて腹から言葉を絞り出した。

「忍び……だ」

「え……あの忍び？」

この答えは千織にとってもかなり意外だったようで、反応に窮している。

「だが故あって足を洗った。もう二度と戻ることはない。青義堂の皆も知らぬことだ。どうかお前一人の胸に留めておいてくれ」

「はい。ということは伝八……いえ禅助さんも……」

「ああ。元は同輩だ」

「お内儀さんと娘さんが亡くなったって……」

千織は恐る恐るといったように尋ねてきた。どこまで知っているのかと問うたが、禅助は成り行きでそれだけを話したらしい。

「あやつはそれで忍びを辞めた」

これ以上は子どもに聞かせる話ではない。それのみを教えて話を打ち切ろうとした。千織は袂に手を入れてなにやら取り出した。

「これが社の中に置かれていました」

見せたのは可愛《かわい》らしい風車である。聞けば禅助はこれを礼にと置いていったらしい。

本当は、二度と関わるな。そう千織に言うつもりであった。しかし千織が心に描いている禅助を思うと何も言うことが出来なかった。そもそももう二度と交わることはあるまい。

「よかったな。禅助はお前に救われたのかもしれぬ」

そういうと千織はほっとした顔になり、大きく頷いて風車の柄を握りしめた。

それから数日後、景春が慌てて駆け込んできた。

――縁談を進めていた国家老が死んだ……。

あまりに衝撃的な内容に、十蔵は言葉を失って立ち尽くした。

師走十八日の朝、加賀にいた国家老の横山が死んだ。いつもの時刻になっても起きて来ないので、心配した家臣が寝室に行くと、すでに屍《しかばね》になっていたという。

夜半には誰も気付かなかったことから、下手人は音も無く屋敷に忍び込み、横山を殺して姿を消したことになる。村井家は己にも難がかかることを恐れ、縁談を白紙に戻すように言ってきたらしい。

加賀藩では下手人を捜し回っているが、未だ何の手掛かりもなく、皆目見当も付かないという。だが十蔵だけは下手人の正体が誰であるか、はきと確信していた。

第五章　睦月は今日も笑う

一

年が明けて明和《めいわ》八年（一七七一年）となった。正月から五日の間は青義堂《せいぎどう》も閉じる。独り身の十蔵《じゅうぞう》に行く当てなどなく、戸内に籠って寝正月を送っていた。昔は盆も正月もなく、日々任務に明け暮れていた。その反動というべきか、ここ数年その繰り返しである。

昨年の晦日《みそか》、福助《ふくすけ》はよい山鯨《やまくじら》を手に入れたということで、吉太郎《きちたろう》に持たせてくれた。山鯨とは猪肉のことである。獣肉は御禁制であるため、山鯨や牡丹《ぼたん》などの隠語を用いて流通している。とはいえ幕府も黙認しており、田舎ではよく食べられているが、江戸で鮮度の良いものは滅多にお目にかかれなかった。丹色屋《にしきや》の客には江戸近在の豪農もおり、その伝手《つて》で手に入れたということである。

獣臭さを消すため、味噌《みそ》で味付けした鍋で食すことが多いが、新鮮なものならば塩をふり、炭火で焼いて食べるのが旨《うま》い。このような珍味佳肴《かこう》を口にする度、

――睦月《むつき》に食べさせてやれば、何と言うだろう。

と、ふと頭を過《よぎ》るのである。

十蔵が初めてお役目を受けたのは十五の夏のことであった。

江戸のさる富商が汚い商《あきな》いをして私腹を肥やしている。証拠を摑《つか》みたいが、その富商は故郷から所謂《いわゆる》忍びを金で雇って警護に当たらせていることが判ったのだった。その者たちは戦国の世、上杉謙信《うえすぎけんしん》が使役した軒猿《のきざる》の流れを汲《く》む者であった。

——御政道を乱すのに加担する輩《やから》。

忍びは公儀隠密《こうぎおんみつ》だけでよい。それ以外の者たちは邪道。十蔵の伊賀組《いがぐみ》に拘《かか》わらず、公儀隠密はそう教えられている。彼らが跋扈《ばっこ》することで政道が乱れ、路頭に迷う民が増える。それを防ぐのが公儀隠密の役目である。

その初陣から十蔵は躍動した。首魁《しゅかい》を含め、三人の忍びを見事に討ち果たしたのだ。

「助けてくれ……」

蝦蟇《がま》のように醜い頬を垂らし、商人は命乞いをした。

「お主は光が裁く。俺たちはそれを邪魔する闇を裁くのだ」

十蔵は吐き捨てるように言い、その場を後にした。

そこから十蔵はめきめき頭角を現した。数々のお役目を受け、それを確実にこなしていく。中でも皆が瞠目《どうもく》したのは二十歳の時、伊達《だて》領内に入り、仙台《せんだい》城から一通の文《ふみ》を盗んだことであった。伊達家は黒脛巾組《くろはばきぐみ》と呼ばれる忍びを多数飼っている。そう易々と忍び込める訳ではない。

「俺が引き付ける。岩鷲《がんじゅ》と拾《ひろい》はそれを見計らって忍び込め」

十蔵は郎党たちにそう命じた。敢《あ》えて姿を晒《さら》し、城の忍び全てに己を追わせるつもりだったのだ。反対する郎党たちに、十蔵は厳しい口調で言った。

「俺を誰だと思っておる」

十蔵は焙烙玉《ほうろく》を城の側で破裂させ、わらわらと現れた黒脛巾組を引き連れて森まで遁走《とんそう》した。

半刻（約一時間）後、十蔵は闇を裂いて走る己に酔いしれていた。

——何人《なんぴと》も俺を遮ることは出来まい。

三十を超えていた追跡者は四人を残すばかり。疾風の如《ごと》く木々の合間を潜《くぐ》り抜け、跫音《あしおと》を引き離していく。もう郎党たちは文を盗み出したであろうが、十蔵は残る全てを仕留める気でいた。刀の他に残った道具は苦無《くない》一つ。それを心中で確認しつつ、殺害の絵図を描く。

その刹那、朽《く》ち葉に覆われた大地に殺意の残り香を感じた。十蔵は即座に足を止めて宙に舞い上がり、枝を摑んでそのまま身を引き上げた。音を殺して枝を折り、先程違和感を持った地へ投げつけた。すると落ち葉がずぼりと地に吸い込まれ、陥没した。

——くだらん。草葉の陰で独眼竜《どくがんりゅう》が泣くぞ。

鼻を鳴らして嗤《わら》った。こんな陳腐な罠《わな》に嵌《はま》ると本気で思っているのか。そうだとすれば外様の雄と謂《い》われる仙台藩も恐れるに足るまい。四つの跫音が徐々に迫る。どの者も上にいるとは気づかず、十蔵の足下を走り抜け、陥穽《かんせい》の周りに集まる。

「落ちたようだな」

「火を熾《おこ》せ。中を改めるぞ」

などと、囁《ささや》き合っている。十蔵はその様子を見ながら、守宮《やもり》のようにするすると木を降りた。爪先から踵《かかと》へ躰《からだ》の重みをゆっくりと逃がし、枯れ葉の上でも一切の音を立てない。

四人の男の後ろに行くと、火打ち石を一度打って付木《つけぎ》に火を移し、短く息を吹きかけて瞬く間に火種を作り出した。

「火だ」

「おお。すまぬな」

仄《ほの》かな灯りに照らされた男の頬が引き攣《つ》った。追っていた男に、知らぬ間に背後を取られていたのだから無理もなかろう。

「貴様！　いつの間――」

抜いていた刀を男の脾腹《ひばら》に捻《ね》じ込む。男は恐怖の表情のまま膝から頽《くずお》れた。十蔵はぱっと大きく飛び退《の》いてそれを躱《かわ》すと、残る三人に向かった。忍びならば誰もが腰に着けている、胴乱《どうらん》と呼ばれる革袋に手を伸ばす。苦無を取り出し、腕を振って撃った。見事一人の喉に命中し、悶絶して倒れる。

「くせ者！　覚悟しろ！」

二人の内の一人が四方手裏剣を撃つのが見えた。闇の中を向かってくる。十蔵は目を凝らしてそれを掴み取り、腕を後ろに振って勢いを逃がすと、そのままの体勢から投げ返した。

「返しておく」

倍の速さで返った手裏剣は、男の眉間《みけん》に突き刺さった。

「化物め……」

残る一人の男が小刻みに震えるのが見えた。十蔵は些《いささ》か興醒《きょうざ》めしながら刀を構えた。

「そのまま動かぬと誓えば見逃してやろう」

十蔵は出来うる限り優しく話しかけた。むしろ己の顔は笑ってすらいるだろう。

「まことか……」

男の躰から殺気がすっと抜けるのを感じた。

「馬鹿な」

言うや否や矢の如く刀を投げつける。目を貫かれた男は口から泡を噴いて膝を突いた。

「忍びに正々堂々などあるかよ」

十蔵は歩み寄ると刀を引き抜いた。空を覆っていた雲が風に流れ、雲間から月が顔を出す。紙縒《こよ》りのように細い月を眺めながら、十蔵は懐紙を取り出して刀の穢《けが》れを拭った。


二十歳を超えた時には、十蔵は退屈を覚え、より難しいお役目を求めるようになった。

「命じられたものだけ、粛々とこなせばよいのだ」

兄の九兵衛《きゅうべえ》は叱りつけたが、誰かがお役目に失敗したと聞くと、

「俺ならば上手くやる」

と、触れて回った。そのこともあって、実際に十蔵には難しいお役目が集中した。それでも十

蔵はやはり物足りなさを感じていた。敵の忍びと刃を交える度、

――このようなものか。

と、拍子抜けするのだ。己が鬼才と呼ばれるほどだとは知っている。だがそれは公儀隠密の中だけの話で、世にはもっと恐ろしい忍びが沢山いるのではないかと、若い頃は人並みに恐怖も抱いていた。

だが何十、何百もの忍びと対峙《たいじ》して、碌《ろく》な者はいないと悟った。土佐《とさ》の一揆の時に共に戦った細川半蔵《ほそかわはんぞう》や、苦戦を強いられた霧島十徳《きりしまじっとく》など、まともな者もいるにはいる。だが九割九分が泰平の世に慣れ切っており、苦無すらまともに扱うことが出来ない盆暗ばかりである。そして何よりも雇われ根性が染み付いているのか、命が危ういと思えば遁走を始める忍びも多い。

己のように、民を守るため命を懸ける気概を持つ者は皆無といってもよい。十蔵は使命感に燃え、まるで己の肩に幾千、幾万の民の暮らしが掛かっているようなつもりでいた。

転機が訪れたのは、宝暦十年（一七六〇年）、十蔵が二十三歳の時であった。とあるお役目を命じられたのである。

将来加番などの負担の大きい諸役に就くことを条件に、大名家から泣きつかれた公儀が力を貸したことが発端であった。

その大名家というのは伊勢《いせ》一万二千石の小藩、菰野藩《こものはん》である。藩主は土方雄年《ひじかたかつなが》と謂い、父の急死により僅か八歳で跡を継いで三年、十歳の幼主だった。藩主が幼く政《まつりごと》を行えぬのをよいことに、奸臣が大いに蔓延《はびこ》り藩政を牛耳っていた。

危機感を抱いた数少ない忠臣たちは、このままではいずれお取り潰しになると考え、捨て身の策で幕府に相談を持ち掛けた。幕府が外様の取り潰しに躍起になっていたのは今や昔、多くの浪人が生まれる改易処分は望んでいない。かといって暴政で庶民が苦しめば、手を出さぬ訳にもいかぬ。未然に防げるならば、防ぎたいというのが昨今の幕閣の考えである。そこで伊賀、甲賀組《こうか》の同心に白羽の矢が立った。

――奸臣を人知れず殺せ。

というのである。何も驚くことではない。陰忍《いんにん》の任務の大半がこのようなものばかりであった。

国元の菰野には甲賀組の同心が赴き、江戸詰の悪臣たちは伊賀組の同心が暗殺することとなり、十蔵は兄に命じられ、菰野藩の江戸詰藩士、大平剛造《おおひらごうぞう》と今後のことを打ち合わせた。年の頃は五十に手が届くといったところで、鬢《びん》のあたりに白いものが混じっている。話し方も穏やかで、見るからに人の好《い》い男であった。

「江戸詰の奸臣は五人、これがその者の名でござる」

剛造は眼前の年若い男が凄腕《すごうで》の刺客だと信じられぬようで、少々戸惑いながら半切り紙を差し出した。十蔵はそれを一見すると、行燈《あんどん》にかざし、火がついたところで火鉢《ひばち》に放り入れた。

「既に覚えましてございます。して、その者らの動きをお教え下され」

「まず新垣外記《あらがきげき》は吉原《よしわら》へ足しげく通い、伊田欣二郎《いだきんじろう》は妾《めかけ》を囲っており……」

などと、剛造はつぶさに行動を語った。

「承《うけたまわ》った。二月《ふたつき》もすれば全て消えることになります」

「ありがたい」

剛造は畳に頭を擦り付けるように礼を述べた。

「では拙者はこれで……」

そう言って十蔵が立ちかけた時、剛造は諸手を上げて止めた。

「坂入殿は、いけるくちですかな？」

返答に困った。下戸の十蔵にとってこれが一番の面倒事である。

「役目柄、酒は断っております」

「そうですか。ならば飯なりとも召し上がって下され」

剛造が強引に引き留めるものだから、何か話の続きがあるのではないかと思い、居座ることとなった。

「実は……拙者無類の酒好きでしてな。酒は不思議でござる。一人でやるより誰かと呑《の》めば旨さが際立つ。ようは寂しがり屋という訳です」

剛造が子どものような笑みを浮かべたものだから、十蔵は少し呆気に取られてしまった。酒と食事が運ばれてきた。

「娘の睦月でござる」

これが睦月との出逢《であ》いであった。聞けば歳は十八、他に兄弟が無く一人娘だという。肌は絹のように白く、それゆえに頬は紅を差したような桜色に染まっていた。

剛造は早く酔い、長く酒を楽しめる性質《たち》らしくすぐに上機嫌になった。

「公儀の大役を担う方と聞き及び、熊のような大男を想像しておりましたが、実に顔立ちの良い御方で驚きました」

「下役でござる」

「いや……お若いのに苦労をなされたことでしょう」

十蔵が酒を注ごうとするのを剛造は断り、手酌で杯を重ね続けた。

「天職だと思っております」

「さて……それはどうですかな。人の先などは解らぬものでござる」

これは何だ。十蔵は首を捻《ひね》った。今までこのようなことは一度も無かった。そもそも依頼人から酒食の供応を受けることが無い。剛造の人の好さにあてられ、流されるままに着座したことを些か後悔した。襖《ふすま》が開き、再び睦月が入ってきた。そろそろ酒や飯が足りなくなるかと思ったのだろう。しかし十蔵は膳に一切手を付けていない。

「お気に召しませんか?」

睦月の問いに、十蔵は落ち着いて答えた。

「不躾《ぶしつ》けではございますが、外で物を口にすることはありません」

「まあ。では小諸屋《こもろや》さんのお蕎麦《そば》も、花岡《はなおか》の鰻《うなぎ》もお食べにならないのですか?」

「はい。それが定めでござる」

「勿体《もったい》ない……世には美味《おい》しいものが沢山ありますのに」

「ご無礼ご容赦下さい」

ようやくその意味が二人にも伝わったようで、睦月は少し困った顔をした。

「では、これなら如何でしょうか」

睦月はそう言うと膝を進め、十蔵の膳から箸を取ってぱくりと飯を口にした。そして次に菜、魚に手を付け、挙句の果てに汁まで啜《すす》った。

――何という親子だ。

十蔵は率直にそう思った。だが不思議と不快な気持ちは微塵《みじん》もない。それどころか可笑《おか》しみが湧き上がってきて、思わず噴き出してしまった。

「では頂こう」

睦月から箸を受け取ると思い切り飯を掻《か》っ込み、汁で腹へと流し込んだ。

「旨い」

「お粗末様です」

睦月はくすりと笑って奥へと引っ込んでいった。剛造は横目で見送りながら言った。

「おかしな娘でございましょう」

「貴殿も十分変わっている。似た者親子だ……初めて外で飯を頂きました」

「坂入様の寂しさを感じ取ったのでしょう」

剛造は天を仰いで酒を一気に呑んだ。

「否定は出来ませぬな」

今度は魚をほぐして口へ入れると、ゆっくり味わいながら飯を口へ運ぶ。

「娘を貰《もら》って下さらぬか」

あまりのことに飯粒を噴き出しかけた。詫《わ》びようとする前に、剛造はからからと笑い、気に留めさせない。

「正気でござるか？」

「お独りではございませんか？」

「独り身でござるが」

「妻を早くに亡くし、男手一つで育てました。あのように不調法なところがございますが、いかなる時も笑みを絶やさぬ良きところもございます」

「しかし……」

正直なところ興味がない訳ではない。あのように気軽に接してくる女子《おなご》はいなかったし、笑わされたことも無いのだ。ふいに剛造が真剣な顔つきに戻る。

「一人……お役目を果たされる毎に、報告に来て下さらぬか。出来れば記されていた順に葬ってもらえるとありがたい」

「順を守るのは造作も無いことだが……なぜ報告に？」

剛造は悪童のような笑みを見せた。

「飯を食いにいらして下され」

二

そこから十蔵と大平家の奇妙な関係が続いた。人を冥府に送っては報告という名目でもてなしを受ける。初めての時などは本当に行って良いものかと、躊躇《ためら》いながらも、なぜか自然と足が向いた。剛造は報告を聞き終えると、

「さて、今日もお付き合い下さるな」

と、切り出して酒と食事の支度を命じる。そして睦月は配膳を終えると、

「それでは本日もお毒見を」

ころころと鈴を転がすように笑い、すべての品に手をつけるのだ。二人目を仕留めた時も同様であり、三人目を狙う段になって十蔵は心のどこかで大平家を訪ねることを心待ちにしていることに気付いた。

「睦月も坂入殿を気に入っておるようだ」

白い歯を見せて剛造がそう言ったのは、四人目の報告に訪れた時であった。この頃には剛造の話し方も随分砕けたものになっていた。

「また……私のお役目はご存じのはずでしょう」

「直参の方には不相応かも知れぬが、当家に婿に来て下さらぬか。なに……嫁に取って頂いてもこちらは一向に構わぬが……」

「所詮《しょせん》、私は部屋住みの身です」

なぜここまで剛造が勧めてくるのか、十蔵にはとんと理解出来ずにいた。

「世には斯《か》くも苦しいお役目があるのか。私も娘もそう思った次第。坂入殿が哀しげでな」

「哀しげ……ですか」

「以前今のお役目を天職と仰《おつしや》いましたな。それはどうも自分に言い聞かせておられるように思いました」

大平家の者からかけられる言葉は、初めて尽くしである。人との関わりを極力断っていたからか。いやそれだけではあるまい。この親子が特別なのだ。

「睦月殿ならば良き夫を迎えられましょう」

「返事は最後の一人を討った後で結構。考えておいて下され」

——次でこの親子とも最後か。

そう思うと一抹の寂しさはあった。十蔵はここに来る時、人目を避けて勝手口から出入りする。自然台所を通り、睦月と顔を合わせることになる。

「それでは失礼致します」

「坂入様……」

睦月に呼び止められて振り返った。

「いかがされた」

「お役目、達せられるようお祈りしております」

これまでそのように言われたことが無かったため、少々奇異に感じた。見れば睦月の瞳には薄らと涙の膜が張っている。主家を守るという本懐を達することに、武家の娘であるからこそ感慨深いものがあるのか。それとも次が別れになることを惜しんでいるのか。自惚《うぬぼ》れてそのようなことを思いもした。

「これで最後です。次は毒見無しで頂きましょう」

これが十蔵にとっての精一杯の好意の言葉である。外に出るとぽつぽつと雨が降り出していた。笠を上げて見れば、天は灰色の雲に覆われている。きっと明日も雨に違いない。茫《ぼう》と考えながら顔を笠の陰へ収め、屋敷の外へと足を向けた。

最後の一人は山野茂平《やまのもへい》という四十がらみの男である。この男、正式には菰野藩士ではない。江戸家老の郎党、つまり陪々臣であり、故に藩の武鑑にも記されていない。江戸家老は忠義の士であるが、この山野が国元の奸臣に籠絡されて密偵の代わりを務めているという。

この山野、月に一度江戸家老の密書を携えて、国元忠義派の繫《つな》ぎと会う。だがその後に奸臣の手先にも会い、その日に交わした話が全て筒抜けになるという。

それが大平家を訪ねた翌日のことであった。菰野藩上屋敷は愛宕下《あたごした》にある。夜半にそこを抜け出して増上寺《ぞうじょうじ》の北で落ち合い、繫ぎが帰ったのを確認した上で奸臣の手先が接触してくる。もっともこの手先、四番目の標的として既に屠《ほふ》っているため、今宵山野がいくら待とうとも会うことは出来ない。

——あれか。

子《ね》の刻（午後十二時）を過ぎて上屋敷から一人の男が出てきた。手に持った提灯《ちょうちん》の明かりが妖《あや》しく揺れている。風除けの頭巾を被っているため人相ははきとは判らぬが、背格好といい服装といい、剛造から聞いていた通りである。

増上寺北まで尾行していくと、何者かが待ち受けており、山野は懐から取り出した文を手渡した。これが忠義派の繋ぎであろう。受け取った者はそそくさと姿を晦《くら》ました。

山野はそれを見送った後、その場に留まり続けている。十蔵は火の無い提灯を手に、酩酊《めいてい》した旗本のふりをして近づいて行く。

「申し訳ござらんが、火を貸して頂けぬか」

相手が提灯から火を取り出そうとしたところを抜き打ちに斬り殺す。十蔵の常套手段である。ただいつもと異なったのは、相手が無言で提灯を縮めたことだ。常ならば愛想の一つでも吐くものである。

十蔵は音もなく居合いを見舞った。山野の右手がぽとりと地に落ちる。手に触れてしまったことで軌道が僅かに逸れ、首ではなく胸を深く切り裂いた。

――俺としたことが。

己の手際の悪さを責め、止《とど》めをくれてやろうと刀を構えた。

――おかしい……何故なにも言わぬ。

異常である。手首からは止めどなく血が溢《あふ》れ、胸を斬られているのだ。それなのに山野は膝を突いて呻《うめ》き声一つ発しない。

「まさか……そのような……」

十蔵が慌てて頭巾をはぎ取ると、それは大平剛造であった。剛造は血泡を吹きながら言った。

「お見事……山野茂平などという男はおらぬのです」

「なぜ大平殿が……あなたは忠臣のはず」

「五年前……睦月が大病を患いました。妻のように死なせてはならぬと、薬を求めて悪事に手を染めました……」

剛造が途切れ途切れに言うことを纏《まと》めれば、薬料欲しさから奸臣に忠義派の情報を売ったことが始まりだったという。睦月が全快した後、縁を切ろうとしたが、そう容易《たやす》くは離してくれない。睦月を殺すなどの脅しも受けたという。そこで思い切って公儀に相談するという手を忠義派に進言したのも、この剛造であったらしい。

「大平殿は止む無く手を染めたのだ。それに国元も洗い清められる。真実を知る者は誰もいなくなる」

「矜持《きょうじ》でござる……」

剛造は朦朧《もうろう》としているのか、目を細めて寄りかかってきた。

「私は侍の面をつけた忍び……侍の矜持など愚かしいと思っている……」

「人としての矜持、親としてのけじめよ」

「まさか……」

十蔵が絶句するのを見て、剛造はこくりと頷《うなず》いた。

「睦月も覚悟の上のこと。また飯を食いに行ってやって下され……」

それが剛造の最後の言葉であった。真ならばすぐにでもこの場を離れねばならないが、十蔵は茫然と立ち尽くしていた。これも初めての経験である。暫《しば》しの間、魂が抜けたように天を見上げる十蔵の頬を、冷たい夜風が責めるように撫《な》でていた。


十蔵は躊躇っていた。再び大平家へ足を運ぶか否かである。このような時、通常の神経を持ち合わせた者ならどうするか。そう考えてしまう。剛造の遺言の通りにすべきか、それとも一切の関わりを断つか。後者のほうが多いのではないか。結論も出せぬまま、菰野藩上屋敷の近くをうろうろしていたところ、丁度裏の潜り戸から出て来た睦月と鉢合わせになった。

「そろそろお越しになるのではないかと思っていました」

睦月はこれまでと何一つ変わらぬ笑みを投げかけてきた。

――どこかおかしいのではないか。

父の死を覚悟するのは、純然たる武家の娘だからかと思っていたが、ここまで愛想よく迎えられればそう思わざるをえない。誘われるままに、いつもの場所に着座した。

「暫しお待ち下さい。何かこしらえます」

台所から菜を切る音がする。前回は毒見無しに食うと言った。睦月が十蔵を怨《うら》み、毒を盛るならばこの機会しかない。しかし十蔵は腹を括《くく》っていた。この役目に就いている限り、畳の上で死ぬるなどあり得ない。ならばここで命をくれてやってもよいと思っていた。

「お待たせしました」

半刻ほど経って、二つの膳が並べられた。向かい合って食べるのかと思ったがそうではない。向かいの膳には酒の入った徳利が置かれている。剛造の供養の席という訳らしい。

十蔵は箸を取ると膾《なます》、飯、汁と次々に口に運んでいく。

「毒見無しで召し上がりましたね」

「ああ……旨い」

喉を通り、胃の腑《ふ》に落ち着いたところで答えた。

「毒は入っていません」

「知っている」

そう答えたが、少しでも懐疑心を抱いていた己を恥じた。

「初めて坂入様にお会いした後、父は申しました。妻を失い、すさんで誰も信じられなかった頃の己に似ていると」

「そうですか……」

暫し無言の時が続き、箸を動かす音だけが響いた。

「これからどうなさるので?」

ふと気にかかって問うた。大平家には跡取りもおらず、睦月も婿を取っていない。いずれここも引き払わねばならぬはずである。

「あてはございませんが、何とかなりましょう。国元の縁者を頼ってみます」

剛造は、睦月の先行きに何も手を打っていなかったのか。いや、敢えて手を打っていたとするならば、

——娘を貰って下さらぬか。

この一言だけであろう。

「酒を頂戴《ささ》しても？」

目の前の膳には、酒が満たされた杯が置いてある。今になってようやく酒を酌《く》み交わす心持になっていた。

「構いませぬが、坂入さまは下戸では……」

気遣う睦月を届《とど》め、杯を押し戴くと一気に流し込んだ。腹の底が熱くなり、早くも顔が上気してくる。十蔵は残りの飯を掻っ込んで、全てを平らげた。

「お暇《いとま》致します……」

「ええ。お粗末様でした」

顔を見ることが出来なかった。ただ、その声音からいつもと変わらず笑っているのだろうと思われた。

十蔵は立ち上がると、何かを振り払うように外に出た。酒が回り始めているのか天地が僅かに揺れている。裏門の手前まで来て腰に刀が無いことに気付いた。酒のせいか、それとも無様なほど慌てていたからか、大平家に置き忘れてきたようである。

速足で戻り、勝手口に手を掛けた時、中から音が聞こえた。膳を片付けているのであろう。食

器が擦れる音がし、それに混じって微《かす》かにすすり泣く声が聞こえた。

——俺は何なのだ。

十蔵は下唇を強く嚙《か》み締めた。百姓《ひゃくしょう》は田畑を耕し食物を生む、職人は人の暮らしに役立つ物を生み出し、商人はそれらが行き渡るように流れを生む。一見なにも生み出さぬ武士ですら人々の安寧を生み出している。

それなのに己は誰かが生み出した物を焼き、命を摘み取ることで坂入家に養われている。この時ほど隠密という役目を疎《うと》ましく思ったことはなかった。

「睦月殿！」

気が付けば十蔵は叫んでいた。中で慌てたような物音がする。

「あっ、刀でございますね。今お開け致します」

「そのままに……刀は結構です。後日取りに来ます」

「え……」

「その時に返事をお聞かせ願いたい」

音が止《や》み、中は静まり返っている。十蔵は己でも意外すぎることを口走ろうとしている。胸の奥から湧き出る初めての感情であった。

「私は部屋住みの身です。それでよければ当家にお越し願えませぬか。兄も喜ぶはず……」

「父の言葉ならばお気になさらずに」

「私の想いです。睦月殿の笑う姿をもっと見ていたいと思いました。御免」

十蔵は駆け出した。同情では断じてなかった。ましてや酒の勢いでもない。ただ狂おしいほど守りたいと思った。何かを生む者になりたいと願った。ただそれだけである。

三

二人の婚姻は十蔵が思っていた以上にあっさりと認められた。兄の九兵衛が一目会って睦月をおおいに気に入ったことも大きな要因である。いずれは分家してもよいといったはりきりようで、十蔵のほうが恐縮した。

「夕餉《ゆうげ》を作ります」

「うむ。作ってくれ」

子どもの飯事《ままごと》でももう少し上手くやるだろう。最初の内は接し方が分からずに互いにたどたどしかった。

しかしそのような堅苦しさも日に日に消えてゆく。

「旦那様、足袋《たび》に穴が空いています」

「おお、新しい物に……」

「まあ、勿体ない。継ぎを当てればまだ履けます。指を出したままというのも面白いですが」

三月《みつき》もすれば睦月はそのような軽口も叩《たた》くようになり、十蔵はこめかみを掻いて苦笑する。共に過ごせば夫婦《めおと》の形になってくるから不思議である。

――俺がこれほど幸せになってよいものか。

そう思って頬をつねるほど十蔵は満たされていた。多くの人を殺し、それでも妻を娶《めと》り、子を育《はぐく》み、子孫を紡いできた先人の忍び皆がそう思っていたに違いない。

「これからは私が毒見役を務めます。故にどこの店でも食べにいけます」

睦月は戯《おど》けて見せた。実際任務の無い時は夫婦連れ立って、旨い店を巡ったりもした。

「あまり十蔵を肥えさせんでくれよ」

九兵衛はそう言って呵々《かか》と笑い、微笑《ほほえ》ましく見守ってくれた。任務に没頭しすぎる十蔵の心が壊れはせぬかと、九兵衛は常々心配していたのである。

一方で任務に臨む姿勢にも変化があった。これは一長一短である。必ず帰るという思いは土壇場で己でも信じ難い力を生むこともあれば、反対にあと一歩危険に踏み込むことを躊躇《ちゅうちょ》させた。忍びにも妻帯者は多い。陽忍《ようにん》はともかく、家族を持つ全ての陰忍がこのような心地なのかと初めて気が付いた。

「そろそろ子を設けてはどうだ」

睦月と一緒になって一年が過ぎた頃、九兵衛にそう言われた。十蔵は曖昧《あいまい》な返事でそれを逃れた。一年もの間、抱かなかった訳ではない。だがどちらに原因があるのか、二人に子は出来なかった。だが十蔵はそれに安堵もしていた。これ以上守るべき者が出来た時、己がどうなってしまうのか想像もつかなかったのである。

――睦月はどう思っているのか。

臥所《ふしど》を共にした時、そのように考えることが増えていった。ある日、薄い布団の中で乳房に触れた時、睦月は言った。

「子は出来ずともよいのです」

「いや……どうやら俺に欠陥があるらしい」

「どちらでもよいではないですか。私は旦那様がいれば幸せです」

子が出来ぬことに安堵し、睦月の言葉で心の重しを全て下ろそうとしている。己の汚さに辟易《へきえき》した。それと同時に睦月への情が溢れ、そっと抱き寄せた。肩が僅かに濡れる。それに気付きながらも、十蔵は何も言えずただ強く抱きしめた。


十蔵が担う任務は近隣だけではない。時には三月に亘《わた》って帰れぬこともある。切り崩しや流言、暗殺などの命《めい》を受けて遠国《おんごく》へ赴くのだ。陽忍ともなれば一年、二年、あるいは十年も他国に潜伏することもあり、長いものでは親子三代に亘って潜み、その地の者に成りすますこともあった。もっともそれほどになれば、その地で妻を娶り、子を育むことになるため、家族が離れて住む必要もない。

「此度《こたび》は暫《しばら》く帰れぬ」

「それでは鬼のいぬ間に、美味しい物でも食べにいこうかしら」

睦月はそう言って悪戯《いたずら》っぽく笑った。

「これ。少しは夫の無事を祈らぬか」

「勿論《もちろん》、毎日祈っておりますとも」

睦月は気丈に振る舞っているが、十蔵が家を空けている間、毎日神社に参ってくれていると兄から聞いていた。無用な心配をかけずお役目に集中できるよう、明るく送り出そうとしているのだ。

その任務は厄介なものであった。信濃《しなの》上田《うえだ》で農民一万三千からなる大規模な一揆が起こったばかりだった。願いの旨は、重い年貢の軽減、人足としての徴用を止めること、そして郡奉行《こおりぶぎょう》の不正を正すことである。

一揆勢は城下に雪崩《なだ》れ込んで訴えたが、藩主は出府中で家老の岡部九郎兵衛《おかべくろべえ》が代わりに願いを聞いた。聞き届けるという約束を取り付けたものの、一部の一揆勢は信用に値《あたい》せぬと、城下町を打ち毀《こわ》し、各地の庄屋を襲った。

上田藩としても手を打たぬ訳にいかず、追捕《ついぶ》の兵を繰り出したが、一揆勢に全く歯が立たなかった。一揆勢の中に、帰農した忍びが多く加勢していたからである。彼らは農民となっても、代々忍びの技を受け継ぎ、戦乱の頃と何ら変わりない力を有していた。

打つ手無しとなった上田藩は幕府に泣きつき、公儀隠密が派《は》されることとなったのだ。敵は凄腕の忍びで、加えてその数もはきとせぬことから、幕府は慎重を期し、特に腕の優れた陰忍を選抜して向かわせることにした。

十蔵は単独で江戸を発ち、他の者とは上田藩の隣国にあたる小諸《こもろ》城下で落ち合うことになっている。十蔵が到着した時には、既に他の忍びは集まっていた。何ものんびりと向かった訳ではない。先のお役目から帰った翌日、急遽追加の人員として送られることが決まったのだ。陰忍は八人。甲賀組三人、根来《ねごろ》組二人、二十五騎《にじゆうごき》組二人、伊賀組は十蔵ただ一人、いずれも一騎当千の者ばかりである。

「敵は戸《と》隠《がくし》流《りゆう》。その数、三十は下るまい。慣れている各組同士の行動が良いのではないか」

そう発言したのは此度の年長格、甲賀組の多羅尾陣内《たらおじんない》であった。近江《おうみ》甲賀代官を務める多羅尾氏の一族であり、表向きの家格も高い。

「それでは坂入が一人になる」

根来組の者がそう言ったが、十蔵は目の前で軽く手を振って答えた。

「同じ公儀隠密といえども、手の内を見せたくないのは皆同じ。私は一人で結構」

「ならばそれでよかろう……もっとも甲賀には技に名を付けて喧伝《けんでん》する者もいるが……」

二十五騎組の忍びが小馬鹿にしたように笑った。

「名を知るだけで避けられたら苦労はない。試してみるか？　瞬きする間に灰にしてやろう」

「三雲《みくも》……生意気な……」

三雲禅助《ぜんすけ》の言うことはあながち嘘ではない。十蔵と同年生まれのこの男の実力は、衆の中で一歩抜きん出ていた。もっとも十蔵は自身の実力も同等と値踏みしている。

「俺も一人でやる。そのほうが動きやすい」

禅助がそう言い切ったことで、勝手にせよという雰囲気が皆に流れ、果たしてその通りとなった。三組と単独二人、これで手あたり次第に敵を狩ってゆく。

――これは手強いな。

十蔵は上田領内に入って一人目の敵と刃を交えた時、率直に思った。

それまでに対峙した敵に比べて、戸隠流の忍びはその身のこなしや技もさることながら、命を賭して向かって来る気迫があった。一人が突出している訳ではなく、敵の全員からそれを感じるのだ。

些か苦戦はしたものの、十蔵は一人、また一人と確実に命の灯を吹き消していった。

潜入して十日、また公儀隠密は一所に集まった。ここまでの成果を報告し合うためである。

「根来の二人はやられた……」

そう言った二十五騎組も一人になっている。聞けば敵の中に凄腕の忍びがいるらしく、その者は根来組の二人を返り討ちにし、二十五騎組とも交戦した。一人をやられ、命からがら逃げてきたという。首領になったつもりか、陣内が整理をした。

「根来が生前仕留めたが三人、二十五騎が二人、甲賀が五人、三雲と坂入が共に八人……計二十六人。残るは五、六人か」

「とはいえ、あの男をどうにかせねば……」

二十五騎組の男の顔は紙のように白い。この者も並外れた忍びであるのに、これほど恐れるとはよほどの手練《てだ》れということだろう。

「俺がやる」

禅助が先んじて言い、十蔵は一息遅れた。睦月と一緒になってこのようなことが多々ある。必ず生きて帰ると決意してからは、敢えて強敵を求めぬようになった。

禅助は早くに妻を娶り、幼い子もいる。この境地に達するまでには苦労もしたのだろうか。少なくともこの点においては、十蔵は後れをとっている。

「早い者勝ちよ」

甲賀に負けてはならぬと十蔵は言い返したが、胸の内には一抹の不安が過《よぎ》っていた。

その時は、先に十蔵に訪れた。村々を一つずつ虱潰《しらみつぶ》しに探している中、ある村で川に菜を洗いにいく年増の足取りに目が吸い寄せられた。ほんの僅かであるが踵が浮き、躰が前に傾いている。

この女が今なお忍びということはあるまいが、幼い頃に何かしら修練を積んだのではないか。

村を探ると、どこにでもある農村に違いないが、ある一軒には人の出入りが多いように思われた。

日が暮れるのを待った。当夜は生憎《あいにく》の満月であり、潜入には向いていない。それは重々承知していたが、禅助ならば臆しはせぬと自身を奮い立たせ、その家へと近づいた。

月は正中しており子の刻は過ぎたというのに、引き戸が中からするりと開き、男が現れた。身丈は五尺五寸（約一六五センチ）、歳は十蔵と同じ頃であろう。目の下に薄ら浮かんだ隈まで目視できるほど、外は明るかった。

「昼から嗅ぎまわっておったな」

気付かれていたことに内心驚いたが、それを見せぬように冷静を装った。

「お主が仲間を討った者か」

「仲間……笑わせるな。公儀隠密の間にそのような感情があるものか。現に二人組を討った時、一人はもう一人を盾にした」

言われてみればそうであろう。同じ組に属してはいるが、本来隠密は己一人しか信じぬものだ。

男はなおも近づいて来る。十蔵は腰を落としてさっと身構えた。

「なぜ一揆に加わる」

「我らは既に田を耕して百年余……百姓が強訴《ごうそ》のため一揆に加わっても、何ら不思議はあるまい。お主らの陳腐な繋がりと同じにするな」

「その割には物騒な技を持っている」

「先祖が多くの血を流して編んだ技を、絶やしてはならぬと紡いできただけのこと……」

会話を引き延ばしている間に、歩く調子を測っていた。男が片足を上げた刹那、十蔵は四本同時に苦無を撃ち込んだ。男の胸元と足元、そしてその左右の宙、横に逃げても、しゃがみ込んでも躱せぬ必殺の布陣である。

「なっ――」

男は高く舞い上がって苦無を飛び越えた。その並外れた跳躍力に十蔵は吃驚《びっくり》した。男はそのまま猛進してくる。

――添い寝手裏剣。

十蔵は心の中で唱えた。通常よりも薄く仕上げた四方手裏剣を二枚重ねて投擲《とうてき》する。刃先が僅かに反り返っており、風を受けると宙で分かれる。

薄い煎餅を二枚重ねて食べる睦月に、せっかく薄く焼かれたものを勿体ないと言ったところ、

「これは添い寝食べです」

と、えくぼを作って可愛《かわい》らしく笑った。これに着想を得、柄にもなく名まで付けた。

——禅助が名を付けるのも、ひょっとするとこのような訳かも知れぬな……。

戦いの最中にありながら、ふとそのようなことが頭を掠《かす》めた。

男は驚いたようだが、上下に分かれた手裏剣の間に飛び込むようにして間一髪で躱した。並の反応ではない。こうなれば身を以《もっ》て仕留めるしかない。十蔵は柄に手を掛けて心を落ち着けた。あと五間（約九メートル）の距離に迫った時、男は突如苦無を撃ち込んで来た。体《たい》を開いて躱すが、男はぶんと腕を横に薙《な》ぐ。月光に照らされた銀の線が揺らめき、空間が歪《ゆが》んだような錯覚を覚えた。苦無に極めて細い糸が括り付けてある。男がそれを操って引き寄せ、背後に苦無が戻ってきている。十蔵は四肢からあらゆる力を抜き、膝から頽《くずお》れてゆく。

——薫風《くんぷう》。

すれ違い様に柔らかな風が起こる。次の瞬間、十蔵は膝を突いて項垂《うなだ》れ、男の両腕は宙を舞って地に堕ち、腹から胸にかけて大きな傷が生じた。止めどなく血が溢れ出ている。

「見事な腕だな……」

男は強靱な精神の持ち主なのだろう。血の池を作りながらも、振り返って小さく言った。それでようやく混濁した十蔵の意識もはきとしてくる。

「名を……胸に留めておく」

「宗兵衛《そうべえ》。人は天馬《てんま》の宗兵衛と呼ぶ……ひと思いにやれ」

宗兵衛は死を覚悟している。その表情は苦痛に歪んだものでなく、穏やかなものであった。十蔵が刀を構えると、宗兵衛は口を開いた。

「隠密とは哀しき生き物よ」

「なぜ……」

宗兵衛の言葉が妙に気にかかり問い返した。

「公儀などという漠然としたもののために、命を懸ける必要はあるか？　お主にも守りたい者はいるだろうに……」

煎餅をかじる睦月の姿が脳裏に浮かんだ。急に宗兵衛の目に動揺が走る。

「隠密、この場を去れ。早く！」

そう言った時には既に遅かった。いつの間にか戸外に出た男の子がこちらに向かって走ってきており、その手には抜き身の脇差が握られている。

「父上！」

「止めよ。お主の勝てる相手ではない」

宗兵衛の威厳に満ちた声に、男の子は足を緩めた。その目に浮かんだ涙は、月の光を受けて輝いている。

「俺は間もなく死ぬる。二人にしてくれぬか」

宗兵衛はこちらに哀願の目を向けて来る。

「ああ……さらばだ、宗兵衛」

宗兵衛は軽く会釈をして微笑んだ。男の子は憎悪の目でこちらを睨《にら》み付けていた。

「許さねえ……いつか……」

言葉が胸に突き刺さった。いたたまれなくなって場を去ろうとする十蔵の背に、宗兵衛の優しく諭す声が届いた。

「いかぬぞ、与一《よいち》。よいか。お主はこの下らぬ螺旋《らせん》から外れて生きよ。それが父の望みぞ」

子どもの啜り泣く声が聞こえてくる。幾度となく人を殺めてきた。だがこの日ほど己の役目を愚かしく、虚しく思ったことはなかった。泣き声は一層大きくなった。それに驚いたか、一斉に蛙《かえる》が鳴きはじめた。囂《かまびす》しいほどであるのに、十蔵の耳朶はいつまでも悲痛な声だけを捉えていた。

四

上田一揆から一年近くが経ち、宝暦十四年（一七六四年）、十蔵は深刻な悩みを抱えていた。それも同時に二つである。一つは隠密を辞めるか否かである。

上田騒動は農民の要求が全て容れられたものの、一揆を起こしたことはけしからぬと、中心となった者は処刑された。一揆勢が総崩れになったきっかけは、戸隠流の主力である宗兵衛を十蔵が討ったからに他ならない。

今少し一揆勢が優勢を保っていれば、措置はさらに寛容なものとなったかもしれない。そもそも悪政によって起こった一揆である。己のしたことは果たして正しかったのか。初めて疑問を抱くようになった。

十蔵はそれまで役目の中で多くの人を殺した。それでも一度として自責の念は持たなかった。

だが今回、初めて己が殺めた者の子を見て、己を殺してやりたいほど責めた。あの憎悪の目と、慟哭《どうこく》は忘れようにも忘れられない。

とはいえ簡単に辞められる訳ではない。戦乱の世ならば「抜け忍」として追われる行為である。昨今の隠密はそこまでのことは無いが、兄に非常に迷惑をかける。また隠密としての生き方しか知らぬ己が、人並みに働き睦月を食わせてゆけるのか。考えると今の枠外に踏み出すのが恐ろしかった。

もう一つの悩みはさらに深刻であった。伊賀組や甲賀組の妻子が何者かに殺害されるという事件が頻発していた。腕が良い隠密であればあるほど、多くの者を殺めている。そして途方もない怨みを受けることとなる。

侍の仇討《あだう》ちは公儀が認めた権利である。それは時に芝居の演目になるほど、心地よい乾きを帯びている。しかしそれが忍びともなると、沼縁《ぬまべり》の石の下ほどの湿り気があった。苦しみを一時で終わらせぬよう、妻や子、縁者から殺していくのだ。

——睦月を離縁すべきか。

十蔵だけでなく、忍びの世界に身を置く者は誰しも考えているだろう。それほどにこの痛ましい事件は続いている。同じ下手人という訳ではない。不幸というものは連鎖し、伝播《でんぱ》していくものらしく、各々が怨みを買った者に襲われている。誰かが口火を切って、他は真似《まね》たのかもしれぬ。今年に入って伊賀、甲賀、根来など合わせて九家が襲われ、被害は尋常ではない。

やがて十件目の被害が出た。甲賀組の与力、三雲禅助の妻子が何者かに殺されたのである。

信濃上田から帰り、禅助は僅か十日で新たなお役目のために出羽《でわ》へと向かった。年を越しても帰ることはならず、家族で正月を過ごすことも出来なかったという。八丁堀《はっちょうぼり》に浮かんだ母子の骸《むくろ》を検《あらた》めると、禅助の手を真似た文が見つかった。文にはお役目の合間に少しだけ戻った。家に寄る訳にはゆかぬ故、娘を連れて出てきて欲しいとあった。

翌月、禅助が戻った時には、骸が傷《いた》むため、既に埋葬されていた。禅助が姿を晦ましたのはその翌日のことである。家財はそのままで衣服も持ち出された形跡はなかった。ただ小さな風車が娘の墓石の前に置かれていたと聞いた。

「別れてくれ」

朝餉の途中、十蔵は思い切って切り出した。睦月は無言で汁を啜りゆっくりと椀《わん》を置く。

「はい」

何と言われるものか想像もつかなかったが、睦月は意外にもあっさりと了承した。

「すまぬ……」

「解っております」

嫌いになった訳ではない。疎ましくなった訳ではない。喉元まで出ていたが、それは言い訳にしかならぬと呑み込んだ。睦月はじっとこちらを見つめて言葉を重ねた。

「お辞めになるのですか？」

胸が高鳴った。隠密としての進退については、睦月にさえ相談していない。それなのにはきと見通している。

「いや……俺にはこれしか能がない」

睦月は何も言わずに視線を外すと、円《まろ》やかに話しかけた。

「一月《ひとつき》。義兄上《あにうえ》には怪我を負ったと申してお休み下さい。私の唯一の願いでございます。お休みが明ける頃になれば、私もここを出る支度が整います」

「分かった。そうしよう」

翌日から十蔵は休暇を取ることになった。離縁が決まって一月もの間、一つ屋根の下どのように接すればよいのかと困惑した。

「おはようございます」

満面の笑みで挨拶する睦月は、常日頃と変わらず、いやそれ以上に明るかったので些か拍子抜けしてしまった。

――睦月も離縁を望んでいたのだ……。

そうとしか思えなかった。一抹の寂しさは感じたが、傷つけずに済んだという安堵のほうがより大きかった。

「さて、今日から一月。色々付き合って下さいますね」

「うむ……」

まさか二人の最後の思い出を築こうというのか。病と偽っていれば外出《そとで》はまずかろうが、怪我ならばさして問題になるまい。実際、躰のあちこちに生傷があるのは嘘ではない。

そこから毎日のように連れ立って外出することとなった。場所は日によって色々で、今日は北で明日は南、と江戸中をくまなく歩いた。神田明神《かんだみょうじん》、不忍ノ池《しのばずのいけ》、愛宕山《あたごやま》に待乳山《まっちやま》、梅が萎《しぼ》んだ蒲田《かまた》の梅園。行くあてなどないのかもしれない。その中でここの蕎麦が美味しいだの、あそこの団子が絶品などと言い、それも食べ歩くことになった。

——何を考えているのだろう。

不安になって横顔を眺めるが、睦月は薄い唇の端を上げて、いつも楽しそうにしている。思えば出逢った頃から摑みどころのない女であった。余計な気を回させぬため、共に暮らした日々の最後を彩ろうとしているのかもしれない。はたまた、やけになって楽しんでいるだけということもある。

「見て下さい。上手ですね」

睦月の視線の先には竹細工の店がある。軒先に職人が座り、行きから人に細工の手並を披露していた。

「欲しいのか？」

「いいえ。申しただけです」

何事にも興味を示す女なのである。突然花火問屋を訪ねて花火作りの工程を見せて貰ったこともあったし、人気の商家の呼び込みを飽きずに眺めていたこともあった。一月に亘る遊行《ゆぎょう》も残り僅かとなった頃、どこかから子どもの快活な声が聞こえて来て、睦月はぴたりと足を止めた。

「何でございましょう？」

「どこかで遊んでいるのではないか」

「こちらのようですね」

声を辿《たど》って睦月は歩んでいく。塀伝いに行くと入り口があり、そこには「手習い指南所」と大きく書かれた看板がかかっていた。いわゆる寺子屋である。

「見せて頂きましょう」

睦月は、どのような相手でも臆さずに話しかけてしまう。現れた師匠らしき男は温和な老人である。名を中西順《なかにしじゆんじ》治郎《ろう》と謂《い》い、下級旗本の隠居らしい。順治郎はこの不躾けな願いを快く受けてくれた。

訊《き》いてみると、隠居後、皆の役に立てばとこの寺子屋を開いたという。

十蔵と睦月は講堂の後ろに座り、手習いの様子を見学した。子どもたちは何者かと、興味深げに振り返り、囁き合っている。

「本日は、皆の手習いの様子を是非みたいとお武家の夫妻がお越しです。席書きにはちと早いですが、皆心して臨むように」

席書きとは卯月《うづき》（四月）と葉月《はづき》（八月）に開かれ、親が子どもの様子を参観する行事である。一般的にその日は緋毛氈《ひもうせん》が敷かれ、筆子は一人ずつ紙に文字を書く。それを講堂の壁に掲げておいたり、普段の講義の様子を見せたりもする。この日ばかりは師匠も麻の紋付き小袖を着用し、子どもたちも最も良い服を着てくるのだ。今日は当然何の支度もされていないが、まさしく席書きのような恰好《かっこう》となった。

講義は粛々と進んでいく。順治郎が『論語《ろんご》』を読み上げ、子どもたちがそれに続く。ふと横をみると睦月は頬を手の甲でさっと拭った。泣いているのである。十蔵はその訳をすぐに察した。かつて子どもが生まれたら、どこに手習いに行かせようなどと、夫婦で笑いあったことがあった。出逢うことがなかった二人の子に、子どもたちを重ね合わせているのかもしれない。

「坂入殿、折角ですから何かこの子たちにお話をして頂けませんか？」

順治郎のふいの一言に啞然となった。

「私など話せることは何も……」

「何でもよろしいのです。それが子の糧となる」

再三固辞しても順治郎は譲らなかった。

「お役目の内容には触れず、今まで見た諸国の話などすればよいのです。旦那様。頑張って下さい」

睦月は手をぱちんと鳴らし、悪戯っぽく笑った。最早これまでと十蔵は重い腰を上げた。前に立つと、一礼した子どもたちの視線を一身に受けて、少しばかりたじろいだ。どの子の目も恐ろしいほどに清廉なのだ。

「私はお役目で他国に文を届けることがあります。そこで見たものの話を少し……」

そう前置きして、各地の地理や風俗、名産から民の特徴までを滔々と語った。順治郎はその都度相槌をくれ、子どもたちは目を輝かせる。何か質問は無いかと問うと、皆が一斉に手を挙げた。

「先生、今まで諸国を巡り、最も驚いたことは何ですか？」

「そうだな……」

十蔵ははっとして口を噤《つぐ》んだが、順治郎はにこにこしながら頷いた。畏《かしこ》まらず好きに話せということだろう。それに甘えて十蔵は言葉を崩した。

「松前藩《まつまえ》に赴いた時、熊を見た。普通の熊の倍はあろうかという化け熊だ。鉄砲も急所を外せば厚い毛皮に弾《はじ》かれてしまう。これにはさすがに驚いた」

子どもたちの中には身震いしている者もいる。十蔵は身振りを加えて続けた。

「他にもあるぞ。土佐藩に細川半蔵という方がおられる。この方は稀代の絡繰《からく》り師でな、絡繰り対決で鼠《ねずみ》が猫に勝ったのだ」

講堂に感嘆の声が響き渡った。

「一番美味しいものは？」

「色々あるぞ。私は酒が苦手でね。甘党なのだが、かすていらが好きだ。ほれ最近では江戸でも売っておろう。しかし長崎《ながさき》で食べたものは特に旨かった。だが……家で食う飯が最も旨かったりする」

かすていらの件《くだり》では、私も食べたいとばかりに頬を膨らませていた睦月が、最後にはぱっと笑顔になったのを見て、十蔵は複雑な思いであった。

「最も恐ろしかったことは？　やはり先ほどの熊ですか？」

男の子の無邪気な質問である。十蔵は返答に困り俯《うつむ》いた。過ったのは先年の記憶、宗兵衛の傍らで泣く子どもの姿であった。仇討ちを恐れるのではない。人を殺めれば、地獄に堕ちるといった類《たぐい》のものでもない。

――俺は何とおぞましいことをしているのだ。

という至極単純なことであった。

踏み込みすぎた問いかと順治郎が間に入ろうとするのを、十蔵は手を挙げて遮った。

「真に恐ろしいのは人の心に巣食う魔物かもしれない。人は汚く、人はずるい。だが人はそれだけではないはずなのだ。私は美しい人々にも出逢ってきた」

皆は一転して真剣な眼差《まなざ》しになっている。十蔵は思いを吐露するように続けた。

「残念ながら私は清くはない……だが皆は今からどのようにでもなることが出来る。勉学に励み、それを世に役立て、弱きを助ける美しい大人になって下され」

十蔵は深々と礼をして後ろに戻った。飛び入りの師匠がいたことで講義は長引き、辞すのは夕暮れ時になってしまった。表まで送ってくれた順治郎は頭を下げて言った。

「坂入殿、良きお話をありがとうございました」

「いえ私は……」

「威丈高《いたけだか》に話す学者などより、ずっと子どものためになった。よければまたいらして話をしてやって下され」

順治郎は小さく頷きながら二人を見送ってくれた。辻を折れたところで睦月が口を開く。

「様になっておりました。聞き惚れましたもの」

「お主まで揶揄《からか》うか」

「いえ、真のことです。いっそ寺子屋の師匠になっては？　これからは一人なのです。気儘《きまま》に生きて下さい」

下顎が震えて奥歯が擦《こす》れた。この一月の意味がようやく解ったのである。睦月が様々な職の仕事ぶりを覗《のぞ》いていたのは、その中で十蔵に合う「何か」を探していたのだ。

何故なのだ。別れが決まった夫に、事情があるとはいえ己を捨てた夫に、何故そこまで優しくなれるのだ。十蔵は心の中で繰り返した。

どこかの庭に植えられた桜の幹が、路に突き出している。枝には円く膨らんだ蕾《つぼみ》が並んでいる。咲き誇る桜を共に見ることはもうないのだ。そう思うと、鼻腔に哀しみの香りが押し寄せてくる。

「確信しました。旦那様には寺子屋の師匠が向いております」

睦月は弾《はず》んだ声で言いながら、足取り軽く十蔵の先を歩んだ。西の空は朱く染まり、二つの長い影を作っている。影は分かれては一つになり、一つになってはまた分かれている。ふいに睦月の足が止まり、振り返ると息が止まるほどの笑顔を見せた。

「お世話になりました。今からでも遅くないのです。美しく生きて下さい」

堪《こら》えようもなく涙が溢れ、挙句の果てには膝に手をついて嗚咽《おえつ》した。茜空を悠々と泳ぐ烏《からす》は、まるで十蔵を憐《あわ》れむかのように鳴いていた。

睦月は伊勢《いせ》菰野《こもの》の父方の叔父が迎えてくれることになった。十蔵が愛想を尽かして去り状を突きつけた。近所に住む者はそう思っている。蓄えていた幾ばくかの銭を渡そうとしたが、睦月が頑として受け取らないため、出立の前日、荷の中に捻《ね》じ込んだ。

「信じて下さい。私の勘は当たるのです。きっと向いていています」

別れの言葉まで十蔵を想ったもので、睦月は最後の最後まで笑みを絶やさなかった。

「家を出ようと思います」

十日後、十蔵は兄の九兵衛にそう切り出した。九兵衛は腕を組みながら瞑目すると、暫く考え込んでいた。真意は汲んでくれている。だからこそ睦月との離縁も一切口出しをせずに見守ってくれた。

「出てどうする」

「寺子屋を開こうと思います」

九兵衛は目を開くと同時に眉を上げ、驚きの顔を見せた。反対は覚悟の上である。それでも粘り強く頼み込むつもりでいた。

「よいかも知れぬなあ」

言葉と共に、九兵衛の口から息が漏れる。思っていた返答とはあまりにかけ離れており、丹田に込めていた力がすっと抜けた。

「よいのですか……」

「お主は家を継がぬ。それなのに出ていくな、とは虫が良すぎる。上役には病で存分に働くことが適わぬと申しておく。任せておけ」

恐縮するばかりである。それと同時に己は何と人々に恵まれていたのかと思う。

九兵衛は一転厳しい顔になり、声低く言いつけた。

「今後、家とは関わりを断て。互いに利することはあるまい」

「は……」

十蔵は額を畳に擦り付けた。忍びを辞めた弟が出入りしているとあらば、坂入家に何らかの疑惑がかかるかもしれない。当然のことであった。

顔を上げられぬ十蔵の頭上を、九兵衛の忍び笑いが越えていく。恐る恐る顔を上げると、九兵衛は我慢出来ぬと高らかに笑った。

「いや……すまぬ。馬鹿にしておる訳ではない。だが十蔵が……寺子屋の師匠とは」

笑いすぎて痛いのか、九兵衛は横腹を押さえ、目尻に涙を浮かべている。

「さすがに笑い過ぎでござろう」

「睦月も余計なことを申したものだ」

九兵衛はこれが睦月の想いでもあると察している。

「あれは良い女子だな」

笑いの収まった九兵衛はしんみりと言った。睦月の無事を思えばこそ離縁した。離縁したからこそ妻を養う責を下ろし、隠密を辞めて明日をも知れぬ夢に踏み出せる。飢えるかもしれない。しかしそれは少なくとも命を狙われる暮らしではない。ならば離縁せずとも良いのではないか。とはいえ今となってはあまりに身勝手であろう。既にそのような矛盾を抱えていた。

「人の世とはそう上手くは出来ていないようですな」

自嘲気味に笑い、十蔵は頬を掻いた。九兵衛は無言で立ち上がると奥に引っ込み、暫くして小ぶりの風呂敷包みを抱えて戻って来た。それを目の前に置くと、重い金音が畳に響く。

「餞別《せんべつ》だ。持って行け」

子どもの頃、九兵衛は上役から貰った菓子をいつも丁寧に懐紙に包んで持って帰り、十蔵にくれた。今の九兵衛の顔はその時を彷彿《ほうふつ》とさせる誇らしげなものであった。

第六章　十蔵、走る

一

あれから七年。今日も十蔵は筆子《ふでこ》たちの前に立っている。

――睦月が気付かせてくれた。

皆目解らないとふて腐れる鉄之助、その肩を叩《たた》いてけらけらと笑う吉太郎、立てた教本の陰で何やら細工をしている源也、静かにして下さいと言い放つ千織、そのような筆子たちを見ていると改めて感じていた。

野花を摘むように人の命を奪ってきた己が、人を育《はぐく》む職について良いものか。迷ったこともある。しかしそのようなことも睦月はお見通しであったらしい。この罪はこれでしか償えず、自責に苛《さいな》まれる己はこれでしか赦《ゆる》してゆけない。今ではそう思うのだ。

講義を終えた青義堂に来客があった。吉太郎の父、福助である。

「どうしたのだ」

「実は……また倅《せがれ》たちが阿呆《あほ》なことを企てておるようなんですわ」

「またか……」

十蔵は眉間《みけん》を抓《つね》って嘆息した。あやつらの腕白ぶりは困ったものである。

「お蔭参《かげまい》りですわ」

お蔭参りとは、約六十年周期で流行している伊勢神宮《いせじんぐう》への集団参詣である。始まりは今より約百二十年前の慶安《けいあん》三年（一六五〇年）、三月《みつき》の間に全国から十七万人の人々が参詣した。

二度目は約六十五年前の宝永《ほうえい》二年（一七〇五年）、この年に至っては、二月《ふたつき》の間に何と三百七十万人が訪れたという。これらの年を「お蔭年」と呼ぶようになった。そして今年明和《めいわ》八年（一七七一年）、またその流行が起こりつつあると聞いていた。

「まさか……」

「そのまさかです。あいつらだけで参ろうとしているんですわ」

お蔭参りは奉公人などが主人に無断で、または子どもが親に無断で参詣しても咎《とが》められないという決まりがある。特に商家の間では、伊勢神宮に祭られている天照大神《あまてらすおおみかみ》は商売繁盛の守り神でもあったから、子どもが申し出た時、親はこれを止めてはならないとされている。たとえ無断でこっそり旅に出ても、参詣してきた証拠のお守りやお札などを持ち帰れば不問とされた。それ故、お蔭参りを抜け参りとも呼ぶ。

またこの年に限っては、関所なども伊勢神宮参詣に関してはほとんど通行が許される風潮で、大金を持たなくても信心の旅ということで沿道の施しを受けることが出来た。

「いつだ」

「吉太郎に行かせてくれと頼まれたんは昨日のことです。その時はお茶を濁したんですが……勝手に行くかもしれません。ここのところ集まって相談しているみたいです」

確かに吉太郎たちならばやりかねない。福助は泣き顔になって続けた。

「そこでお願いなんですが……十蔵さん、あいつらについて行って貰《もら》えませんやろか？」

十蔵は唸《うな》って考え込んだ。同行するとなると青義堂を長く休みにしなくてはならず、他の筆子に迷惑をかけることとなる。

「あの三羽烏《さんばがらす》め……」

頭を抱えて零《こぼ》した十蔵に、福助がばつが悪そうに付け加えた。

「いえ、そこに可愛《かわい》らしい鵯《ひよどり》がもう一羽。生駒のお嬢様も」

最悪の取り合わせに十蔵は絶句した。その四人が遠路伊勢を目指すなど問題を起こすなというほうが難しい。

「分かった。何か手を考える」

既に師匠の代役を頭の中で探し始めていた。最早ついて行くしかないのだろう。

――伊勢か……。

五感の中では鼻が最も思い出と直結しているらしく、記憶が呼び起こされると共にその時の匂いが蘇《よみがえ》ってくる。今、十蔵の鼻腔に広がったのは、春の訪れを告げる淡い桜の香りであった。

翌日の講義の後、四人に残るように命じた。

「伊勢に行くのか？」

下手な策は弄せず単刀直入に訊《き》くのがよい。千織の一件で学んだことである。

「え？　何の話やろ」

客商売で鍛えられているのか、吉太郎は顔色を一切変えない。同じく千織も落ち着き払って首を傾げた。

「そ、そうだな……」

詰まりながら返す鉄之助はまだましで、源也に至っては顔を紅潮させて俯《うつむ》いている。

「偽りを言うな。何も俺は留め立てするために訊いている訳ではない。福助に頼まれたのだ。お蔭参りについて行ってやって欲しいと」

「え⁉」

千織の顔がぱっと明るくなる。強がっていても、自分たちだけで行くことに不安を抱いていたのかもしれない。源也も恐る恐る顔を上げ、鉄之助の顔色を窺《うかが》う。

「あーあ。折角俺たちだけで行こうとしたのによ」

「でも……やっぱり危ないよ」

身を反らせて不満げに言う鉄之助を、源也が宥《なだ》めようとする。

「鉄、お前が認めへんかったらまだ言い繕《つくろ》えたで」

吉太郎がけろりとして言うものだから、十蔵は咳《せき》払いを見舞って睨《にら》み付けた。

「お蔭年だからこれ幸いと思ったたか。発案者は吉太郎か」

「ばれたらしゃあない」

吉太郎が悪びれもせず居直るものだから、馬鹿らしくなって笑ってしまった。

「しかし千織までとは。普段なら止めるだろうに」

「次はもう六十年先。このような機会は二度とありません」

確かにその通りである。仮に彼らが長寿であったとしても、その歳では旅も儘《まま》ならぬ。まして や十蔵ならば生きてはいまい。

「しかしだな……」

「先生は御家人だったのだろう？」

それまで憮然《ぶぜん》としていた鉄之助が口を開く。千織だけには真実を告げたが、他の者はどこにで もいる御家人だったと思っている。

「部屋住みだったが」

「でも分家する話も出ていたと、景春《けいしゅん》さんから聞いたぜ」

十蔵は内心で舌打ちした。景春としては嘘に真実味を持たせるため、余計な情報も出したのか もしれないが、有難迷惑な話である。

「周りの反対もあっただろう。それでも自分のやりたいことをやって生きている。何も家を出る って言っている訳じゃない。今でないと出来ねえことをやらせてくれよ」

幸い兄は了承してくれたが、親類や伊賀組の者からは、様々な陰口を叩かれていたことを知っ ている。それを振り切って隠密《おんみつ》を辞めたのだ。あの日の十蔵も同じようなものであった。

「分かった。行こう」

皆の表情が一気に明るくなり、顔を見合わせて喜び合った。その様が何とも微笑《ほほえ》ましく、十蔵もつられて笑みを零した。


出発は如月《きさらぎ》（二月）の初旬となり、銘々支度を進めることになった。十蔵としてはやることが山積《さんせき》である。まずは代講を中西順治郎に依頼した。十蔵が寺子屋の師匠を志《こころざ》すきっかけとなったあの日、睦月と共に見学させてもらった人である。

繋《つな》がりはそれだけではない。隠密を辞してから、青義堂を開くまでの一年間、師匠としてのいろはを学ぶため弟子入りしていた。そこから年に数度は逢《あ》って相談にも乗ってもらっている。

「ふふふ……厄介な筆子がいるようだな」

順治郎はその道では名の通った師匠である。それ故に弟子入りを志願してくる者も多い。齢《よわい》六十を超えた今なお矍鑠《かくしゃく》としており、自身も毎日講堂に出ている。

「はい。申し訳ございません」

「長く師匠をしていれば様々なことがあるものよ。昼からは弟子に任せて、青義堂に立とう。それにしても変わらぬなあ」

順治郎は口元の皺《しわ》をなぞりながら笑った。

「相も変わらず未熟者でございます」

「いや。人を教える者にとって、変わらぬは褒め言葉だ。己が成長したと思った時、そこが辞め時よ」

やはりこの方に師事して良かったと改めて確信した。

お役目のため、幼い頃から多くの知識を詰め込んできた。その点に関しては十蔵は自信を持っていたが、いざ教えるとなると遣《や》り方が解らない。それに対して、たとえどんな子であろうが諦めないことが肝要だと教えてくれたのは、この人の好《よ》い老師匠であった。

「生涯迷いながら生きとうございます」

「それでよし。気にせず行って参れ」

順治郎は相好を崩して大きく頷《うなず》いた。

次は景春である。間もなく『隠密往来《おうらい》』が書き上がる。格安で請け負ってくれる刷り師を探さねばならない。

「それを私にやれと？」

景春は鼻先に指を置いて泣き顔になった。

「すまぬ……この通りだ」

十蔵は手を擦り合わせて拝んだ。景春は眉尻を思い切り下げて溜息《ためいき》を吐《つ》いた。

「はいはい。分かりましたよ」

景春は半ば投げやりと言った様子である。

「すまぬな。迷惑ばかりかける」

「沢山土産《みやげ》を買ってきて下さいよ」

景春はそう言いながら、ほぼ完成している『隠密往来』を手に取った。最後は旅の中で書き上げようと考えていた。

「これは……何というか、馬鹿に出来ませんね」

ぱらぱら捲《めく》って流し読み、発した第一声がそれであった。景春は頼まれた挿絵を描いただけで、内容に触れるのは初めてである。紙面に視線を落としたまま続けた。

「中には虚構もありますが、これを忠実に行えばそれなりの忍びが出来る」

「子供騙《だま》しと思い、誰も真似《まね》はすまい」

前半部分には忍具の説明と、忍術の基本が記されている。忍術の大半は人々が思い描くものとあまりに掛け離れている。一言でいえば地味なのだ。例えば土遁の術といえば、予《あらかじ》め掘った穴に身を隠すだけである。

また木遁《もくとん》の術は樹木や草原に身を潜めるだけ、木遁の奥義にあたる狸隠《たぬきがく》れの術も、しかけは素早く木の上に登って敵をやり過ごすというものでしかない。

最も華のある火遁《かとん》の術でさえ、木や藁《わら》に火を点《つ》ける、焙烙《ほうらく》玉を駆使する程度である。もっともそれは基本で、ごく少数ながら個々に研究、発展させ禅助のように恐るべき技を使う者もいる。

「しかし後半には派手な術がありますな」

地味な術ばかりでは面白くなかろうと、かつて己が対峙《たいじ》した数々の強者《つわもの》の技を書き連ねた。とはいえ敵の技であるため、その殆《ほと》どが仕組みは不明であった。これらは陽忍《ようにん》の景春は勿論《もちろん》、十蔵ですら模倣出来ない。熟練の忍びが人生を懸けて一つの技を生み出すのが精々である。

「これが真の術と判るのは、お主が隠密だからこそ。世間には数多くある洒落本《しゃれ》の一つにしか映らんだろう」

「確かに。火噴きや、手裏剣の雨降らしを真似る者がいれば、それは馬鹿ですな」

景春は存分に笑って帰っていった。これで伊勢に行く支度は整った。あとは出発を待つばかりである。

二

出発当日、まだ薄暗い夜明けに青義堂の前に集合した。

旅の荷は着物が一枚、下帯が多くとも三着、脚絆《きゃはん》、笠、道中差、三尺手拭いに矢立、あとは替えの草鞋《ぞうり》、財布を小さな柳行李《やなぎごうり》に入れて持ち運べば事足りる。もう少し大荷物でも櫛《くし》や鬢《びん》付け油、扇子や折り畳みの提灯《ちょうちん》、洗濯物を干す麻綱があれば十分である。これを二つに分けて纏《まと》めて紐《ひも》で繋ぎ、肩に掛ける。それでも収まりきらねば、行李または半昇《はんがい》と呼ばれる背負える葛籠《つづら》を使う。

「お主らまさか南蛮まで行くというのではあるまいな」

十蔵は呆《あき》れて頭を掻《か》きむしった。荷が多い。多過ぎるのである。鉄之助は荷の他に木刀を一本腰に捻《ね》じ込み、背負った行李の上にさらにもう一本括《くく》り付けていた。

「何のために二本持って行く」

「折れた時の予備」

鉄之助はにかりと笑って白い歯を見せた。旅の途中でも鍛錬を絶やさぬつもりである。

「千織まで小ぶりとはいえ行李か……女子は特に軽いほうがよいのだが……」

「長旅ですもの。この機会に書物を持ってきております」

千織はさも当然とばかりのすまし顔である。

「吉太郎は少ないな。偉いぞ」

「まあ、一番使い勝手がええもんは持ってきたよ」

肩から提げた荷をぽんと叩くと、中から金属の擦れる音がした。この音は銅ではなく金である。

「落とすなよ。それにしても……源也、正気か？」

中でもいちばんの大荷物が源也である。己の背丈と同じほどの大きな行李を背負っており、肩に掛けた袋も膨れ上がっている。

「見た目ほど重くはないのです……殆どが竹や布や紙ですから」

「そもそも竹を持って行かないのだ。旅に」

源也の荷は最低限の旅道具以外は、予想通り絡繰《からく》りである。旅先でどうしても試したいことがあるらしい。ばらばらに分解して行李に収めていると言う。

「置いて行け。体力のあるほうではないだろう？」

返答に窮する源也に、助け舟を出したのは鉄之助であった。

「源也、荷を換えるぞ。道中は俺が運んでやるよ。それならいいだろう？」

どうやら行李の中身は、鉄之助たちにとっても楽しみなものらしい。鉄之助は近頃さらに剣の腕を上げ、体力も弥三右衛門《やざえもん》の折り紙付きである。熱心に頼み込まれたので、十蔵も最後には折れざるを得なかった。

——これは骨が折れる……。

出立前からこの様である。この旅に不安を感じながら、朝日の中、日本橋《にほんばし》を渡った。

伊勢までは東海道《とうかいどう》を行き、日永《ひなが》の追分《おいわけ》で伊勢街道に入る。男の脚ならば十五日、女の脚ならば二十日という、一二六里（約五〇四キロ）の道程である。鉄之助のような大人顔負けの健脚ならばともかく、千織のことを慮《おもんぱか》ればそれ以上かかるかも知れない。

江戸から西に向かうにあたり、旅人の多くが最初に泊まるのが戸塚宿《とつか》である。旅人が女ならばその一つ手前の程ヶ谷宿《ほどがや》に泊まる者もいる。ここまででも九里ほど（約三六キロ）ある。

費用は福助が快く出してくれた。吉太郎の発案で迷惑を掛けるというのもあるが、お蔭参りの援助をすることで商《あきな》いが繁盛すると信じられてもいる。これで決して裕福でない鉄之助や源也も行くことが出来た。源也の父、定一《さだいち》などは、

「可愛い子には旅をさせろと言うからな。大きくなって帰って来い」

などと、手を打って喜んでいた。

——よくも許したものだ。

十蔵は脚を動かしながら千織を顧みた。まだ寒さの残る初春にも拘《かか》わらず、千織の額には珠のような汗が浮かんでいる。危険な目に遭って三月足らずである。烈火の如《ごと》く反対されるだろうと思った。

だが予想に反し、千織は容易《たやす》く了承を取り付けてきた。正式に婚約はしていないものの、仲人ともいうべき国家老が不慮の死を遂げたのである。これほど験《げん》が悪いこともない。父の勘右衛門《かんえもん》はこれを酷《ひど》く気に病んでいたらしく、十蔵が同行するならばと許可を出した。

「よいしょ」

鉄之助が行李を揺すって背負い直す。例の大行李である。

「鉄之助、ごめんね」

源也は申し訳なさげに言った。

「気にするなよ。これも鍛錬だ。それに持って行こうと提案したのは俺だしな」

「一体何が入っているのだ」

大凡《おおよそ》の見当はついていたが、源也のことだからまた突拍子もない物かもしれない。

「宿でも絶対開けないでくれよ。先生は楽しみに取っておきなよ」

「分かった、分かった」

十蔵は前に向きなおり、手をひらひらと振って見せた。

程ヶ谷宿についたのは、もう申《さる》の刻（午後四時）になろうかという刻であった。やはり子どもの脚は幾分遅い。ここで宿を取ることになった。

もう少し後になれば多くの大名の参勤の時期とぶつかり、どこの宿場もごった返す。この時期はまだ少ないはずなのだが、宿に空きは殆ど無かった。お蔭参りの影響がここにまで出ているのだろう。

「先生、少し宿場を見てきてもええ？」

宿に入って荷を下ろすなり、吉太郎が言った。

「あと一刻（約二時間）もすれば暗くなる。それまでに戻るのだぞ」

「よし、源也も行くぞ」

鉄之助がすぐさま立ち上がり源也を誘う。そして早くも荷の整理をしている千織の前につかつかと歩んでいった。

「お前も行こうぜ」

「え？」

千織は手を止めて、鉄之助を見上げた。

「お？　今日はえらい素直やんか」

吉太郎が茶化すと、鉄之助の顔が茹蛸《ゆでだこ》のように真っ赤に染まった。

「別に来たくねえなら無理に誘わねえよ」

「本を読むので結構です」

千織からぴりりと山椒の利《き》いたような返答を受け、鉄之助はふて腐れながら部屋を出た。吉太郎と源也も千織を気にしながら後に続く。二人きりになって十蔵は言った。

「よいのか？」

「よいのです」

男ばかりの中に女が一人、さぞかし居心地が悪かろう。しかし千織はそのような素振りは一切見せなかった。

「丁度よかった。教えて頂きたい箇所があったのです。六花《りっか》の陣についてですが……」

千織は荷の中から一冊の本を取り出して膝を寄せてきた。やはりと言うべきか、宋代《そうだい》に書かれた『李衛公門対《りえいこうもんたい》』という兵法書である。手に入れるのも難しかろうが、千織はあらゆる伝手《つて》を頼って写本を作っている。この本も最近ようやく借りられ、写本を作ったらしい。

「それはな。諸葛亮《しょかつりょう》の八陣の法を元に……」

教えてやると、千織はまことに嬉《うれ》しそうな顔をする。十蔵自身、このような旅も悪くないと思い始めている。

二日目は水に当たったのか、吉太郎が腹痛を訴えたため、前日の半分も進めず藤沢《ふじさわ》宿に泊まった。

一夜明けて三日目には吉太郎もすっかりよくなったが、急ぐ旅でもないので無理はせぬようにと、小田原《おだわら》宿で草鞋を脱いだ。一悶着あったのは、この小田原宿でのことであった。

鉄之助ら三人が夕暮れまで宿場を見て回るのは恒例になりつつある。生まれてこの方江戸を出たことがなかったのである。見るもの全てが新鮮であろう。見聞を深めるためにも悪いことではない。

ここではいつになく源也が張り切っていた。訳は小田原で盛んな木地《きじ》挽物細工《ひきものざいく》にある。木地挽物とは木材を轆轤《ろくろ》や旋盤《せんばん》で挽き、椀《わん》や鉢《はち》、盆などの円形の器物を作る技のことを謂《い》う。挽物を用いれば大量生産が可能であった。源也が目を輝かせるのも頷ける。

三人が見物に出ている間、十蔵は宿で千織と兵法談義に花を咲かせていた。どたどたと慌ただしい跫音《あしおと》が上ってきて、勢いよく襖《ふすま》が開け放たれた。そこにいたのは息を切らした吉太郎である。その様子で何事かが起きたことを察した。

「先生、鉄がまたやりおった！」

「あいつ――」

宿を出ると、吉太郎に案内させながら走り出した。向かう間に状況を聞き出す。

「大久保《おおくぼ》様のご家中が、紙屑《かみくず》拾いの子に因縁をつけて……」

「鉄之助は黙っておれまいな」

冒頭だけで大凡《おおよそ》を摑《つか》むには十分だった。

大通りに出ると、野次馬が集まり人だかりが出来ている。十蔵が衆を掻き分けると、木刀を構えた鉄之助が三人の侍と対峙しているのが見えた。既に打ちのめしたか、他に二人地に転がっている。少し離れた道の端で源也がおろおろしていた。

「正々堂々の勝負だぜ」

十蔵が来たことに気付いたか、振り向かぬまま鉄之助は言った。流石《さすが》にまずいと思ったか、見れば小田原藩士たちも鞘《さや》に納まったままの刀を構えている。

「馬鹿者！　すぐに納めよ」

「そこの子に謝ったらな」

お節介な野次馬が語るには、酔った藩士に紙屑拾いの子がぶつかったのが発端らしい。酩酊《めいてい》していたか、藩士は謝る子を力まかせに突き飛ばした。そこに鉄之助が割って入り、このようになったらしい。

――まずい……まずいぞ。

鉄之助は御家人月岡《つきおか》家の嫡男である。それが小田原の藩士と揉《も》め事を起こすなど大きな問題に発展しかねない。

「俺はこの者の師匠だ。代わりに俺が……」

「相手をしようと言うか！」

話をしたいと言いかけたのを、激昂した藩士が遮った。

「先生、こいつら恥かいていきり立っているから無駄だよ」

鉄之助の言葉は火に油を注ぐようなものである。

「どちらから相手をするのだ！」

「いやまずは話を……」

十蔵がそう言って宥めようとした矢先に、

「俺が相手だってんだろ」

と、鉄之助はまた油をどんどん投げ入れていく。もはや収拾がつかなくなったその時、輪の外から雷鳴のような怒鳴り声が飛んできた。

「愚か者どもめ‼」

「お師匠様⁉」

鉄之助も含めた全ての当事者がそう呼んだものだから、皆が顔を見合わせた。

「弥三《やざ》さん……何故ここに」

そこに立っていたのは鉄之助の師にして、若き頃の十蔵の師でもある直心影流《じきしんかげりゅう》四代、藤川《ふじかわ》弥三右衛門近義《ちかよし》であった。公文甚八《くもんじんぱち》と戦って受けた傷は既に癒え、道場に立つようになったと聞いたが、小田原で会うとは思ってもみなかった。

「大久保様に招かれて年に何度か稽古をつけに来ておる。それにしても喧嘩《けんか》と聞いて来てみれば、全てが儂《わし》の弟子とは……情けなくなる」

弥三右衛門はそう言うと、転がった藩士の頭に拳骨を見舞い、紙屑拾いの子のところまで歩むと頭《こうべ》を垂れた。

「すまぬな。怖い思いをさせた。こやつらは後でこってりと油を絞っておく故、赦《ゆる》してくれ」

年に数度の出稽古である。弟子と呼ぶには拙い関係であろうが、それでも筋を通すのが弥三右衛門らしい。

「さて……弟子の不始末は師の責。とはいえ、両者の師が儂なのだからちとややこしい。十蔵、お主も鉄之助の師。代役を頼めるか」

「はあ……何をすればよいので？」

「鉄之助の木刀で儂を好きなだけ打て」

弥三右衛門は往来のど真ん中に胡坐《あぐら》を搔いた。野次馬はさざめき、その見事な覚悟に感嘆の声を上げる者もいた。

「弥三さん、そりゃあ出来ねえ相談です。それが道理なら俺も打たれなくちゃならない」

「む……確かにそうなるか」

弥三右衛門は眉間に皺を寄せて考え込んだが、ふいに閃《ひらめ》いたように言い放った。

「ならば立ち合うか」

野次馬からわっと歓声が上がった。どうやら弥三右衛門はここ小田原でも有名らしい。

「おいおい、何故そうなる」

十蔵のぼやきも多くの声に紛れてしまう。弥三右衛門は衆を見渡し、高らかに言った。

「各々方、この者らの不始末どうぞお許し下され。拙者が殿よりも厳しく、罰しておきます。故に同門のじゃれ合いとお見逃し頂けぬか。代わりに拙者が責を取り申す」

この場を即席の剣術興行のようにしてしまい、大事にならぬようにという配慮もあろう。野次馬は立ち合い見たさに、揃《そろ》って了承の声を上げた。

「俺は立ち合えねえ」

「弟子の責は取らぬと？」

「俺も弥三さんの弟子ですぜ？」

「とうに破門にしたわ」

目が微《かす》かに笑っている。剣士としての性《さが》なのか、弥三右衛門の顔には立ち合いたいと書いてあった。確かにこのような機会がなければ、二度と立ち合うことはない。

「全く……弟子が弟子なら、師も師だ」

十蔵は苦笑しながら頭を掻く。

「先生……」

少しばかり反省したか、鉄之助は申し訳なさげに言った。

「後で説教を覚悟しておけよ」

十蔵は鉄之助の手から木刀を取って弥三右衛門に放った。それと同時に野次馬はどっと沸《わ》きあがり、今日一番の歓声を上げた。

「お主の得物はどうする」

「少し待ってくれ。宿に……」

言いかけて振り返ると、野次馬の輪の外に木刀と大刀を抱え、不安げな視線を送る千織の姿が見えた。心配して駆けつけたのであろう。様々な時と場合を想定し、二種類の得物を持って来ているのが何とも千織らしい。

「こっちだ」

十蔵はにこりと笑い、千織から木刀を受け取った。そして弥三右衛門の前へと戻り、ゆっくりと木刀を構えた。弥三右衛門も細く息を吐き、剣先を上げていく。

「十年ぶりか。先日、お主の腕を見てどうしても立ち合いたくなったのだ」

それを最後に言葉は途切れ、野次馬も水を打ったように静かになった。両者正眼、向き合っただけで弥三右衛門の剣気が伝わり、己の前裑《まえみごろ》が震えているような気がした。弥三右衛門は本気である。気を抜けば命を落としても不思議ではない。察知した十蔵は、木刀を見えぬ鞘に納めるように腰へと運んだ。

「それでよい」

呟《つぶや》いた弥三右衛門の剣先がゆらりと揺れ、その刹那、一気に間合いを詰めて来た。十蔵は脱力してそれを迎え、掌《たなごころ》から剣を解き放った。大木に鉞《まさかり》を打ち込んだような音が響く。二人の木剣が繋がれたかのように嚙《か》み合う。神速のやり取りに呆気に取られたか、野次馬の誰もが息を吞《の》んでいる。

「ここらでご勘弁を」

十蔵が絞るように言うと、弥三右衛門は片笑みながら木刀を引き、右手を宙に振った。

「凄《すさ》まじい速さよ。真剣ならば首が飛んでおった」

「またご冗談を」

「まことよ。お主、弱くなったと思っておろう」

まさしくその通りである。公文甚八と戦った一件で、弥三右衛門はそれを見抜いたと見える。

弥三右衛門は鷹揚《おうよう》に続けた。

「が、それは間違いよ。強さの質が変わったのだ。無闇に卑下しておると、いざという時に剣が鈍る」

「は……」

弥三右衛門が柄にもなく強引に立ち合ったのは、これを伝えたかったということか。弥三右衛門は鉄之助に木刀を返すと、こちらにも思い切り拳骨を見舞った。

「帰ったならば存分にしごく故、覚悟しておれよ」

「はい！」

鉄之助は涙目になって二度三度頷いた。弥三右衛門は十蔵に近づくとそっと耳打ちした。

「そこの子の親には儂から詫《わ》びておく。殿にも上手く言い繕う故、明朝には発つがよい」

「ありがとうございます。私は……」

知らぬ間に弟子の頃の口調に戻ってしまっているのが可笑《おか》しかったか、弥三右衛門は笑いながら拳で胸を軽く突いてきた。

「何も申すな。馬鹿な弟子を持つ気持ち、ようやく解ったか」

ここで初めて言葉を失っていた野次馬がやんやと囃《はや》し立てた。その喧噪の中、弥三右衛門は藩士たちの尻を蹴り上げて去っていく。藩士たちもこちらを忘れ、慌ててその後を追った。騒ぎの余韻が残る中、その場を離れることを忘れ、十蔵は暫《しば》しの間その背を見送った。


四日目は弥三右衛門の忠告通り、払暁《ふつぎょう》から発った。

前夜、鉄之助を厳しく叱ったのは言うまでもない。江戸府内ならば十蔵も伝手を頼り、丸く収められるかもしれないことも、旅先ではそう上手くいかない。あのような諍《いさか》いは命取りになる。今回は予期せぬ乱入者によって救われたに過ぎない。とはいえ鉄之助の行動が悪とは言い難い。

「……若い頃の俺なら同じことをしただろう。その心は忘れるな」

と、叱った後に付け加えると、鉄之助は目に涙を浮かべ、こくりと頷いた。

難所である箱根《はこね》の険を越えて、相模《さがみ》を抜けて伊豆《いず》へ入り、十一番目の宿場である三島《みしま》に宿を取った。

五日目、皆が瞠目《どうもく》したのは富士《ふじ》の山である。これまでも勿論見えていたが、駿河《するが》に入って見る富士は格別である。十蔵は何度も見ていたが、あんぐりと口を開ける子どもたちを見ていると、何故だか己が誇らしくなるから不思議である。

「今日は少し脚を緩めよう。実は福助さんから祝儀を渡されている。旨《うま》い物を食おう」

出立前、福助が一人で来て袱紗《ふくさ》を差し出した。発端は吉太郎なのだからという申し訳なさからであろう。正直、十蔵の懐は寂しい。

「丹色屋の代参をお願いいたします。札を授かって来て下さい。あと……折角旅に出るのです。方々で旨い物でも食わせてやって下さいな」

福助が帰った後、袱紗の中を改めると十分過ぎるほどの金が包まれていた。

十蔵が脚を止めたのは原《はら》宿と吉原《よしわら》宿の間、浮島《うきしま》ヶ原《はら》という地であった。浮島沼という沼があり、周りに湿田の他、葦《あし》、真菰《まこも》が広がる絵に描いたような湿地帯である。質の良い鰻《うなぎ》が獲れ、旅人にそれを料理して出す店が数軒並んでいる。掛茶屋を兼ねているのか、屋外に席を設けてある。幸い天気も良いことから、適当な店の前に腰かけ、贅沢《ぜいたく》に各々一人前ずつ頼んだ。その土地ならではの食を味わうのも、また学びと考えたからである。

暫《しばら》く待つと蒲焼が運ばれてきた。昔は味噌を付けて山椒を塗《まぶ》したものが多かったが、五十年ほど前より熱い酒と醬油《しょうゆ》を交互に付けて焼く方法が一気に広まった。これもその手法で作られている。


「旨い！」

鉄之助らはかぶりついているが、千織は口に近づけるも中々食べようとしない。

「どうした。腹でも痛いか？」

「実は食べたことがありません」

聞けば鰻の波打ったような皮が気味悪く、生まれてこの方ずっと避けて来たらしい。

「それは済まなかった。申せばよいものを……」

「食の選り好みなどは許されぬこと。いつかこのような日がくると覚悟しておりました」

鰻を睨み付けながら大真面目に言うものだから、思わず皆が噴き出してしまった。次の瞬間、
千織は小さな口を目一杯あけて齧《かじ》りついた。皆が息を吞んで見守る。

「あ、美味しい……」

「何やねん！　食えるんかい」

吉太郎が間髪入れずに言って笑いを誘う。

「大袈裟《おおげさ》なことだ。たかが鰻くらい」

「鉄之助は茸《きのこ》が食べられない癖《くせ》に……」

「あれは何だ。食感が……言うなよ源也！」

小馬鹿にしていたのに、源也から秘密を洩《も》らされて鉄之助は慌てている。十歳は食事をしてい

てこのように笑ったことなど、ここ数年無かった。一人で食う飯はどこか味気ないものである。

——あいつは鰻が好物であったな。

最後に食事をして笑顔になったのはいつだったか覚えていない。ただそれが誰とであったかは、はきと覚えていた。

十蔵が天を見上げると、こんもりと剽《ひょう》げたような形の雲が二つ寄り添っていた。これはどこまで共に進むのだろうか。そのような愚にも付かぬことを考えながら、これから向かう西の空を眺めた。

五日目はこの旅が始まって一番の麗《うら》らかな陽気になったこともあり、足取りも軽くひと息に、蒲原《かんばら》宿まで至った。

六日目は生憎《あいにく》の雨、今日も富士を見られると喜んでいた子どもたちだが、天はそこまで人の都合を考えてくれぬようだ。左手の海に広がる無数の波紋を見ながら、重い脚を動かした。雨の中では進むのにも限度がある。前日泊まった蒲原宿からわずか四里十五町（約一七キロ）先の府中《ふちゅう》宿に辿《たど》り着いたところでその日は終わりとした。十九番目の宿場である。伊勢街道との分岐にあたる四日市《よっかいち》宿は四十三番目。

伊勢まで片道二十日、伊勢に五日滞在すると考えて四十五日。当初はそう考えていたので予定よりも少しばかり遅れている。日限はないのだが、遅れては青義堂に代わりに立ってくれている順治郎にも迷惑を掛けてしまう。

「明日からは少し早く進もうと思う。よいか？」

子どもらは府中名物の安倍《あべ》川餅《かわもち》を頬張りながら銘々頷いた。十蔵が思っている以上に皆回復が早い。ぐっすりと眠れば一晩で脚の疲れなど吹き飛ぶらしい。

一方の十蔵は脚を擦りながら衰えを感じていた。勿論並の男よりは健脚である。しかし一日で五十里（約二〇〇キロ）を走破した往年に比べれば、随分やわになったと思う。子どもたちは足も達者だが、口も達者で、疲れの色など一切見せずに旅を満喫している。

七日目は金谷《かなや》宿、八日目は見附《みつけ》宿と至極順調だったが、九日目に舞坂《まいさか》宿に差し掛かったところで歩みを止めた。厳密に言えば足止めを食ったのである。

舞坂宿と次の新居《あらい》宿の間は今切《いまぎれ》の渡しと呼ばれる海路で結ばれており、舟で渡らねばならない。三日の間、度々天の底を抜いたような激しい通り雨があったことで波は高く、加えて強風で舟が転覆するかも知れず、渡せないという。ここで数日足止めを食うことも多く、旅慣れた者などは季節によっては敢《あ》えて遠回りになる中山道《なかせんどう》を行く者もいるほどである。

十日目、曇天ではあるが今のところ雨は降っていない。しかし風が強く、舟は出なかった。

「雨は降ってへんのに、今日も出えへんのかいな」

吉太郎は袋井《ふくろい》で買った遠州《えんしゅう》木綿《もめん》の手拭いをくるくると振り回した。

この先の池鯉鮒《ちりゅう》宿、鳴海《なるみ》宿では、有松《ありまつ》絞り、鳴海絞りの着物が名物で、藍地に白く美しい様々な紋様が浮かぶ品々である。これを買うことを、洒落者の吉太郎はこの旅で最も楽しみにしていた。

「この風では仕方なかろう。泳いで渡る訳にもいくまい」

「源也ぁ……何か出してぇな」

「風を止ませる絡繰りなんて無理だよ。でも……金谷宿で見た矢柄をさらに細くして、縄を結びつけて飛ばせば……」

「お？　一里（約四キロ）の縄橋か？」

「一里は無理」

冗談で憐《あわ》れを装って頼む吉太郎も、それに大真面目に答える源也も、十蔵にとっては可笑しくて仕方ない。

「今日はやることないんだから、宿場を見て回ろうぜ」

鉄之助はそう言って二人を誘い、それを合図にしたかのように、千織は荷の中から書物を取り出す。この十日繰り返されてきた光景である。ただいつもと異なったのは、初日のように鉄之助が千織に声をかけたことである。

「千織も……行こう」

「たまには行ってこい。生きた知識も必要だ」

千織が何か言いかけたのを遮って、十蔵は言った。千織はこくりと頷いて立ち上がる。吉太郎と源也はにんまりと笑い、鉄之助は淡く頬を染めて振り返った。十蔵はそれを微笑ましく見送ると、畳の上にごろりと横になり深く息を吸った。

三

十一日目、空は眩《まばゆ》いほど晴れ上がり、風も凪《な》いで舟が出た。一日休んだので足取りは軽く、海路の一里も加えて九里二十八町（約三九キロ）を進んで赤坂《あかさか》宿へ。十二日目は吉太郎のお目当てである池鯉鮒宿へ辿り着いた。

「明日は、宮宿まで進み、川舟を使って四日市宿まで行く。そこからはいよいよ伊勢街道だ」

十蔵が行程を説明し終わるや否や、吉太郎は張り切って立ち上がった。

「よっしゃ、行くで。沢山買おう」

「これ以上荷を増やすな。それに無駄使いはせんはずだろう」

十蔵は釘を刺したが、吉太郎は得意顔で反論した。

「ちゃうちゃう。ええもんあったら買い付けるの。旦那に頼まれたん。だから買って江戸に送るから心配いらんよ」

吉太郎の目利きには福助も一目置いている。旅先でも商いのことを考えるとは、やはり似た者親子であろう。

四人が宿場を見に出て行った後、十蔵は『隠密往来』を取り出した。ここ暫く、千織の相手ばかりで読み直す機会がなかったのだ。

一刻ほど念入りに読み込んだ時、犬の鳴き声が聞こえた。どうやら宿の前にいるらしい。追い返そうとする主人の声も続いて聞こえたが、犬は抗《あらが》うように吼《ほ》え続けている。ふと気に掛かり障子を開けて下を見た。毛並が乱れ、泥に汚れきってはいるが、それは紛れもなく時丸《ときまる》であった。

「時丸！」

十蔵の声に気づいて、時丸は上を向いて長く吠えた。

「主人、私の飼い犬だ。降りる」

只事ではない。十蔵は『隠密往来』を放り出すと、慌ただしく階段を降りた。

「よく来たな。いかがしたのだ」

十蔵は時丸の頭を撫《な》でた。首に「お蔭参り」と書かれた袋が括り付けられている。中から書状と小粒銀が少し。お蔭参りに行けぬ者が、このようにして犬に代参を頼むといった例もある。少額しか持っていなくとも、功徳を行おうと、道行く人が何かを食べさせてくれる。ただ時丸の場合、それを模したに過ぎず、来た理由は別にあろう。袋の裏を探ると、思った通り細かく何かを縫い付けた跡がある。

「主人、悪いがこやつを洗ってやってくれ」

袋の中の小粒銀を主人に渡し、時丸を託した。十蔵は部屋に戻ると、小柄《こづか》で袋の縫い目を切り裂いた。中から親指程の蠟《ろう》の固まりが出てきた。密書をこのように封じるのは基本中の基本である。小柄で丁寧に削いでいくと、小さく丸めた書状が出てくる。残る蠟を取り払いつつ、十蔵はそれを広げた。

「赤の鍋、十一の丙……」

誰かが聞いていたとしても何のことか解らないだろう。口にしたのは暗号で書かれた書状の鍵である。それがまず冒頭に書かれている。数百種類ある暗号の鍵である。読み進めていくと、己でも血の気が引いていくのがはきと分かった。差出人は兄、九兵衛である。

九兵衛は危険を顧みず、宵闇《よいやみ》を探り続けていたらしい。

「宵闇が大樹公暗殺に動く……甲賀、根来、二十五騎組は静観……」

隠密を有する四組の内、伊賀を除く三組が見て見ぬふりを決め込むという。何も全員が同調した訳ではない。隠密の有力者のうち、ある者は銭に搦《から》め捕られ、またある者は身内を人質にされている。中には幕府に忠義を尽くそうという物頭もいたが、その者は宵闇に狙われて消されているらしい。

これは今に始まったことではなく、徐々に公儀隠密は侵食を受けていた。知らなかったのは十蔵が隠密を辞していたからである。では一介の市井《しせい》の者となった十蔵に、ましてや旅先に時丸を送って伝える必然性があるか。その答えは読み進めた先にあった。

息が詰まりそうになるのをぐっと耐えた。宵闇は伊賀組の中でも特に頑強な姿勢を見せ、なおかつ腕の良い忍びを抱える坂入家の無力化を狙っている。しかし九兵衛はたとえ殺されても、坂入家を挙げて幕府に報いる男である。その九兵衛の唯一とも言うべき弱点が、

――俺……しかも正体が露見した。

宵闇は十蔵が寺子屋の師匠に収まっていることを調べ上げ、坂入家を恫喝《どうかつ》する人質にせんと、東海道を下ってきている。ここまではまだ平常心でいられた。だが、次の一文が目に入り、眩暈《めまい》を起こすほどの動悸が襲ってきた。

——睦月!!

十蔵がかつて「音無《おとなし》」の異名を取ったほどの手練《てだ》れと知った宵闇は、一筋縄では捕らえられぬとみて、その過去を洗った。そして浮上したのが、かつての妻であり、菰野に暮らしている睦月の存在であった。

つまり九兵衛という鯛を釣るための海老が十蔵で、海老を釣るための餌《えさ》が睦月という訳である。睦月を連れて逃げよ。九兵衛の密書はそう締め括られていた。

十蔵は立ち上がると自身の行李を開け、衣服などの荷を全て取り出した。二重底になっており、一つ目の底の下には隙間無く忍具が収められている。宵闇と刃を交えて以降、万が一を考えて常に忍具を携行していた。荷は多く持てない。十蔵はその中から数点だけ取り上げ底を戻すと、刀を腰に捻じ込んだ。

菰野まで一人走る気でいる。子どもの脚で進み、途中足止めも食った。既に追い抜かれている可能性もある今、一刻を争う。

「主人、また頼まれてくれ」

十蔵は下に降りると、時丸を洗ってくれている主人に呼びかけた。丁度、手桶で水を掛けたところで、時丸がぶるぶるると身を震わせて飛沫が舞った。

「急ぎの用が出来た故、ここを離れる。明日の昼までに帰らぬ時は、子どもには江戸に戻れと伝えてくれ」

「はあ……しかしよろしいので?」

主人は頬に飛んだ滴を拭いながら首を捻《ひね》った。

「頼む。師匠の厳命であると」

十蔵は一両取り出して手渡した。主人は大金に驚いている。

「必ず頼む」

十蔵は三度《みたび》念を押して身を翻《ひるがえ》すと、そのまま西へと駆け出した。宿場を出て人目が少なくなると、脚の回転をさらに上げてゆく。池鯉鮒宿から菰野までは十五里ほど（約六〇キロ）。日はあと一刻半（三時間）もすれば沈むだろう。休みなく走り続ければ夜遅くには辿り着けるはずである。

十蔵は計算を終えると、呼吸を整えながら思考を止めた。ただ脚を動かす。それのみである。しかし時折、どうしても睦月の微笑む姿が脳裏に蘇ってくる。睦月がどのような暮らしをしているのかは知らない。望めば、消息を知ることも出来た。そうしなかったのは、今の己はただ幸せを祈るべきだと思っていたからである。あれから七年も経っているのだ。既に再縁に恵まれ、子を生《な》しているかもしれない。ならば猶更《なおさら》、宵闇に幸福な暮らしを踏みにじらせる訳にはいかなかった。

――睦月、睦月……。

同じものを見て笑い、同じことで哀しみに暮れ、同じ時を生きた人へ想いを馳《は》せ、十蔵は焦がすような西日を見つめながらひた駆けた。

四

菰野城下に着いた時には、亥《い》の上刻（午後九時）に差し掛かろうとしていた。菰野という地は伊勢国の最北部に位置し、西に聳《そび》える鈴鹿《すずか》山脈が扇状に開けた平野部にある。近江北部へ抜ける八風《はっぷう》越えの峠に面していることで、山間《やまあい》の小藩の割には人の往来が多い。

全力で駆け付けたものの、どこにいるのか皆目見当が付かない。この時刻に訊いて回ると怪しまれる。かといって変装の道具など持ってきてはいなかった。

——儘よ。

比較的小さな武家屋敷に狙いを定めて、血相を変えて訪ねた。

「夜分に申し訳ございませぬ！　どなたかおられませんか！」

何度か呼ばわると、手燭《てしょく》を掲げた四十がらみの武士が姿を見せた。

「いかがされた」

「拙者は出羽本荘《でわほんじょう》、六郷兵庫頭《ろくごうひょうごのかみ》家中、岸本稲助《きしもといねすけ》と申す者でございます」

十蔵は隠密を辞めた今でも、癖というべきか、武鑑が更新される度に諳《そら》んじるほど読み込んでいた。本荘藩は石高二万石で、現藩主は六郷兵庫頭政林《まさしげ》。地勢的にも菰野藩との接点は少なく、小藩であるがゆえ有名でもない。偽名を称するにはうってつけと見た。

「ほう……そのような御方が何故当家に」

男はやはり本荘藩も六郷某も知らぬようで、怪訝《けげん》そうな顔である。

「以前、土方《ひじかた》様の家中に大平剛造という方がおられたかと存じます。拙者、江戸詰で懇意にさせて頂いておりました。この度、共通の恩人が危篤ということで、特に藩の許しを得て菰野まで駆けて参りました」

十蔵はあえて息を切らせた振りを続けている。

「それは殊勝なこと。しかし大平殿は……」

「はい。鬼籍に入られたことは存じ上げております。江戸の菰野藩邸より、娘御が菰野におられると聞き、馳せ参じましたが、到着が夜になり困り果てております」

「なるほど。そういうことでしたか。確か娘御は江戸から戻られた後、郷士に養子に出された剛造殿の弟に引き取られたと思います。千草善次郎《ちぐさぜんじろう》という者です。在所は千草村、ここから一里東の菰野山の麓《ふもと》にある村です」

——縁付いていないのか……？

この切迫した状況の中でもふと気に掛かった。再嫁しているならば、叔父の家には住んでいまい。

「ありがとうございました。不躾《ぶしつ》けな訪問、何卒お許し下さいませ。では……」

千草善次郎宅の場所の教えを乞うた後、十蔵は礼を述べてその場を後にした。一軒目で情報を得られたのは幸運であった。

十蔵は再び走り出した。今宵は美しい十三夜月《じゆうさんやづき》が出ている。城下が途切れ、田園風景が広がる。紺碧《こんぺき》に染まる畦《あぜ》を風のように駆け抜け、白縹《しろはなだ》に輝く小川を梟《ふくろう》のように翔《か》けて越えた。

千草善次郎宅は、村の外れであるためすぐに分かると聞いており、着くとそれらしき家を見つけられた。この時刻であれば当然のことだが、辺りは水を打ったように静まっている。立てかけられた農具に、見覚えのある柄の手拭いが掛かっていた。随分くたびれていたが、かつて睦月が使っていた物で間違いない。

――何と言えばよいか……。

一瞬躊躇《ためら》ったが、ここで二の脚を踏む訳にはいくまい。十蔵は意を決し、戸を叩いた。

「頼もう。千草善次郎殿に火急の用でござる」

中で人の気配がし、暫くすると男の声が応えた。

「このような夜分に、どなた様で？」

「拙者、坂入十蔵と申す者。睦月殿に急ぎ取り次いで頂きたい」

「坂入……お入り下さい」

声の主は千草善次郎なのであろうか。少し面倒に思っているように感じた。土間まで降りて開けようとしないのがその証だろう。戸に手を掛けた時、僅かな違和感を持った。これに似たものを日々感じているのだ。

「十蔵ふぁ――」

「睦月!!」

片時も忘れたことはない。遮られたかのように途切れた声は、確かに睦月の声である。十蔵は思い切り戸を開け放った。

と、同時に頭の頂《いただき》が地に着くほどに仰《の》け反った。天に輝く月が見え、それを横切る数条の影が見えた。矢である。鏃《やじり》から筈《はず》までの距離が極端に短い。顔を上げる直前、目の端に別の影を捉える。背後からも得物が襲ってきている。十蔵は身を捻って横に跳んだ。

家の土壁に苦無が突き刺さる。開け放った戸の奥に得体の知れぬ絡繰りが見え、その脇には頬を引き攣《つ》らせた睦月がおり、頬かむりをした男に後ろから手で口を押さえられていた。覆面から覗《のぞ》く不気味な目は忘れようもない。風魔小太郎《ふうまこたろう》である。

「睦月！　今助ける！」

後ろを一瞥《いちべつ》すると、背後に別の男が立っていた。身丈はそれほど高くない。鼻が丸く、唇がやや厚いその顔にどこかで見覚えがある。目を凝らすと宙に銀糸が煌《きら》めいていることに気付いた。先ほど投げられた苦無に、見逃すほど細い糸が結びつけられており、反対の先は背後に立つ男の手元に伸びていた。男が手を振ると、糸は十蔵の喉を搦め捕ろうと襲ってきた。十蔵もすかさず抜刀してそれを切り払う。

「この術は天馬の宗兵衛――」

かつて己が討った戸隠流の忍びである。男の顔に憤怒の色が満ちてゆく。

「やはりお前はあの時の……」

「与一……あの子か！」

「儂も混ぜよ」

与一の代わりに、家の横に広がる林の中から声が聞こえた。先刻から奇怪な音が鳴っているのは気付いていた。からからと木の擦れる音と共に闇から姿を現したのは、前に人形町《にんぎょうちょう》で見た大絡繰り人形である。異なる点は以前よりも一回り小さく、顔の部分が般若《はんにゃ》面から増女《ぞうおんな》面に変わっていることである。

——このままではまずい。

二人の手練れを相手に戦うには分が悪すぎる。しかも人質まで取られている。現役の頃ならば迷いなく逃げていた。しかし今回ばかりは違うのだ。十蔵は与一を置き去りに、甚八の大人形目がけて走った。

「先ほどの仕掛け、よく避けたな」

内部から発する絡繰りの音と共に、甚八が撫でるような声で話しかけて来る。

「三日に一度は避けている」

人形の喉のあたりから矢が放たれる。一矢、二矢、三矢、高速で発射されるそれを見極めて避ける。十蔵は腰から竹筒を取り、栓を抜いて投げつけた。竹筒が宙で油を撒《ま》き散らしている間に、既に胸元に仕込んだ火打石を手にしている。

「燃えろ」

「そうはゆくかよ」

十蔵が近づいた時、人形の腹部から四方八方に水が噴射された。手元の火打石は湿り、最早使い物にはならない。

「前はそれにやられた故な。新しく仕込んだ。円竜《えんりゅう》吐《ど》と名付けた」

甚八の卑しい嗤《わら》い声が聞こえた時、脚に何かが触れたような気がした。

——しまった！

そう思った時には足が宙に浮き、前のめりに倒れた。知らぬ間に与一の糸が巻き付いている。倒れたまま脚をくるくると回す。脛《すね》に仕込んだ刺刀《さすが》の刃が触れ、張っていた糸はぷつりと切れる。

——殺してやる。

隠密を辞して初めてそう思った。跳ね起きた十蔵は素早く納刀すると、腰を落として待ち受けた。

「そこまでだ。大人しく我らに従え」

小太郎が林の中を歩んで来る。その腕の中には睦月がおり、首に刃が当てられていた。

「立ち合わせてくれ」

与一はこちらから目を離さぬまま、不満げに言った。

「死なずとも、腕の一本は飛ぶぞ。先ほどまでのこやつではない。こやつは音無の十蔵に立ち戻ったのよ」

以前もそうであった。小太郎は人の胸の内を覗くように、心の動きを敏感に察知する。十蔵は無言で次の一手を巡らしていた。

「立ち戻ってなどいません。旦那様……いえ十蔵様は生まれ変わったのです」

唐突に睦月が言う。意外すぎる横槍に、その場にいた全ての者が一瞬面食らった。

「睦月……黙っておれ」

「まあ。久しぶりにお会いしたのに、ひどい仰《おつしや》いよう」

このような状況にありながら、睦月は本気で頬を膨らませている。その背後から小太郎が、せせら笑うように言った。

「忍びは死ぬまで忍び。変わることなど出来ぬ……人を怨み、人から怨まれる生き物だ」

「人は変われます。貴方たちは変わろうとしないだけ……生き直そうとする者の邪魔をしないで下さい‼」

声を荒らげた睦月の姿を、これまで一度も見たことはなかった。小太郎が歯ぎしりしているのが、十蔵にもはきと分かった。

「女……死にたいらしいな」

小太郎の息遣いは荒く、声には怒気が籠っていた。

――小太郎を屠《ほふ》る。

神速で接近し、小太郎と刺し違えて睦月を解き放つ。あとは命の続く限り足止めする。それ以外に道はない。十蔵は覚悟を決めて脚に力を漲《みなぎ》らせた。

「義兄上《あにうえ》……九兵衛様を脅すのが目的なのでしょう？」

奴《やつ》らの中でそのようなやり取りがあったのか、睦月は朧気《おぼろげ》ながらも目的に気付いている。

「それがどうした」

睦月の肩が僅かに震えている。恐ろしくないはずがない。それなのに口を動かし続ける。

「ならば無駄です。私を人質にするつもりでしょうが、舌を嚙んで死にます。そうすれば十蔵様も心置きなく、義兄上の足手纏いにならぬよう自害されます」

皆が睦月に呑まれつつある。確かにそうなれば十蔵は即刻死を選ぶ。

「猿轡《さるぐつわ》を嚙ませ、そのような真似はさせぬ」

「ならば壁に頭を打ちつけて死にます」

「縛って身動きはさせぬ」

「ならば息を止めて死にます」

そのようなこと出来るはずがない。だが、そこまで腹を決めている者の死を止めることも、また容易ではない。それを忍びならば皆知っている。

「厄介な女子だ……」

小太郎が溜息をつき、ほんの僅かな隙が生じた。十蔵は一気に間合いを詰める。あと一歩近づけば斬れる。その時、顔に強い衝撃を受けて仰向けに倒れた。視界に入ったのは闇夜に浮く与一の姿である。木の幹に巻いた糸を用いて宙を滑走し、蹴りを見舞われたのだ。

「小太郎……こやつを殺すぞ」

与一は冷たい目で見下ろしながら言い放った。

「止めよ。本末転倒だ」

「関係ない。父の仇《かたき》だ」

「殺すのはいつでも出来る。それよりも困ったことになった……ここまで変わった女とは」

小太郎は心底困り果てている様子であった。割って入ったのは未だ人形に隠れ、姿を現さぬ甚八であった。

「他に良い人質がおる。ほれ」

頭に血が上ってゆくのを感じた。十蔵は胴乱《どうらん》に手を突っ込み、仰向けになったまま、甚八を目がけて手裏剣を打った。木に鑿《のみ》を立てたような音が響き、人形の眉間に突き刺さるが、すぐさま地に降りた与一に腹を踏まれ、十蔵は牛蛙のように呻《うめ》いた。

「七射法の内、最も困難な寝打ちまで遣うかよ。しかも三方手裏剣とは。生身ならば死んでいたな。だが小太郎、これで解っただろう？　こやつに最適な人質が」

「池鯉鮒まで来ていたな。明日には桑名《くわな》か四日市まで来るだろう。そこで搦め捕るか」

小太郎の見立てに、十蔵は胸を撫で下ろした。明日には江戸に向けて引き返す。九兵衛の文には、伊賀組の陰忍《いんにん》を派《は》したとあった。必ずやどこかで合流し、無事に帰れるだろう。

「安堵したな。江戸に戻したか」

胸が高鳴る。その鼓動が聞こえているかのように、小太郎は不気味に嗤った。

「図星のようだ。急げば、御油《ごゆ》宿あたりで追いつけよう。与一、四日市宿で待たせている者どもを連れて見つけるぞ」

与一はやはり不満げであった。

「殺す時はお主に任せる。先に行け」

与一は大袈裟な舌打ちを残すと、闇夜に消えていった。

「四日市宿の半分はこちらへ送る。甚八は二人を見張れ。お主は動くには大掛かり故な」

「助かるわ。またばらして運ぶのは面倒よ。して、どこへ？　千草善次郎を殺して居座るか？」

叔父の善次郎はまだ生きている。それだけは救いであった。

「殺せば二人して……」

「舌を嚙み切ります」

夫婦《めおと》であった者どうしの阿吽《あうん》の呼吸というべきか、十蔵に睦月がすかさず同調する。

「菰野山の麓には炭焼き小屋が多い。そこへ連れて行け」

小太郎は少し呆れたように言った。その言葉の中に、僅かな羨望が含まれているように感じたのは気のせいだろうか。


菰野山の下に鬱蒼《うっそう》と広がる森の中、小さな炭焼き小屋に二人は押し込められた。躰《からだ》は縛られ、特に縄抜けの法を知る十蔵には、絶望的なまでに念入りに縄が掛けられている。

しかし猿轡は嚙まされなかった。長く付けていれば唾で湿り、窒息することもあると宵闇の面々は知っている。あくまで生かして人質にするつもりらしい。

「自害すれば子どもは皆殺しにする」

そうも宣言された。大人しくしていれば、殺しはせぬという。その約定も信じられぬが、今は受け入れざるを得ない。小太郎は自らも東海道へ繰り出し、甚八が小屋の外で見張る。いずれ四日市宿に残したという仲間も、見張りに駆けつけるだろう。

「巻き込んで済まない……」

十蔵は項垂《うなだ》れながら悲痛な声を発した。

「見ました？　あれ」

睦月の声は何故だか明るい。そして何を言っているのか十蔵には全く解らなかった。

「やつらのことか？」

「いえ、桜の蕾《つぼみ》が膨らんでいましたでしょう？」

時折、睦月との会話は、掴んだ狗尾草《えのころぐさ》がするりと抜けるのに似ている。この感覚も七年ぶりであった。

「ああ。もうすぐだな」

「毎年、江戸ももう咲いたかと、考えておりました」

「俺も菰野はもう咲いたかと考えていた」

「蕾とはいえ、また共に見ることが出来ましたね。縛られていますけど」

野良仕事をしているだろうに、未だ肌は透き通るように白く、美しい瞳はより澄んで見えた。

そして何より、ころころと鈴の音のように笑う睦月は、あの頃と些《いささ》かも変わりなく、まるでここが七年前の我が家であるかのように錯覚した。

「すまない……俺は……」

「寺子屋の師匠になったのですね！　見てみたい！　どのような筆子ですか？　可愛らしい子ばかりなのでしょうね」

「悪童ばかりで困っている……」

「でも楽しいのでしょう？」

「日々が楽しい。お前の言った通りだ」

「ほら。私の勘は当たるのです」

涙が止まらなかった。この底抜けに明るく、誰よりも己を想ってくれる人を守るため、離縁を申し出た。それなのに今こうして窮地に追い込んでいる。己が不甲斐なく、そして何も変わらない睦月を愛おしく思っている。そんな我儘な己にも腹が立った。男とはつくづく勝手な生き物であるらしい。

「結局、巻き込まれました」

睦月の一言が胸に深く突き刺さった。

「すまない……許してくれ」

「どうせ巻き込まれるならば、一緒にいればよいのです」

「お前、再縁は？」

「私は変わり者ですもの。十蔵様以外には扱えませぬ」

「七年も空いたのだ……」

「人は変われるのです。何度でも」

十蔵は嗚咽《おえつ》し、何も言葉が出てこなかった。睦月はさらに優しく語りかけてくる。

「二人して上手く逃げられたならば、桜を共に見ましょう」

「ああ……そうだな。そうだ……」

困難の中にあって、どこまでも前向きな睦月が眩かった。がらりと戸が開き、甚八が何事かと怪訝そうな目を向けてくる。

「あ、取り込み中です。お爺さんは見張っていて下さい」

嗚咽の中に笑いが込み上げてきて、訳の分からぬ声を上げてしまっている。それでも不安が和らぐから不思議であった。


翌日には既に見張りが増員され、鼠《ねずみ》一匹逃さない態勢が整えられた。食事は与えられているが、縛られていては上手く寝返りも打てず睦月は息苦しそうである。

三日目になると、繋ぎの者が戻って来て、甚八と何やら相談しているのが聞こえた。鉄之助たちはまだ捕らえられた訳ではないらしい。

「どこにいったのだ！」

五日目を迎えた時、甚八が思わず怒鳴っている声が聞こえた。やはりまだ見つからぬらしいが、同時に十蔵も首を捻らざるを得ない。手練れの忍びが十数人いて、東海道を行く四人の子どもを見つけられぬはずがない。

「よかったですね。義兄上が迎えに来て下さったのでは？」

「いや……どうだろう」

距離からして宵闇の連中のほうに分があった。何か予想出来ないことが起きている。そんな胸騒ぎがした。

七日目になると、睦月の衰弱も目立ってきた。かつて厳しい訓練を受けた十蔵ですら、過酷な状況である。それでも睦月は笑みを絶やさなかった。そんな時、大きな変化があった。多数の人の動く気配がし、俄《にわ》かに外が騒がしくなっている。甚八も含め、見張りの動揺の声がはきと聞こえてくる。

「東海道、伊勢街道を外れ、菰野にいるなど間違いとしか思えん」

「甚八!!」

十蔵が叫ぶと、ゆっくりと戸が開く。甚八の顔は険しいものであった。

「見事に裏を掻いたな」

「どういうことだ……」

「お主の描いた絵図であろう。まさか菰野を抜け、八風《はっぷう》街道を行くとは。皆振り回されて江戸に向かっておったわ」

「馬鹿な――」

「演じているのならば流石に上手い。だが近辺を捜していた与一や小太郎殿もすぐ戻るだろう。万が一出逢わずとも、儂が待ち受けて捕らえてやる」

何が起きているのか見当も付かない。甚八が再び外に出ると、睦月が囁《ささや》きかけてきた。

「八風街道ではないと思います。ここに向かっているのでは?」

「まさか……分かるはずない。俺が元隠密であることも……」

言いかけて千織のことが頭を過《よぎ》った。確かに千織には己の素性を告げた。だからと言ってこの状況、この場所が分かるはずないではないか。

「仮に分かっても、それほど愚かでは……」

言いかけたが、この言葉も呑み込んだ。鉄之助、吉太郎、源也、今までも度々無茶を繰り返してきたではないか。

「私の勘は当たります」

睦月にそう言われれば、そのような気もしてくる。十蔵は唾を呑み込んで、此度《こたび》ばかりは外れてくれと神仏に祈った。

第七章　筆子も走る

一

鉄之助たちが、宿場を見て回って旅籠《はたご》に戻ったのは、西の空が赤く焼けた酉《とり》の刻（午後六時）であった。吉太郎があれもこれもと、様々な店に行くものだから、存外時をくった。

帰ってくるなり宿の主人から、思いがけないことを告げられた。十蔵にのっぴきならぬ急用が出来たらしく、明日まで帰らなければ、江戸に戻れというのだ。急用の内容については教えられていないらしい。

「戻って来ないことなんてあるのかよ」

鉄之助は疑わしげに主人に尋ねた。

「何やら血相を変えておられたよ。それと必ず言い付けを守れと、厳しく申し付けられた」

鉄之助らの思考の先を読んでいるらしく、十蔵は何度も念を押して行ったという。

「えっ――時丸やん！」

吉太郎の視線の先には、縄に繋《つな》がれた時丸の姿があり、ぴょんぴょん跳ねて尾を振っている。

四人の中では、時丸は特に吉太郎に懐いていた。主人に訊《き》けば、十蔵は時丸の首元から何かを取っていたらしい。

「時丸は何を持ってきたんやろ？」

皆が首を捻《ひね》ったのも束《つか》の間、大して気にもしなかった。親族の身に何かあった。その程度しか想像することが出来なかったのである。

約束である翌日の昼になっても、十蔵は戻らず、鉄之助は苛立《いらだ》ちながら言った。

「帰るなんて俺は嫌だぜ？　だいたい置いたままの先生の荷をどうするんだよ」

「取りあえず皆で分けて持とうよ」

源也の提案で行李《こうり》を開けた。旅をしていれば、人の持ち物も大概は分かるものだが、中に二つだけ見覚えのないものがあった。

「げ……何だよ、この文《ふみ》。誰が書いたか知らないが、全く文才がないな。意味が解らねえ」

「鉄が言うんやから、相当やな」

文机に広げて書状に目を通した。文字は真っ当なのだが、まるで五歳程度の子が書いたように、文体を成していない。

「おんみつ……おうらい？」

源也が帳面を拾い上げて首を傾げた。それを捲《めく》りだすと、今度はそちらに興味を引かれて、鉄之助と吉太郎は肩越しに覗《のぞ》き込んだ。

「これって忍び向けの往来《おうらい》物みたいだね。忍びって本当にいるの？」

源也の問いに対して、吉太郎がすかさず答える。

「元亀《げんき》天正《てんしょう》の時代やないねんで。うちの客の甲賀組の御方も、普通にお勤めしてはるわ」

そんな中、鉄之助は別のところを見ていた。

「この往来物、著者が坂巻久蔵《さかまききゅうぞう》って書いてあるぜ。先生に似ているな」

「この挿絵、きっと景春さんの手だ……」

男三人でそんなことを言っている中、千織だけは輪に入らず、既に皆が興味を失った書状を、穴が空くほど睨《にら》み付けていた。その顔は紙のように白い。

「千織……どうした」

鉄之助が問いかけたが、千織は頭《かぶり》を振った。明らかに動揺している。

「何か知っているな。様子がおかしいぞ」

「何も……」

「俺がどれだけお前のこと見ていると思ってんだ！　一人で抱えるな！」

鉄之助が声を荒らげたことで、源也はきょとんとし、吉太郎はにやりと笑い、千織は唇を結んで項垂《うなだ》れた。

「うん……実は……」

俄《にわ》かに信じがたいことであった。まずこの泰平の世に、忍びが実在するということ。過去、十蔵は公儀《こうぎ》隠密《おんみつ》であり、中でも名うての忍びであったこと。千織の身に降りかかった災いを、十蔵が払いのけてくれたこと。千織は滔々《とうとう》と語った。

「でも、合点がいくこともあるね」

源也がぽつりと言った。化物騒動の時、鉄之助の剣の師匠であり、江戸指折りの達人、藤川弥三右衛門がお化け人形を退治した。皆はそう思っていたが、十蔵も確かにあの場におり、源也を救った身のこなしは、尋常ならざるものであった。

「先生が、ああ見えてかなり剣を遣うのは、皆も小田原で見ただろう？　俺が吾妻《あがつま》道場に乗り込んだ時も、兄弟子たちをあっと言う間に叩《たた》きのめしていたぜ」

「俺が勾引《かどわ》かされた時、助けに来てくれたんも先生やったな……どうやって踏み込んだのか訊いても、何も答えてくれへんかった」

「千織、秘密だったのだろう？　何で急に言う気になった」

「多分、この書状。密書だと思う。全部仮名文字なのは、漢字までは暗号に出来ないから。そして……数の多い文字、これは、て、に、を、は、のどれかじゃないかな？」

千織が解説を始めたことにより、額を合わせて紙に目を落とした。

「規則的にずらしているとすれば、全てを試していくと文が出来上がる。試しに『を』を入れてずらしてみれば、最初の文は『急ぎ伝える』になるの」

「あ！　ほんまや。千織は頭ええと思っていたけど、ここまでとは」

吉太郎はいち早く感嘆の声を上げた。鉄之助は目を細めて首を捻る。千織は一瞬嬉《うれ》しそうな顔をしたが、すぐに顔を曇らせた。

「でも……そうだとすると、これは……『殺される』になる」

さっと全員の顔が強張った。千織は皆に少し待つように言い、新たな紙を取り出して文を読み解いていく。半刻（約一時間）ほどして書きあがった書面を見て、皆が息を呑《の》んだ。

「大変だ……先生を助けなきゃ！　道中奉行に届けよう！」

普段物静かな源也も、大声を出して皆を見回す。千織は首を振った。

「多分、取り合ってくれないと思う。荒唐無稽な話にしか聞こえないもの。ましてや子どもの私たちが訴えても……」

「誰も信じへんやろな。俺らの親は信じてくれるかも知れへんけど、遥《はる》か先の江戸や」

「先生って昔、お内儀《かみ》さんがいたんだな」

鉄之助が唐突に言ったので、源也は啞然《あぜん》としている。

「それが一番びっくりしたわ。あんな頼りない男に、連れ添ってくれる人がおるとはなあ」

吉太郎もそれに乗ったものだから、源也は顔を赤らめて怒鳴った。

「二人とも何言っているんだよ！　先生が心配じゃないの？　何か手を考えてよ！」

「源也、怒るなよ。俺たちも心配している。誰も信じてくれない。ここには頼れる人もいない。やることは一つだろう？」

鉄之助は不敵に笑いながら言い、その意味に気付いた千織は唇を嚙《か》みしめている。

「今度は俺らが助ける番や」

吉太郎も迷いなく続くと、源也は急に肩を落として、震える声で零《こぼ》した。

「でも……おいらたち子どもだよ……」

「いつまでが子どもで、いつからが大人なんだよ。歳で分けられるか？」

押し黙る皆を見回して、鉄之助はなおも続けた。

「人を想い、人のために生きる。それが大人になるということだ。耳にたこが出来るほど、先生から聞かされたよな？」

「うん。いつも言っていた」

「なら今から俺は大人だ。お前らが行かなくても、俺は行く」

鉄之助は胸を張って言い切った。

「俺も行くよ。まあ、足手まといになるかも知れへんけど」

「私も行きます。初めて鉄之助の言葉に感心しました」

吉太郎、千織が続いたが、源也はぎゅっと目を瞑《つむ》って、何も答えなかった。

「鉄は阿呆やねん。俺らがついて行かな、何しよるか分からん。源也は無理せんと帰れ」

吉太郎が優しく話しかけた。暫《しば》しの間、無言でいた源也がかっと目を見開いた。

「おいらも行く。先生はおいらの夢を信じてくれた。夢が叶うのを見て欲しい」

源也の決意が固まったのを見て、鉄之助は大きく頷《うなず》いた。

「決まりだ。でも菰野まで行ってもどうやって先生を見つければいいんだよ」

「ふっふっふ……ええ案がある。俺な、時丸に凄《すご》い特技があることに気付いたんよ。あいつ匂い嗅がせたら、その人のとこまで連れていってくれんねん」

吉太郎は時丸を溺愛しており、十歳に頼んでよく散歩に連れ出している。ある日、買っておいた山本屋《やまもとや》の桜餅を食わせてやったら、いつもの散歩道を外れてずんずんと進んでいった。興味本位で行かせてみたら、向島《むこうじま》にある山本屋まで辿《たど》り着いたというのだ。それ以降、様々なものを嗅がせて遊んでいたらしい。

「先生の着物もあるし、近くまで行けば上手くいくと思うで」

「よし。行こう。源也、持っていくんだろう？」

「勿論《もちろん》。きっと役立つ物もあるはずだよ。この『隠密往来』も持っていこう。忍びがどんなものか、解るかもしれない」

「先生の荷は行李に戻して持っていくか？　重っ！」

行李を動かそうとした吉太郎がよろめいた。源也が中を覗《のぞ》き込む。

「おかしいね。中は空なのに……あれ、二重底になっている」

源也は行李の中に頭を入れて底を剥がした。中から出てきたのは見たこともない鉄製の道具の数々である。

「これも使えるかもな。見繕《みつくろ》って持っていこうか」

荷を選《よ》り分けようとした時、千織がそれを押し止めた。

「先に一つお願いがあるの。吉太郎、お金を借りていい？　急いで江戸に文を届けたい」

「家に向けてやな。早飛脚か？」

「伝馬《てんま》がいい。それに父上じゃない」

早飛脚でも随分金が掛かるが、宿場から宿場に馬で物を送る伝馬は飛び切り高価で、滅多なことでは使わない。

「ええけど……誰や？」

皆が怪訝《けげん》そうにする中、千織は自分に言い聞かせるように小さく頷いた。

「千住宿《せんじゅ》の檜屋《ひのきや》。私たちのことを信じてくれる人」

二

四日市宿を越えて、日永追分《ひながおいわけ》に辿り着いたのは三日後の夕刻であった。幸いにもお蔭参り《かげまい》隆盛の時期である。子どもだけでもさして疑われることはなかった。すぐにでも行動を起こそうと逸《はや》る鉄之助を、一度打ち合わせが必要だと吉太郎が宥《なだ》め、千織と源也もそれに同調した。

「まずは策を練らなあかん。先生の身に何かあったというのも、俺らの推量に過ぎへん」

吉太郎はかねてから、無鉄砲な鉄之助の歯止め役であり、慎重を通り越して、臆病ともいえる源也の背を押す役でもある。お調子者に思える姿も、一同を潤滑に回すために身に付いた技かもしれない。

「俺は千織が策を立てるべきやと思う」

「えっ……」

千織は己の鼻先に指を置いて驚いた。

「前も言うたけど、千織が一番頭が切れる。それに先生に兵法を習っててんねやろ？」

源也がにこりと笑って頷く。

「ではここまでの道中、ずっと考えていたことを話します」

千織は改まった口調で、自身の考えを述べた。まず、十蔵は戻れるならば必ず戻る人であるということ。つまり敵と交戦している最中である、もしくは怪我を負って動けない。捕らえられたなどが考えられる。そして最悪の場合、

「既に、亡くなっている場合もあります」

「そんなことあるかよ！」

鉄之助が真っ先に嚙み付いた。

「私もそうは考えたくない。でも、あらゆる事態を想定せねば、策は立てられないの」

「千織の言う通りや。悪い、続けてくれ」

ここでも吉太郎が取り成して、千織は再び語り始めた。

「文の内容から察するに、先生には利用価値がある。だから、まだ生きているとは思う。付け狙っている敵は恐ろしい忍び。私たちが正面から戦っても、勝てる見込みは薄い」

「誰が相手でも、俺が叩きのめしてやるよ」

「鉄之助、黙って千織の話を聞こうよ……」

今度は源也が苦笑しながら落ち着かせる。

「ここからは時丸頼りになるのだけど……」

犬は、嗅覚は勿論、聴覚も人より遥かに優れているらしい。名を呼ばれたのが聞こえたか、外から時丸の吠える声が聞こえた。千織の肩がぴくりと動く。相変わらず犬が苦手なのだ。

「恐らく敵は菰野城下にはもういない。既に江戸に向かっていれば、私たちに打つ手はない。でも、江戸からも伊賀組の九兵衛という方が援軍を送るとあったから、相当手の込んだ方法でなければ、どこかで露見してしまう」

「つまりはまだ、近くにおるってことやな」

吉太郎が結論を言うと、千織は深く頷いた。

「近くの山野が怪しい。当然、見張りもいると思う。一計を案じ、敵を除かねばならない。そのためには先生の居場所を見つけてから、まだ支度がいる」

「見つけてもまだ焦るなってこと？」

源也は眉を垂らしながら問いを投げかけた。

「うん。先生が移動するまでに間に合わなければ負け。でもこれしかない。ただ……一人が極めて危ない目に遭ってしまう……」

「どんなことでも俺はやるさ」

鉄之助が即座に言うと、千織もそれに答えた。

「鉄之助でないと無理だと思っていたけど……いいの？」

「お前が立てる策だ。信じるよ」

「ありがとう……」

鉄之助と千織は、目を合わせて微笑《ほほえ》み合った。皆の顔に悲愴《ひそう》感は無い。誰かがこの光景を見ても、死地に踏み込む者たちには到底見えないだろう。きっとどうにかなると思わせてくれる仲間がいる。四人が額を集め、相談に相談を重ねるうちに、また夜が更けていった。

時丸は菰野城下を過ぎても脚を止めなかった。千織の予想通り郊外のほうへと進んで行く。鄙《ひな》びた村を抜け、時丸が高らかに吠えたのは鬱蒼《うっそう》と広がる森の入り口であった。背後には見上げるほどの天嶮《てんけん》が聳《そび》えている。吉太郎は自信満々に言い切った。

「そう遠くはないな。時丸の仕草を見たら判る」

「この森に仕掛けます」

覚悟を決めた時、千織は言葉が改まる癖があるようだ。

「源也、お前が頼りやで」

「うん……出来るだけ短い時で、出来るだけ多く仕掛ける。手伝ってね」

「鍬《くわ》も借りてきたし、俺に任せろ」

鉄之助はどんと胸を叩いた。途中の村で、黙って持ってきたものである。悪いとは思ったが、少しでも人目を避けるためには仕様がなく、代わりに吉太郎が多めに銭を置いた。

千織の指揮の下《もと》、全員で作業に取り掛かる。時丸が吠える方角に立ち入れば、敵に感づかれる恐れがあるため、反対方向に分け入った。旅籠で大量に作って貰《もら》った握り飯を頬張り、夜は火も焚《た》かずに野宿する。全てが整ったのは、二日後の早朝であった。

「時丸はまだ反応しとるから、動いてへんみたいや」

「皆、焦れったいのを我慢してくれてありがとう。鉄之助とは、ここで暫《しばら》くお別れね……」

千織は少し寂しそうな顔をした。

「先生を助け出すのは、お前たちに任せる。吉太郎、源也。千織を頼むぞ」

時丸が立ち上がって小さく吠えた。

「お？　俺もいるって言うとるわ」

「時丸も頼むぞ。じゃあ、また後で」

鉄之助は時丸の頭を撫《な》でると、菰野城下へ向けて引っ返した。腰には木刀が二本、無造作に捻《ね》じ込んである。小走りになると二本が擦れ、小さな音を立てる。それは一定の調子を刻み、まるで己を鼓舞する太鼓の縁打ちのように聞こえた。城下まで戻ると、鉄之助は改めて草鞋《ぞうり》の紐《ひも》を締め直した。そして道行く人々に、繰り返し同じ問いを投げかけていった。

「私は月岡鉄之助と申す者。京を目指す途中、仲間とはぐれてしまいました。菰野に来ているはずなのですが、見かけませんでしたでしょうか？」

千織に何度も練習させられた文言そのままである。往来の人々だけでなく、茶店や小間物屋、八百屋に魚屋、片端から尋ねる。狭い城下である。一刻もすれば、哀れな子どもがいると噂《うわさ》になり、一緒に聞き込んでやろうと、声を掛けてくれる優しい婆様も現れた。

――さぁ、来やがれ。

鉄之助はそう念じながら、なおも声を掛け続けた。日が高くなり始めた頃、前の方から商家の手代風の男が三人、微笑みながら歩いて来る。

――来やがったな……。

ただの子どもと思って舐《な》め切っているのだろう。隠す必要が無いといった様子で、殺気が漏れている。江戸随一の道場で、日々名立たる剣客たちとともに稽古を重ねているうちに、鉄之助も殺気を感じられるようになってきた。後ろを少しばかり振り返る。案の定、そちらからも談笑しつつ歩いて来る二人の武士が目に入った。

「捕まえてみな」

鉄之助はぽつりと言うと、毬《まり》が跳ねたかのように走り出し、脇の小路へ飛び込んだ。背後から追ってくる跫音《あしおと》が聞こえる。前を見据えて疾走した。このままある場所まで引っ張って行く。これが鉄之助に課せられた任務である。千織は限られた時の中で、綿密な策を立てた。町で大袈裟《おおげさ》に聞き込めば、必ず敵が接近してくるというのも予想通りであった。

ただ、この敵を誘導するという行為だけは、鉄之助の体力に依る所が大きい。敵は何人いるかも判らず、先回りしているかもしれない。そういう意味では、多分に運の要素も絡んでくる。やはり危険だと、別の策を考えようとした千織に、鉄之助は毅然と言い放った。

「千織の策は完璧だ。これが唯一の不安だとしても、それを埋めるのが仲間だろう?」

己は好きなことをやれている。しかし千織は女だというだけで、望んだことを出来ずにいる。たった一度でも、千織の夢を叶えてやりたいと思った。それに本当は、仲間以上の感情を抱いていることを自覚している。

小路を駆け抜けて、辻という辻を折れる。もう少しで城下を出るというところで、懸念がまことになった。半町（約五五メートル）先の家の物陰から新手が現れ、鉄之助の行く手を阻まんとしている。千織によると、忍びは寸鉄を投げるらしい。だがさすがに人目を憚《はばか》るとみえ、素手で待ち構えている。

「そいつ、かなり足が速い！　逃がすな！」

追跡者の声が鉄之助の背を越えてゆく。

「小僧、観念しろ。逃げ場はないぞ」

待ち構える男の袖口がきらりと輝いた。手首に何らかの暗器を仕込んでいる。

「小僧じゃねえ。徒士《かち》組、月岡鉄之助だ！」

鉄之助は走りながら身を捻って木刀を抜いた。前方の二人が左右に分かれて襲って来る。

「それに……逃げやしねえよ」

自分に言い聞かせるように呟《つぶや》いた。あの大絡繰《おおからく》りに敗れて以降、鉄之助はより修練に熱を入れた。夜明けと共に素振りを始め、青義堂で手習いをした後、藤川道場で陽《ひ》が沈むまで技を試行錯誤し続けた。誰か大切な人を守らねばならぬ時、二度と負けぬように。

「俺は誰にも負けねえ！」

飛びかかってきた男の喉を、鉄之助の突きが捉えた。男は鉄砲に打ち落とされた雁《かり》のように地に吸い込まれる。もう一人が掌底を繰り出す。手首に仕込んでいたのは五寸釘のような物であった。

近距離では扱い易い短い得物の相手が有利で、飛び退《の》いて戦うのが定石であるが、背後からは敵が迫っている。鉄之助は迷いを振り切り、ただ前へと突き進んだ。肘が顎を捉え、男が思い切り仰け反る。その眉間《みけん》に木刀を振り下ろす。白目を剝《む》いて倒れてゆく敵を置き去りに、鉄之助は脚を回し続けた。

城下を出て、例の鄙びた村を走る。子どもを大勢の大人が追っている。それも相当な速度である。野良仕事に勤《いそ》しむ者は、何事かと振り返った。

「この餓鬼、まことに速い！」

後ろで話す声を耳朶《じだ》が捉える。引き離してもいないが、縮まってもいない。森の入り口に差し掛かり、初めて後ろを振り返った。

「げ……」

ざっと数えるだけで十数人。その割に跫音が小さいため、想像していたよりも随分多い。

——源也、頼むぞ。

鉄之助は息を弾《はず》ませながら、心の内で呼びかけた。

三

菰野山山麓の樹海の木々は、どれも立派なものである。この地は街道からも他領からも遠く、太古の昔より戦《いくさ》の舞台にならなかったのだろうと千織は見た。それに菰野山は土地の者にとって、神聖な山なのではなかろうか。故に無闇に伐《き》られることなく、今日まで樹齢を重ねた大木が残っている。中でも一際太い幹の大木の上に、千織と源也は登っていた。

「もう来てもよい頃なのだけど。やはり無理があったかも……」

「大丈夫。鉄之助なら必ずやり遂げる」

千織はたった一通の密書から、出来うる限り状況を探った。まず十蔵が捕らえられているとするならば、当然そこに見張りがいる。伊賀組の精鋭を二十人送るとあったことから、敵の数は少なく見積もっても十。下手すれば味方の倍の四十もいるかも知れない。

十蔵の囚《とら》われている地を「城」と見立てる。兵法に則《のっと》れば城攻めは敵の五倍、十倍の数を必要とする。つまりこれに対して正面から当たっては必ずしくじってしまう。そこで考えたのは、『兵法三十六計』の第十五計にあたる調虎離山《ちょうこりざん》の計である。敵を堅固な地から誘い出し、己に有利な地で戦う策であった。故に鉄之助が単独で囮《おとり》を務めているのである。

「来た。わ……沢山いる」

生い茂る葉の隙間から、駆ける鉄之助の姿が見えた。そのすぐ後ろを十人以上の男たちが追っている。近づくにつれ、鉄之助が肩で息をしているのが分かった。城下からここまで全力で駆けてきたのだから無理もない。

「鉄之助を休ませなくちゃ」

「道順覚えているかな。鉄之助は馬鹿……うっかり者だから」

源也の心配をよそに、踏んではならぬ箇所はぎりぎりで避け、鉄之助は木々の間を縫って突き進む。低い音と共に大地の底が抜け、男が一人視界から消え、源也は拳を握った。

『隠密往来』に遁術なる項目があった。火遁《かとん》、水遁《すい》、木遁《もく》、土遁《ど》、金遁《きん》の五つあり、これは土遁の項目に書かれていた。身も蓋《ふた》も無い言い方をしてしまえば、至極単純な穽《おとしあな》である。直径二尺

（約六〇センチ）、深さは底に立てば大人の胸当たりになる。底には木を削った乱杭を脛《すね》に届くほどの位置に打ち込んでいる。命こそ落とさぬものの、脚に大怪我を負う。

鉄之助が跳躍して木刀で木の枝を払うと、大きな石が落下し、見事敵の頭に直撃した。石に括《くく》り付けられた縄は、幹の上を通して枝に巻いてあるのだ。鉄之助が再び枝をへし折った。またもや石が降ってくるが、二度も同じ手は食わぬと敵も躱《かわ》した。それを見計らって、源也が手元の縄を小刀で断ち切る。

「べぐわっ」

敵の一人は奇怪な声を発して沈む。思い切り撓《しな》らせた枝が襲い、顔面を捉えたのである。源也の近くに伸びた無数の縄は、それぞれが仕掛けた罠《わな》に繋がっている。

「罠だ！　気を付けろ！」

敵の脚が一気に緩むと、鉄之助も振り向いて立ち止まった。

「来いよ」

「ふん。すぐに捕らえてやるわ」

次の瞬間、二人の男が同時に襲ってきた。鉄之助が一歩飛び退くと、一人が絶叫と共に陥穽《かんせい》に吸い込まれた。

「何故だ！　今お主が立って――」

動揺する残った一人の水月《すいげつ》に痛烈な突きが刺さり、嘔吐しながら前のめりに倒れた。鉄之助はまた走り出している。

「あの穴は、鉄之助の重さには耐えられるようにしてあるからね」

源也が小声で自慢げに言った。

「どこへ行った!?」

鉄之助の姿が忽然《こつぜん》と消えた。敵は口々に叫んでいるが、森は静まり返っている。実は鉄之助、別の穴に落ちたのである。何もしくじった訳ではない。当初から逃げ込むための穴を用意してあり、飛び込むと同時に、踏み板が天板を持ち上げて穴を隠す仕掛けになっている。これは陸船車の絡繰りを応用した。

「おい、こちらへ来てみろ」

敵の一人が何かを見つけて、仲間に呼びかけた。他の三人が集まり覗き込む。

「これは五色米……あの餓鬼共は忍びか？　それとも十蔵が撒いたか……」

十蔵の名が出て来たことで、ここで間違いなかったという確信を得た。五色米とは青、黄、赤、黒、紫に米を染め、その組み合わせで暗号にする忍びの伝達法である。これも『隠密往来』に記されていたことだった。

「赤黄、黒青、黄黄黄、黒黒紫……し、た、み、ろ」

皆が五色米の下を注視し、朽《く》ち葉を除けたり、軽く土を掘ってみたりした。

「何もないでは――ぎゃあ！」

両端を荒縄で縛りつけた丸太が宙を滑り、三人を吹き飛ばす。骨の二、三本は粉砕したに違いない。悶絶する者、泡を吹いて気を失う者もいる。

「餓鬼と思って舐めていた。十蔵が忍びの技を仕込んだらしい。何としても捕らえるぞ」

「えっ——今、あいつら捕らえるって……」

下で交わされる会話に千織が反応した。

「そりゃ、そうなるんじゃ……」

「ううん。あいつらは平気で人を殺す。それなのに捕らえると言った……」

その時、千織に閃《ひらめ》くものがあった。

「今、私たちが先生とお内儀の餌《えさ》なのでは——」

そこまで言いかけた時、躰《からだ》に強い衝撃を受けて宙に投げ出された。

——宙に……浮いている！

突如現れた男に抱きかかえられ、千織は宙を泳いでいる。目を凝らしてようやく見えたのは、男の反対の手から伸びる蜘蛛《くも》の糸のようなものだった。

「千織！　目を瞑って！」

源也が慌てて投げた玉は、男まで届かず地に落ちると、二つに割れて赤い粉塵《ふんじん》を撒き散らした。唐辛子の粉末を込めた目潰しである。

「上だ！」

下の敵は咽《むせ》びながら叫ぶと、一斉に手裏剣を打ってくる。躱そうと身を捻った源也は、枝から滑り落ちて強《したた》かに尻を打ち、苦悶の表情を浮かべた。

「子どもに手を焼くとは、お主らそれでも忍びか」

千織を抱いた男は隣の木に取り付き、下に向けて冷ややかに言った。

「与一殿、こやつらただの餓鬼では……」

「もうよい。質ならば娘一人で十分」

「離して下さい！」

千織は手足を動かして暴れたが、喉を締め付けられて動けなくなった。与一が鉄鋲《てつびょう》のような物を撃つと、それは遠くの幹に巻きついた。

「殺して別の者でもよいのだ。大人しくしろ」

そう言うと、千織を抱いたまま鼯《むささび》の如《ごと》くまた空を泳いで隣の木へ移る。上下する視界の端に、源也の周りを五人の男が取り囲むのが見え、その景色はみるみる遠ざかって行った。

四

源也は喉を鳴らした。まだ身に付けている絡繰りはあるが、どれもこの状況を打破してくれるものではない。

「さて、まずは一人。手間取らせおって」

男たちは抜き身の刀を手に、少しずつ輪を狭めてくる。肩が震え、喉がひりつく。額からは滝のように汗が流れた。

「おーい。こっちや。あほんだら」

吉太郎である。その脇では時丸が低く唸《うな》っている。鉄之助が隠れたのとは反対の仕組みで、穿の中から姿を現したのだ。当初はここで敵を殲滅《せんめつ》する手筈だった。それが叶わなければ鉄之助がさらに森の奥へ引き入れ、次の罠に掛けるという段取りだった。数を減らしておけば、敵は見張りを割いてでも自分たちを追うであろう。その間に吉太郎はこっそりと穴より出て十蔵を救出するという策であった。しかしそれを放棄し、姿を見せたことになる。

「おい……」

皆の視線がそちらに集中し、男の一人が顎で吉太郎を指す。五人のうち三人が吉太郎の方へ向かったその時である。茂った葉が振動するほどの大音声が響き渡った。いつの間にか穴から這《は》い上がった鉄之助が、源也を囲んでいた一人の脳天に木刀を振り下ろした。不意の一撃に男は泡を吹いて失神した。残る一人が刀で斬りつけてくる。

「強《つえ》え。もう油断はしねえってか」

「お主こそ餓鬼の強さではないな。徒士組にそのような者がいる訳あるまい」

「徒士組は将軍《だんな》の最後の盾……お前らなんかに負けるか！」

太刀筋に殺気が籠っている。先ほどまでは捕らえるために手加減をしていたらしい。吉太郎に二人向かったまま、一人が加勢しに引き返して来る。鉄之助は何とか互角に戦えているが、このままでは皆の命が危ない。

「走れ！」

鉄之助が吠えると、吉太郎と源也が同じ方向に走り出す。それは千織が連れ去られた方向である。鉄之助は男の小手に一撃を見舞って隙を作ると、自身もそれに続いた。

「鉄、どうすんねん！　向こうも疲れてはいるみたいやが、すぐに追いつかれるぞ！」

一番ひ弱な源也は、もう既に脚にきており、鉄之助が襟を引っ張って支えている。

「『隠密往来』に書いてあったことを試す！」

鉄之助は源也の腰袋に手を突っ込み、十蔵の行李にあった手裏剣を二枚取り出すと、一枚を吉太郎に手渡した。

「一緒に投げるぞ。えい！」

振り向きざまに投げる。吉太郎の投げたものは頼りなく宙を彷徨《さまよ》って地に落ち、鉄之助の投げたものは明後日の方向へ消えていった。

「無理！　こんなん当たるか！」

「わんっ！」

吉太郎は悲痛な叫び声を上げるが、時丸は散歩している気でいるのか楽しげに吠えた。

「鉄霰《てつあられ》の術だ」

鉄之助は自身の腰袋に手を入れると、三方尖った鉄鋲をごっそりと取り出す。『隠密往来』には撒菱《まきびし》と書いてあり、術も同じように挿絵付きで紹介されていた。

「確か、真上に撒き散らす……」

鉄之助は源也から手を離し、両手で天に向かって投げ上げた。大量の撒菱は、枝や葉に当たりばらばらと音を立てた。あちらこちらに雨霰の如く落下する。

「危なっ！　後ろに投げろや！」

撒菱が頬を掠《かす》め、吉太郎が悲鳴を上げた。

「書いてあった通りにしたんだよ！」

しかし後方にも随分と落ちたらしく、男たちの脚も一瞬止まった。

「……遁術は？」

肩で息をしながら、源也は絞り出す。

「土遁はもう穴が無い。水遁は水に潜って隠れるってことやけど川はない。火遁は焙烙《ほうろく》玉の類《たぐい》もあらへん」

「呑んだ油を吐いて、火を点《つ》けるってのもあったよ。油はあるし……」

「殺す気か！　誰がそんなあほなことすんねん」

吉太郎も息は上がってきているが、舌の動きだけは些《いささ》かも衰えない。

「木遁いくで！」

木遁は樹木や草原、田畑などに隠れて敵の目から逃れる術とあった。源也と千織が木の上に登って隠れていたのも木遁の一種で、狸隠れの術と書かれていた。

一斉に分かれて守宮のようにぴったりと木に張り付く。

「観念したか、餓鬼ども！」

「あかん！　これ書いたやつあほや！」

再び三人は駆け出した。全力で走って何とか距離を保っているが、こちらは体力の限界が近づいている。

「残る一つも試してみろよ！」

「金遁かいな。効く訳ないと思うけど、やけや！」

金目のものを撒いて敵の注意を引き、あるいは奪い合わせて仲違いさせるとあった。

吉太郎は儘《まま》よと懐から膨れ上がった大きな財布を取り出すと、中身を全て後ろにぶちまけた。

寛永通宝などではない。小判、二分金、一分金ばかり百枚ほどある。男たちは明らかに動揺して脚を止めた。地に落ちた金を拾い集め、誰の物かと言い争いまで始めている。

「滅茶効くやん……虎の子のこれもくれてやるわ！」

吉太郎が取り出して投げたのは、庶民では一生お目に掛かれない大判である。男たちの目の色が変わり、そちらに群がって仲違いしている。鉄之助が顔を覗き込んで尋ねた。

「吉太郎、幾ら持ってきたんだよ」

「もうすっからかんや。それにしてもよう効いたな。追って来てへんぞ。忍びっていうのは任務に忠実やと思ってたわ」

「多分……仲間じゃないんだよ。そうでなければ、お金で揉《も》めたりしない」

源也はそう仮説を立てた。もし自身に置き換えたならば、成すべきことがあれば金なんかに目もくれないだろう。

「俺たちとは違うって訳だな。千織を取り戻すぞ」

力強く言い放つ鉄之助は、前だけを見据えていた。

「鉄、この先は……」

「ああ。必ず追いつける」

菰野に着いた日、地勢を摑《つか》む必要があると言う千織に従って四人で近辺を歩いた。この先は深い谷で行き止まりになっている。渡るためには離れた吊り橋まで迂回《うかい》せねばならない。

「源也、すぐに行けるか？」

源也がこの旅に持参した大きな行李の中身は、新型の風翼機である。骨組みを全て竹にして軽量化を図り、連結部分で取り外しが出来、行李に納めて持ち運ぶことも可能である。江戸ではそれほど高い山が無く、人目も多いため、実験するには限界がある。この旅で試す気でいた。それを谷の傍の繁みに隠してある。風翼機の性質上、使う機会があるとすればここしかなかった。

「うん……組み立ててある。でもやっぱり危険だ……」

あくまで試験機である。もちろん失敗もあり得るため、安全な地勢を吟味し、十蔵の立ち合いの下《もと》で試すつもりであった。しかし、吟味もしていなければ、十蔵もいない。失敗すれば大怪我では済まないかもしれない。

「見ろ！　まだ谷で立ち往生しているぞ」

振り返った与一が、意外そうに首を捻るのが見えた。千織が何かを叫んだようだが、すぐに首を絞められて声が途切れる。

「あれ……やる気や！」

吉太郎が驚きの声を上げた時、与一は千織を抱えたまま谷に飛び出した。空を飛んでいるように見えた。自身を振り子の錘《おもり》にし、宙に大きな弧を描く。最も高く舞い上がった時、糸を切ったのか、放り出される格好で与一は対岸に降り立った。

「対岸の木まで飛ばしたんか」

「それも……飛ぶためには上のほうの枝を狙ってね。そうじゃなければあの弧は描けない」

振り子を使った仕掛けも沢山作ってきた。その経験から導き出した答えである。

「源也、すぐに用意しろ。回っている余裕は無《ね》え。俺が飛ぶ」

鉄之助は木刀を腰に捻じ込みながら言った。

「でも……」

「俺はお前を信じている。お前の才を信じている！　千織を救うぞ！」

「分かった。吉太郎、手伝って」

鉄之助は対岸を睨み付け、源也と吉太郎が急ぎ支度に入る。どうした訳か与一も動こうとはせず、こちらを凝視していた。

「小僧、諦めろ。この谷は跳べぬ」

「千織を離せ」

「坂入が言うことを聞けば殺しはせん。お主らも早《はよ》う森から出よ」

「先生も俺たちが助ける」

鉄之助が怒りに声を震わせると、与一は鼻を鳴らして応じた。

「非力な子どもには何も出来ぬ。出来はせんのだ」

「子どもじゃねえ！」

咆哮《ほうこう》が谷に吸い込まれていく。与一の視線は既に鉄之助の背後に注がれていた。

「何だ、それは……」

「鉄之助！　いける！」

新型風翼機は、直線的だった前回と異なり、翼が緩やかな曲線を描いている。最小限の骨組みで軽く仕上げている反面、躰を守る部分は皆無である。

「鉄、縄を持て。帰ってこれへんようになる」

縄の一端を吉太郎が摑み、もう一端を鉄之助が持って飛ぶ。谷に縄を張り、退路を作る算段である。吉太郎はするすると縄を躰に巻き付けた。

「離してもたら洒落《しゃれ》にならんからな。俺も源也を信じている。落ちたら俺も真っ逆さまや」

三人の視線が交わり頷き合った。

「行くぞ‼」

鉄之助は風翼機の柄を握ると、谷に向かって猛然と駆け出した。残る二人で両翼を支えて並走する。大地が途切れる間際、源也の合図で思い切り足元を蹴った。鉄之助は雄叫びを上げながら、習った通りに上体を真っすぐ伸ばす。風翼機は与一が通った軌跡の遥か上を翔けた。

「千織！」

与一の驚愕の顔、千織の苦しそうな笑みを飛び越えて、鉄之助は着地した。いや墜落という表現が相応《ふさわ》しい。縄は一杯まで引っ張られ、吉太郎は危うく落ちそうになった。舞い上がった土《つち》埃《ぼこり》の中、残骸をかき分けて立った鉄之助の頭からは、一筋の血が流れている。

「助けに来たぞ」

与一の腕の中、こくりと頷く千織の頬には涙が伝う。

「何というやつだ……」

「離しやがれ。誰でもいいなら、俺を倒して質にすればいい。それとも俺には勝てないか」

「くくく……小僧。面白いやつだ」

与一は手を緩めて千織を自由にすると、腰の剣に手を掛けた。

「千織、行け！」

鉄之助の声に弾《はじ》かれたかのように千織は走り出し、縄に取りついて谷を渡ろうとする。対岸では吉太郎に加え、源也も縄を握り、時丸までもが噛みついていた。

「この高さを恐れぬとは、娘も怖い物知らずよ。しかし俺も舐められたものだ。縄を片手に戦おうとは」

重みで鉄之助はずるずると引きずられた。ぴんと張られた縄に、与一が歩み寄っていく。

「やめろ！」

縄を切られると思って吠えたが、与一は何を思ったか縄を握ると思い切り引いた。

「子どもを手に掛けるのは、寝覚めが悪いと思っておった故な。渡してやろう」

「へえ……見直したぜ」

鉄之助は少しばかり安堵して片笑んだ。このような者ならば、話せば解り合えるかもしれないと思ったのである。しかし次の瞬間、その考えは甘いものであったと知る。

「お主は子どもではないのだろう？　両手足を斬り落としても質になる」

与一は一瞥《いちべつ》すると、冷たく言い放った。


千織がようやく渡り切った時、対岸では鉄之助と与一が依然睨み合っていた。

「吉太郎、俺を置いて行け。解るな⁉」

鉄之助が呼び掛けた。ここは任せて三人で十蔵を助けに行けというのだ。そのまま言えば吉太郎たちが再び追撃されるかもしれない。

「解った！　勝てるな⁉」

吉太郎は返したが、鉄之助は何も答えなかった。常ならば自信満々に返答するはずであるが、遠くからでも苦笑しているのがはきと見えた。余程手強いと感じているのか。

「時丸、頼むで！」

時丸は小さく吠えて、鼻を地に擦り付けて歩みだした。

「吉太郎……鉄之助を置いて行けない！」

千織が袖を引くが、吉太郎は頭を振った。

「鉄は源也を信じて飛んだ。今度は俺らが信じる番や」

源也も静かに千織に語りかける。

「鉄之助は江戸一の剣豪になる男だよ」

与一が何かを投げ、鉄之助が横跳びで躱す。

「鉄之助！　気合い入れなさい！」

「うるせえ。黙っていろ。すぐに行く！」

千織の檄《げき》に、鉄之助は木刀を構え直して答えた。三人はもう振り返らずに進み出した。小走りになる時丸が、時折甘えたような鳴き声を発する。

「この声は、もう近いっちゅうことや」

吉太郎は袖で顔を拭った。友禅の洒落た着物も泥に塗《まみ》れている。さらに暫く歩くと、時丸の耳がぴくりと動き小さく二度三度吠えた。何か変事があったかと皆に緊張が走る。

「これは……何か来る」

吉太郎は時丸の吠え方から察して、周囲を覗《うかが》った。確かに耳を澄ませば微《かす》かに話し声が聞こえてくる。半町ほど先の木々の間に動く影が見えた。

「あかん。隠れろ」

身を潜めてやり過ごそうと繁みに飛び込んだ。男たちの会話が聞こえてくる。

「与一殿が一人捕らえ、他は三人を取り逃がしたとか。全く奴《やつ》らは何をしておるのだ……」

「まことに見張りはよいのか？」

「まあ心配なかろう。何といっても『カイノミ』がおる」

走る男たちは愚痴を零しながら通り過ぎていった。追手の数が減ったことで、探索組が見張り組に応援を請うたのだろう。千織の策に見事に嵌《はま》っている。

「カイノミって何だろう」

「さあな。甲斐《かい》の実《み》、痒《かゆ》い蚤《のみ》、さっぱり解らんわ」

そのようなことを言いながら歩いていると、森が途切れて人為的に造られた広場が現れた。木々の河における中洲と表現すべきか。そこにぽつりと建っている小屋は、戸が外れ、屋根は破れ、朽ち果てている。

「炭焼き小屋みたいやな。こんなんがあちこちにあるなら、そのどっかに先生は囚われているかもしれへん」

吉太郎が大きく一歩を踏み出した時、源也はぴたりと足を止めた。からからと釣瓶《つるべ》を引き上げるような音がどこからか聞こえてくるのだ。

「来る……」

「え？」

首を傾げた千織の袖を、源也は思い切り引いた。よろめいて重なり合うように倒れた二人の頭上を、一筋の矢が越えていった。

「つくづく縁があるようだな。絡繰り坊主」

乾いた音を立てつつ樹間から姿を現したのは、面こそ増女《ぞうおんな》に変わっているが、まさしく人形町で対峙《たいじ》した大絡繰りであった。

「おじさんが先生を……」

「若いように思われるのも悪うない。坊主から見れば爺様の歳よ」

「あいつは危険だ」

源也は千織を引き起こすと、手で後ろに押しやった。

「名もあるぞ。同業の誼《よしみ》で名乗っておこうか……公文甚八。人は怪鏨《かいのみ》の甚八と呼ぶ」

「怪鏨ってこいつか……」

吉太郎はごくりと唾を吞み、傍らの時丸は低い姿勢を取って唸った。

「そっちの坊主も見覚えがあるぞ」

「お前は随分小さくなったな。歳で大きいもんはもう作られへんか？」

「吉太郎……違う。小さいほうが恐ろしいんだ」

「さすが絡繰り師の端くれ。よう解っておる」

高さこそそう変わらないものの、確かに人形町の時よりも一回り細くなっている。絡繰りというものは、より簡素な仕掛けで同じ効果を出す物のほうが優れている。より工夫され、不要なものが削《そ》ぎ落とされた分だけ新たな武器を収納出来るということである。

「手を焼かせおって……ばらしてやろう」

増女の面は憫笑《びんしょう》、慟哭、あるいは憤怒の表情にも見えた。能面の顔というものは、人の心の深淵を表しているようでひどく恐ろしい。千織は身震いし、吉太郎は拳を固めて立ち尽くした。時丸もただならぬ気配に総毛立てて身構える。ただ一人、源也だけがずいと前へと踏み出した。

「下がって。おいらがあれを止める」

「無茶や。逃げてまた策を立てよう。それに……」

源也の奥歯が音を立てていた。

「正直怖い……でも皆を失うことのほうがもっと怖い！」

源也は叫びながら果敢に走り出す。腰の左右には袋、帯にも一見用途不明なものがぶら下がっている。

「小僧、絡繰りの真髄を指南してやろう」

人形から音が発せられる。それは今までの木が駆動するものとは異なっていた。譬《たと》えるならば、小田原宿で見た木地挽物細工の高速で回る轆轤《ろくろ》の音に似ている。

「まずは矢笛《やてき》」

面の顎が下がり、にゅっと筒が飛び出した。高速で発射されたのは矢ではない。大工が鉄などに線を引く時に用いる罫《け》書《が》き針というものである。矢以上に鋭く、当たれば骨をも貫くであろう。

最初の針は跳んで躱すが、人形は止まることなく第二、第三の針を撃ち出して来る。

「鉄心《てっしん》千織」

源也が左の手首の紐を引くと、革手甲が勢いよく開き、盆ほどの大きさの盾に変化した。

「黒革とは凝ったものよ」

「前の失敗から考えた」

革を酢酸鉄《さくさんてつ》で染めると、黒光りしたものとなる。変化は色彩だけでなく、柔軟さを保ちつつ強度が上がる。非常に手間のかかる代物である。曲げられるほど薄くした板に黒革を張り、腕に回して金具で止める。紐を引けば盾へと戻る仕掛けであった。

人形町での対決以降、いつ何時この悪の絡繰り師と対峙してもよいように、源也は様々な絡繰りを開発した。二度と仲間を傷つけさせないためである。

「何て名を付けるの」

千織はこの切迫した状況にありながら、ぼそりと不満を漏らした。源也は苦笑しながら、腰の袋から玉を取り出して投げつける。

「窮鼠猫を嚙むであったか。ならば……香億《こうおく》よ」

雅な響きとは裏腹に、人形の両肩から旋回する鎌が飛び出した。人形に当たった玉から広がった網は、鎌によってすぐに切り裂かれるかと思われた。

「酔鯨《すいげい》海を吞む」

「これは……鯨髭《くじらひげ》か――」

網の糸の五本に一本は鯨の髭で出来ている。絡繰りの発条《ぜんまい》にも使われる鯨髭は、弾力性、耐久性に富んでいる。鋭利な刃物でもそう容易《たやす》くは切断出来ない。板を踏む音が聞こえ、人形は後退しつつ鎌を動かし続けた。

そして三間（約五・四メートル）ほど下がったところで、台座の左右から新たに二つの車輪が生えた。人形の胸元がぱっくりと開き、突き出たのは何と大筒である。筒はなぜか下ではなく斜め上を向いている。

「天爵《てんしゃく》！」

筒が火を噴き、天を衝く轟音《ごうおん》が響く。発せられたのは砲弾ではなく、無数の鏨である。鏨には用途に応じて、広鏨《ひろのみ》、薄鏨、中叩《なかだたき》鏨、本叩《ほんだたき》鏨、大入《おおいれ》鏨、蟻《あり》鏨、裏丸《うらまる》鏨、鏝《こて》鏨、突《つき》鏨など、大きさも形も異なる様々なものがある。これらを一度に発射したのである。天を埋め尽くした鏨は、たちまち雨の如く降り注いだ。源也は鉄心千織を翳《かざ》してしゃがみ込んだが、一際大きな突鏨を受けて吹き飛ばされた。

「お。貫いたか」

甚八は翁が魚を釣ったように軽々しく言った。鏨は盾を僅かに貫通し、源也の左手から血が流れている。火薬まで積んでいるとは想定外であった。鏨を撃ち出した人形はだいぶ後退している。勢いを逃がすための車輪だったのだ。

「源也、金喰い虫吉太郎や！」

吉太郎は我が名を冠した絡繰りを出すように促した。苦痛に顔を歪める源也をよそに、甚八は和やかに話しかける。

「王水《おうすい》は持っておるまい。薄くとも、とても持ち運べまいて」

まさに図星であった。希釈した王水でも人に害を及ぼす。旅に持っていける物ではない。

「二人とも先生をお願い……」

源也は血の滴る左手を、返した右手に添えて前へ突き出した。吉太郎と千織が逃げるように叫ぶが、構えを崩すことはなかった。

「その右手に仕込んでおるのは小さな弩《ど》か」

甚八はそれも一見で見破った。やはり絡繰り師としての腕は数段上である。源也は押し黙って狙い続け、甚八は嘲笑いつつ続けた。

「矢の類では貫くこと能《あた》わぬぞ」

「匠魄《しょうはく》定一」

音は殆《ほとん》どしなかった。風に揺れる木々のさざめきに紛れるほどである。

「うぐ……まさか……厚さ一寸（約三センチ）の板だぞ」

人形の腹にあたる箇所に穴が穿《うが》たれている。発射したのは父がくれた愛用の切出小刀である。このような使い方はしたくなかった。普段は大切に使っている。ただ仲間が危機に瀕した時のみ、何よりも切れるこの小刀を使うと決めていた。

「惜しかったな。刃先のみでは殺せぬ」

苦しそうではあるが、致命傷には至らなかったらしい。きりきりと滑車の回る音と共に、人形の大筒が下を向いた。使える絡繰りはもう無い。源也は唇を噛んで腕を押さえた。血は溢《あふ》れ続けて地を濡らしている。

「今や！　時丸！」

こっそりと死角に回っていた吉太郎と時丸が、甚八に飛び掛かった。吉太郎は石で台座を殴打し、時丸は人形の袴《はかま》に噛みついて激しく首を振った。

「邪魔をするな……漣《さざなみ》」

二振りの両刃《りょうば》鋸《のこぎり》が台座から現れ、人形が荒々しく回転する。飛び退いた吉太郎の裑《みごろ》を切り裂き、時丸は振り払われて地に叩きつけられた。大筒が再び源也に狙いを定めた時、千織が間に入り、諸手を広げて立ちはだかった。

「どけ、小娘」

「どかない。何があっても」

「坂入の筆子はどの者も死にたがりらしい。まとめて貫いてやろう」

「何のためにこんなことをするの！」

暫し押し黙ったが、甚八は一興と思ったか語り始めた。

「土佐には二人の絡繰り忍びがいた。一人は儂、そしてもう一人は細川半蔵。虫の好かぬ奴だ……」

甚八は絡繰りの行き着くところは究極の武器であると説き、半蔵は己の絡繰りが人を殺めることに苦しみ、いつか人の支えになる物を生み出したいと願った。

今より十六年前の宝暦五年（一七五五年）、土佐で津野山《つのやま》一揆と呼ばれる騒動が起きた。藩が商品作物の専売制を導入し、それによって私腹を肥やした問屋に対し、津野山の民が蜂起したのである。冷遇されていた忍びの半分は一揆勢に加勢し、残る半分は今こそ己の力を示さんと藩の先鋒を務めた。半蔵は一揆方に、甚八は藩方に加わり幾度も死闘を演じたという。

しかし幕府が藩の援軍に忍びを送ったことで、一揆勢は総崩れとなり、首謀者である中平善之進《なかひらぜんのしん》の斬首によって落着した。藩は未だ衰えぬ忍びの力に脅威を感じ、その全てを並の藩士として取り立てるか、放逐することで組織の壊滅を図った。

「一揆に加わった半蔵が取り立てられ、藩のために働いた儂が放たれた……儂の絡繰りは狂気染みておるとな……認めさせてやるのだ。儂が間違っておらんと」

「半蔵さんが正しい。絡繰りは人の暮らしを豊かにするものだ」

千織は広げた手を閉じず、源也は怒りに震えて睨み据えた。

「黙れ、小僧……化鑿珥加里中平《ばけのみにつかり》」

鈍い音から筒に何かが装填されたと判る。千織は目を瞑り、源也は見開いた目で筒から覗く物の正体を見た。幽霊を斬ったという名刀を模したものであろう鑿は、大人の腕ほどもある。爆《は》ぜた火薬がそれを押し出せば、矢よりも速く、弾よりも鋭い。

「誰か……」

千織の呟きを掻き消して、雷鳴の如き爆音が轟《とどろ》く。二人は大鑿で串刺しとなった。そうとしか思えなかった。しかし痛みは微塵も無い。死の間際は痛みを感じないのかもしれない。そう思いながら千織は薄目を開けて、腹部を確かめた。貫かれてはいない。それどころか躰のどこにも傷は無かった。

立ち込めた硝煙が風に流されていく。後ろに下がった人形の砲身は、上から押さえつけられたかのように真下を向き、地に大鑿が突き刺さっていた。

「千織、怖かっただろう。よく耐えた」

千織の目から涙が溢れ、魂が抜けたようにその場に座り込んだ。

「山喰《やまくい》……鬼火《おにび》の禅助!!」

甚八が咆哮すると同時に禅助は一気に間を詰め、飛蝗《ばった》のような跳躍を見せ、宙でぱちりと指を鳴らした。

「火遁、炎桜《えんざくら》」

口から噴出した業火が人形を包み込む。

「なぜ貴様がここに――円竜吐！」

台座が水を撒き散らし、火は衰えてやがて消えた。禅助は飛び退いて一度間を取った。吉太郎が引き攣《つ》った笑みを零す。

「ほんまに火を噴くやつなんておるんか」

「禅助さん……本当に来てくれた……」

千織のか細い声を受け、禅助は少し首を傾けた。

「日ノ本のどこにいても必ず行くと言っただろう？　やはり飛んでは来られなんだが、昼夜駆けてきた。許せ」

「小太郎から聞いたぞ。我らに加担して加賀《かが》の国家老を……」

「黙れ。老いぼれ」

禅助は言葉を遮って再び向かって行く。

「全て火に滅法強い桐よ。いかにお主の火遁でも……」

禅助が胴乱から取り出したのは束になった手裏剣。そこから火縄の先に、指を鳴らして火を点けると、人形目がけて放った。

「火遁、朱石斛《あけせっこく》」

「火車《ひぐるま》剣《けん》か！　一体何枚……」

このような武具を火車剣と呼ぶと、『隠密往来』には記されていた。人形の全身に突き刺さった手裏剣の全てから煙が上がり、次々に破裂して燃え上がる。

「しかし円竜吐ですぐに――」

甚八が人形を操作しようとした時、禅助の両手には新たに棒手裏剣が握られている。その端に結びつけられた炮烙玉の火縄には、早くも火が点いていた。

「火遁、飛火《とびひ》椿《つばき》」

禅助は手を緩めなかった。繰り返し撃ち込んでゆく。休みなく巻き上がる爆炎に、人形は水を出す間もなく、炎に覆われていく。もう堪らぬと人形から転がり出た甚八に、禅助はすかさず馬乗りになって苦無を構えた。

「おじさん、駄目！」

千織の悲痛な叫びに、禅助の手がぴたりと止まる。

「くくく……その娘には善人ぶっているのか。故に先ほども儂の言葉を遮って――」

「俺は悪人さ。千織に感謝せよ」

禅助は苦無を離して両手を組むと、甚八の顔目がけて振り下ろした。骨の折れる生々しい音がした。白目を剝き、鼻は曲がり、口から涎《よだれ》を垂らしてはいるが、甚八は事切れてはいなかった。

立ち上がる禅助を吉太郎と源也は茫然と眺める。ただ千織だけが駆け出し、禅助の胸に飛び込むと、声を上げて泣いた。

五

　禅助は鼻腔を広げ、春の香りを思い切り吸い込んだ。この暖かさを感じたのは一体何年振りか。美しい景色が蘇《よみがえ》っては消え、溶けては浮かんだ。千織が泣き止むまでこうしていてやりたいが、そのような時は無いことを知っている。

「千織、一度目の砲声で俺がここだと判ったように、間もなく敵が駆け付けて来る」

　禅助はここに来るまで二人の忍びを締め上げ、千織の居場所を吐かせようとした。いずれも奴らも捜していると呻《うめ》く。それを嘘偽りでないとみて迷いなく屠《ほふ》った。そこに砲声が聞こえて来たという訳である。

　禅助の使った炮烙の音は敵の耳にも届いたであろう。近づけば依然轟々と燃え上がっている大絡繰りにも気づくはずである。

「おじさんも一緒に行こう」

　禅助はちらりと残る二人の子を見た。いずれも恐怖に顔が引き攣っている。当然のことだ。千織はともかく、子どもから見れば、己などそこに転がっている男と大差はなかろう。

「行くのだ。すぐに——」

　禅助はそこまで言いかけて千織を突き飛ばし、自らも後ろへ跳んだ。足元に数本の棒手裏剣が刺さる。森から複数の男が姿を現し、一斉に広場へと雪崩《なだ》れ込んで来る。禅助は向かって来る男の刀を掻い潜《くぐ》り、腹に掌底を見舞い、指を鳴らす。

「焔野菩《ほむらのぶき》」

全身を紅炎《こうえん》に巻かれ絶叫する男を置き去りに、禅助は飛来する手裏剣を素手で掴むと、目視もせずに真横に薙《な》ぎ撃った。千織に迫っていた男の眉間に刺さり絶命する。

背後より迫った巨軀の男が、一瞬の隙をついて禅助の首を鎖で締め上げてくる。肩越しに投げようとしたが、あまりの体格差に上手くゆかない。禅助は敢《あ》えて鎖を巻き付けたまま身を翻す。自然、抱き合うような恰好《かっこう》となった。

「炎……桜」

大男の頭は火焔《かえん》に包まれ、髪と肉の焦げる臭いが鼻をついた。緩んだ鎖を解くと、犬を連れた子どもに迫る敵を追った。朱石斛も飛火椿も巻き込んでしまうために使えない。背の箙《えびら》から矢を抜き取ると火花を散らした。

「火遁、百合一火《ゆりいっか》」

矢は鋭い高音を鳴らしながら、凄《すさ》まじい速度で飛翔して男の胸板を貫いた。火薬を詰めた竹筒を矢の先端に付けたもので、多くの忍びが扱う忍具である。しかしながら禅助のものは、並の三倍ほど火薬を詰め込んである。

「まだ来るぞ。早《はよ》う十蔵を助けに行け！」

「おいおい、八面六臂《はちめんろっぴ》の活躍だな。禅助よ」

振り返って呼びかけた禅助の背後から、程よく錆《さ》びた聞き覚えのある声が飛んで来た。すらりとした身丈に覆面、悠々と歩いて来るのはまさしく風魔小太郎である。左右に四人の配下を引き連れていた。

「行くのだ‼」

禅助は再度呼びかけたが、子の一人は腕から血を流し、足元が覚束ない。

「この間合いならばいつでも撃ち殺せる」

小太郎の実力に鑑みれば決して虚勢ではなかろう。

「その暇も与えん。皆殺しにしてやる」

禅助は真一文字に小太郎を目指した。

「手を出すな。俺が仕留める。逃がさぬように散れ」

小太郎は配下を散開させると、刀をそろりと抜いて待ち構えた。禅助は再び箙に手を伸ばして矢を取ると素早く点火した。同時に火車剣、炮烙棒手裏剣にも火を点けている。

「百合一火、朱石斛、飛火椿！」

烏の断末魔に似た音を奏で、高速の火矢が宙を裂く。火車剣は緩やかな放物線を描きながら、焙烙棒手裏剣は地を這うように小太郎を襲い、激しい爆音で土埃が舞い上がった。

「その技の名を告げる癖、どうにかならんものか？」

粉塵の中より無数の手裏剣が幕となって押し寄せて来る。その後ろを小太郎が駆けていた。禅助は屈《かが》んで地に左手を突き、飛び退きながら抜刀した。手裏剣を二、三叩き落とすが、如何せん数が多過ぎる。肩と腿《もも》に熱い感触が走った。

「灼苔《やいとごけ》……」

刀身に火花を添えると、峰に炎が走り燃え盛る。

「派手な技の割に爺むさい名を……」

「それだ」

小太郎の足の側で突如、地が破裂した。先ほど屈んだ時にしかけた埋火《うずみび》である。本来は踏んだ時に発火する罠であるが、禅助は交戦中に時を計って使う。

「爛竜胆《らんりんどう》！」

燃える刀を振りかざし、禅助は斬りつけた。紙一重で躱されるが、纏《まと》わりつく焔は小太郎の覆面に移った。さすがの小太郎も顔を押さえて大きく飛び退くと、燃える覆面を取り払った。

「お主……見たことがあるぞ」

顕わになった小太郎の顔には、額から顎にかけて大きな傷痕があり、頬にも惨《むご》たらしいほどの刀傷の痕があった。それ故、年の頃ははきとしない。禅助は記憶の片隅を探った。確かにどこかで見たことがあるのだ。

「埋火の名を隠すため、別の術を出して誤解させるとは徹底しておる。全て草花の名だな。何か思い入れがあるか……」

小太郎はもはや顔を隠そうとしない。子どもたちを逃がさぬように広場の四方に散った配下たちも、初めて見たという風に驚きを隠せないでいた。禅助は必死に小太郎の正体を思い出そうとした。そこに打倒の手掛かりがあるかも知れないと、敢えて会話に乗って時を稼ぐ。

「娘とともに付けた名だ」

「ほう……それは。どうりで子ども染みた名ばかりと思うたわ」

娘には父が忍びであるなどとは告げていなかった。天下に蔓延《はびこ》る悪を退治する、正義のお役人と話していた。

――小春《こはる》、父は手から火を出して悪者を懲らしめるのだぞ。

戯《たわむ》れに技を出す振りをして見せると、娘はきゃっきゃと手を叩いて喜び、大好きな草花から取って術に名を付けてくれた。その名を高らかに叫びまた振りをして見せると、さらに喜んで跳ね回ったものである。それから禅助は、いかに困難な局面でも術の名を宣言した。娘と共に戦っている気になれたからである。

「しかし随分と身軽になったようだ。さして得意でもない刀を抜いたのがその証拠」

小太郎の言う通りであった。躰に仕込んだ数々の種は出し尽くし、たった一つを残すのみとなっている。

「小太郎よ。お主、殺気を読むようだな」

傷で引き攣れた小太郎の口元がぴくりと動く。

「何を今更《いまさら》……手練《てだ》れなら皆心がけておること」

「その程度ではない。お主は心眼がついているかのように殺気を視《み》ている」

刀に仕込んだ油が切れ、刀身の炎は弱々しいものになっている。禅助はさらに続けた。

「背後からの十蔵の苦無を躱したお主が、千織の投げた小石を額に受けた」

千織は小さく声を漏らした。初めて小太郎と邂逅《かいこう》した雪の日、そのようなことがあった。

「故に試したのよ。見立て通りいかなる技も見切るお主が、埋火には気付かなかった。埋火には殺気は無いものなあ」

「人を化物のように申すものよ」

小太郎は顔を歪めて気味悪く笑った。

「化物……鈴木《すずき》源之丞《げんのじょう》か！」

「甲賀陰忍《いんにん》の達人、三雲禅助殿がご存じとは、陽忍冥利《ようにんみょうり》に尽きる」

「貴殿は別格よ。だが籾摺《もみすり》騒動で死んだはず……」

源之丞といえば代々その地に根を張る陽忍でありながら、稀代の実力を認められ、他国へ潜入する陰忍も務めていた傑物で、数々の活躍は公儀隠密の語り草となっている。

「お主の妻子は、公儀隠密を怨む忍びに殺されたのであったな？　俺の妻子は公儀に殺された。あれほどまでに尽くしたのにな」

「まさか……」

「信じ難かろうが真よ。禅助、我らに力を貸せ。お主ならばこの怨み、解るはずだ」

禅助は暫し押し黙った。肩と腿から流れる血は、それぞれ手首、足首を濡らしつつある。

「一つ条件がある。代わりにこやつらを逃がし、金輪際関わるな」

「よかろう。今しがた与一が残る一人を捕らえたと伝えて来た。質はそれで十分」

刀を納める途中、子どもらを見渡した。仲間が捕らえられた事実に言葉を失っている。

「千織、聞いたな。お主の大嫌いな陰鬱な子……確か名は鉄之助であったか。そのような次第となったらしい」

「千織、そんな悪口を言っていたの⁉」

「だいたい鉄のどこが陰鬱なんや――」

怒り心頭で罵《ののし》る二人を、千織は手でさっと押し止めてこくりと頷いた。

「こやつらのことは語るな。二人とも見捨てよ。必ず逃げるのだ」

「はい……」

見つめる千織の目は潤みを帯びていた。

「俺がやった紙人形、まだ持ってくれているか？」

「肌身離さず」

禅助は細く息を吐いて天を仰いだ。そして再び千織に目をやり微笑《ほほえ》んだ。

「捨てないでくれ……忘れないでくれ」

「はい――」

千織の美しい顔は涙に濡れ、洟《はなみず》まで垂れて来ている。

「不細工な面をしおって。もう行け」

禅助は興味なさげに言うと、源之丞を見据えて頷いた。源之丞は包囲を解くように顎で指示を出す。千織に手を引かれ、吉太郎と源也も不承不承に歩き出し、森の中へと消えて行った。

「行こう」

禅助が促して、源之丞、その他の配下が共に歩む。まだ己への警戒は解いていないと見え、衆の中心を歩かせられた。

「本願達成も近いが、多くの仲間を失った。お主のような手練れが加わることは心強い」

「ああ……これからどうする？」

「まずは子を質に十蔵を従わせる。その十蔵を質に九兵衛の動きを封じる」

「その先は？」

「宵闇の総力を挙げて将軍を殺し、江戸を灰燼《かいじん》にする。お主にうってつけの企みであろう」

「ああ……灰燼にしてやろう」

「共に怨みを晴らそうぞ」

「お主もな」

禅助は後ろから源之丞の首に腕を回した。配下が一斉に刀や苦無を構える。源之丞はもがくが、禅助は腕を深く食い込ませて離さない。

「殺気は……微塵も感じなかったぞ――」

「殺そうなどと思っていない。お主もと申したであろう」

「おのれ……死ぬ気か！」

懐から覗く縄を思い切り引いた。縄には巨大な爆竹がいくつも連なっている。百雷銃《ひやくらいじゆう》という忍具で、岩を割る破壊力を有している。禅助のこれは通常よりもさらに爆薬が多く、小屋程度ならば木端微塵とするであろう。禅助は迷いなく火縄に火花を迸《ほとばし》らせた。

――小春……。

禅助は心の中で呼びかけた。今の己の姿は、かつて小春に語ったものとは程遠い。金のためにいかなる汚れ仕事もこなして来た。心にぽっかりと空いた穴を埋めようと、何かに縋《すが》るほかなかったのだ。坊主に汚れた金を布施し、立派な墓石を作らせ、立派な戒名を付けさせ、あの世では不自由なく暮らせるように願った。たとえ己が八万地獄に堕ちようとも。

ずっと解っていたのだ。このようなことをしても小春は喜ばないことを。千織を見ているとその想いは日に日に強くなっていった。

「離せ！　引き離すのだ！」

禅助の背に刃が浴びせられる。苦無が抉《えぐ》る。それでも全身に力が漲るのを感じた。

「こればかりは俺が独りで付けた故……陳腐と嗤え」

「禅助‼」

「小春日和《こはるびより》……」

爆音が連なり、目が眩《くら》むほどの閃光が溢れ出す。時が止まったかのように音は消え去り、全身の産毛がはらはらと散って行くような気がした。白濁した景色の中、二つの影が見えた。禅助は七年越しのただいまを告げ、ゆっくりと瞼《まぶた》を閉じた。

「千織、どういうことや⁉　本気で見捨てて逃げるつもりか」

禅助らから遠く離れたところで、吉太郎は我慢ならずに叫んだ。

「時丸……先生のところへお願い」

犬が苦手だった千織が時丸の頭を撫でた。時丸は尾を振りながら鳴いてそれに応えた。

「どういうこと……」

袖を裂いて千織が止血を施したが、源也の顔色は優れない。

「禅助さんが言ったのは全てでたらめ……反対の意味なの。本当の意味は、こいつらのことを語れ。二人を見捨てるな。必ず助けよ」

「え……」

二人の声が重なった。千織は再び涙ぐんでいる。

「禅助さんがくれたのは紙人形でなく、これ……」

千織は腰帯の後ろに差している風車を抜きとった。

「捨ててくれ。忘れてくれ……って」

「俺らをあの場から逃がして、先生のところに行かそうと……」

その時である。大地を揺るがすほどの爆音が起こった。鳥が木々から一斉に飛び立ち、天を覆い尽くさんばかりである。

「あれは……おいらたちが来た方向」

源也が立ち戻ろうとするのを、千織は涙を拭って止めた。

「駄目。先生のところへ」

千織はもう迷わなかった。時丸を促して歩き始めた時、吉太郎がぽつりと言った。

「不細工な面……も、反対やな」

「うん。きっとそう」

源也も同意してにこりと笑った。時丸を先頭に三人は再び森の中を歩み始めた。

六

まだ陽は高いのだが、睦月はこくりこくりと居眠りをしていた。長く囚われて心身の疲労は頂点を迎え、昼夜の区別が付かなくなっている。気丈に振る舞ってはいたが、もう限界に違いない。このままの状態が続けば、本当に命にも危険が及ぶ。十蔵は宵闇の要求を呑むことを考え始めていた。

「貴様！」

外から叫ぶ声が聞こえ、何やら争うような物音も聞こえた。見張りは甚八を含め三人。先に甚八が出て行った様子は感じ取っていた。残る二人も先ほど轟音が聞こえた後、どこかに駆けつけたようである。そうだとするならばまたとない好機である。

「睦月……起きよ」

「小諸《こもろ》屋の蕎麦を食べていました」

「寝ぼけておるな。しかと目を覚ませ。逃げられる好機が巡ってきたかも知れぬぞ」

複数の人の気配が近づいてくる。思い違いであったかと唇を噛み締めた。突然がらりと戸が開き、十蔵は啞然となった。

「お前たち……」

「あ、先生や。源也、いたぞ！」

そこに立っていたのは時丸を従えた吉太郎である。

「今、縄を切るね」

切出小刀を手に源也が駆け寄って来る。

「まことに苦労しました。お内儀様、初めまして」

外に置かれていたのだろう。千織から手渡された愛刀を、急いで腰に捩じ入れる。

「千織ちゃんね。初めまして」

睦月は確かに来るのではと予想していたが、さも当たり前のように会釈して笑った。

「めっちゃ別嬪《べっぴん》さんやん。何で別れたんや。あほやなあ」

「吉太郎さん、そちらは源也さんかしら？　お会い出来て嬉しいですわ」

縄が切られても、十蔵は茫然としていた。

「どうしてここが分かった。それに森には……」

「先生、道中話をします。早く行かないと鉄之助が危ない」

千織は端的に言い、いち早く小屋から出て辺りを警戒する。まるで熟練の忍びのような周到さである。

千織の指し示す方角へ、一行は小走りで向かった。衰弱した睦月、怪我を負っている源也はそれでも厳しそうであった。千織は今に至るまでの経緯を、要点を押さえて説明した。聞くこと全てが驚きの連続である。油断していたとはいえ手練れの忍びを罠に嵌め、あの甚八とまで互角に渡り合ったのである。そして何より驚いたのは、禅助が助けに駆け付けたということであった。

「禅助さんは恐らくもう……それほど相手は強かったようです」

先刻、鼓膜を揺らすほどの爆音が聞こえていた。それが禅助の仕業だと千織は言う。

「小太郎か」

「いえ、禅助さんは鈴木源之丞と呼んでおられました」

「鈴木……五式《ごしき》の源之丞か」

源之丞は生まれつき、五感が極めて優れていた。一町（約一〇九メートル）先に豆粒ほどの何かを見つけ、半里（約二キロ）先の叫び声を聞いたともいう。千織は禅助と小太郎が交わした会話を全て伝えた。それによると五感では察知し得ぬ、害意のようなものまで感じるらしい。

「分かった。それで鉄之助は？」

「この先十町（約一キロ）、崖の向こうで与一という男と戦っています」

「何だと――」

千織は冷静である理由を述べた。敵は子どもを人質に取りたがっており、つまり捕縛されても、殺されることはないと予想した。

「忍びを知らんからそのようなことを言えるのだ！　奴らは暴れるならば、四肢を切り落として質とするぞ！」

「え……」

「先に行く！　睦月、子どもらを頼む！」

「はい。お任せ下さい」

先に菰野城下に向かわせることも考えたが、森には依然敵が蠢《うごめ》いており、共に脱出するほうが安全と見た。

十蔵は前屈みになると、全力で駆け出した。蹴った地から朽ち葉が舞い上がる。木の根を際どく躱し、一切の無駄を省いて走り抜けた。さすがに躰に衰えはあったが、漲る気力がそれを上回っているのを感じる。

渓谷に辿りついた十蔵の目に飛び込んできたのは、うつ伏せに倒れた鉄之助を、与一が縛り上げんとする光景であった。

「鉄之助‼」

「坂入……見張りは何をしておる」

鉄之助からは返事は無く、代わりに与一が忌々しげに応じた。谷の幅は四丈（約一二メートル）以上あり、とてもではないが跳躍では渡れない。十蔵は最も谷に近い大木を見定めると、その枝を摑んで身を引き上げた。力なく横たわる鉄之助を縛り終え、与一は言い放つ。

「見捨てるか、坂入！　さすが血も涙もない薄情者よ。こやつはお主が来ると信じて……」

与一の言葉に構わず、十蔵は手早く手拭いを太い枝の先端に括り付ける。そして思い切り枝を撓《しな》らせた。

――丹波《たんば》村雲流《むらくもりゅう》、鼯《むささび》の術。

かつて己が屠った蓮平《れんぺい》という忍びの術である。撓りが戻る力に合わせ、足で木の幹を思い切り蹴った。風を受けぬように身を細め、全身を矢のようにして宙を飛んでいく。対岸の近くまでは飛んだが僅かに足りず、手を伸ばして崖っ縁に立てた爪が割れる。すぐさまもう一方の手を掛けてよじ登った。

「誰が見捨てるか」

「待っていたぞ……」

登るまでの間という訳ではなかろう。言葉には時の重みが感じられた。

「鉄之助！　しっかりせよ！」

十蔵が呼びかけると、鉄之助の瞼が薄ら開いた。大小の切り傷や打撲の痕はあるが、命には別
条ないだろう。

「先生……悪い。また負けちまった」

「話すな。後は任せよ」

与一は両手を交叉して懐に入れる。放ったのは二本の苦無である。銀に輝く糸が付いていた。

居合抜きで一本を払い、もう一本を飛んで躱す。

すかさず与一が手を引くと、再び命を吹き込まれたように二本の苦無が舞い戻って行く。糸を
断つ他ないことは解っていたのに、同じ轍《てつ》を踏んだ己を詰《なじ》りたくなる。宙を凝視して、不規則に
漂う糸を斬った。しかし与一は間を空けずに次の苦無を撃ち、常に二本の苦無が狂乱した。

――元を断つ。

この手の術の使い手は接近して仕留めるのが最も良い。刀を振りかぶって踏み込もうとするが、

与一は巧みな足捌きで一定の間合いを保つ。

「そうはさせぬぞ」

与一は吐き捨てると、苦無を後方の木に絡めて宙を泳ぎ、幹を蹴って瞬く間に樹上に立つ。十蔵には飛び道具の類はない。手近な礫《つぶて》を拾い投げるが掠りもしなかった。

与一は木から木へと移りながら、八方手裏剣を投じる。夥《おびただ》しい手裏剣が飛来する。その度に鉄之助に当たらぬかと気を配るが、幸いと言ってよいものか、与一の狙いは正確である。

「これならば手も足も出まい」

「先生は、お前らみたいな悪党に負けやしねえ……」

横たわる鉄之助は地に唾を吐き捨てた。砂利と血が入り混じっている。

「こやつのほうがよほど悪党よ。飢えた百姓を救うために戦った者を、何十人と惨殺したのだ。俺の父も殺された。公儀の命《めい》を受けたという理由だけで躊躇《ためら》いなく殺して回った」

与一は攻めの手を止め、頭上から語りかけて来る。

「嘘だろ……」

鉄之助の腫《は》れた唇が震えた。暫しの葛藤《かっとう》の末、十蔵は重い口を開いた。

「まことだ。だが……」

それが天下泰平に繋がると信じていた。そう続けるのをぐっと呑み込んだ。言い訳をしても手を汚したことに変わりはない。

「俺は地獄を見た。村を追われ、国を追われ、泥水をすすり、腐肉を喰って、父から学んだ技を磨いた」

「宗兵衛は大切な者を守ったのだ……そして今、俺もそのために戦っている」

「黙れ……貴様が語るな！　腑抜けたお主に何も守れるものか！」

「大切な者を守るためならば、鬼にでも戻ろう」

――殺せ……。

宣言すると同時に、遥か昔に消し去ったと思っていた己が語りかけて来る。十蔵は与一を睨み据えて素早く大刀を納め、代わりに脇差を鞘《さや》ごと腰から抜き取った。

「やってみろ‼」

茂る葉に紛れた与一が苦無を振りかぶるのがしかと見えた。右手で鞘を握り、左手は小柄《こづか》を支えるように添え、通常の居合いから見れば逆様に持つ格好を取る。

――伊賀坂入流、海神《わだつみ》。

腰から肩へ流れるように力を運び、肘を鞭《むち》のように撓らせて手を波打たせせた。鞘から解き放たれた脇差は、静かなれども神速で飛翔した。月光を受けて煌《きら》めきそのものとなった刀は、与一の躰へと吸い込まれていく。与一は呻きを発し、寿命の尽きた蟬《せみ》の如く地へと落ちる。身を捻っていたからか、脇差は肩の付け根に刺さり命までは奪っていない。

「まだだ！　父の仇《かたき》を――」

顔を上げた与一の憤怒の表情は、瞬く間に悲愴の色に染まった。落ちるより早く突風のように駆け出した十蔵は、既に三間まで詰めている。

己の唇が綻《ほころ》んでいるのを感じた。命のやり取りのみで起きる高揚感は心を闇に染める。それに抗うことなく身を委ねた。それが強かった頃の己に立ち戻る唯一無二の法であった。

――伊賀坂入流、絶血《ぜっけつ》。

居合いを刺突の動きへ変化させて抉り殺す技である。間合いに入った時、与一の目から生気が抜けてゆくのを見た。生を諦めたのだ。

「先生!!」

鉄之助の呼ぶ声が聞こえた時、脳裏を過《よぎ》ったのは筆子たちの満面の笑みであった。十蔵は腕を振り抜き、衝撃を受けた与一は仰向けに倒れ込んだ。十蔵の手に刀は握られていない。手の甲で頰を殴打したのである。

「竹刀《しない》で十分と言ったのは誰だよ！　俺の先生は誰よりも強くて優しい人だ！」

悲痛な声を上げる鉄之助は、縛られたまま膝を突いてこちらを見ていた。

「鉄之助……」

骨が折れたのであろう。与一の鼻梁は曲がり血が溢れている。十蔵は鉄之助の元へと駆け寄り縄を切った。

「殺せ……さもなければまた付け狙うぞ」

天を仰いだ与一は力無く呟いた。十蔵が語ろうとするのを、鉄之助が遮った。

「今度は俺が先生を守る。もしそれが出来なければ……俺があんたを殺す」

「螺旋《らせん》……か」

十蔵の唇が震えた。与一という忍びを作った大きな要因は、間違いなく己にある。

「何百年と続く憎悪の螺旋。宗兵衛殿は降りようとされていた」

宗兵衛の最期はかつてないほど十蔵の心を揺るがし、幾年を経ても忘れることは出来なかった。故に青義堂を開く前、再び信濃を訪れてその足跡を辿ってみた。

宗兵衛の父までは上田藩お抱えの忍びであった。妻は与一を産んだ時に命を落とし、宗兵衛は帰農を申し出て百姓《ひゃくしょう》となった。上田一揆の時も、不遇から一揆勢に加担する元同輩の誘いを頑なに断り続けた。しかし飢えに苦しむ子どもらのことを持ち出され、苦渋の末に加わったという。

十蔵が信濃に赴いた時には残された子どもの消息は途絶えていた。

「身を守るため、大切な者を守るためのみ技を遣えと教えてくれた……父はそういう人だ」

「俺はそこから降りることにした。お主からすればまこと勝手に思うだろう……だが一人ずつ降りてゆくしか、この螺旋の消し方はないと思う。気が収まらぬならば、俺だけを殺せ。それならばいつでも受ける」

「弱った。殺したいほど憎いが、やればまた俺を創る……まことに弱った」

与一は仰臥したままぴくりとも動かぬが、ただ目尻からこめかみに動くものがあった。

「すまぬ……すまない……」

ありふれた言葉かもしれない。だが、それしか十蔵には見つからず何度も重ねた。

「与一も人の子か」

突如、男が薄暗い木立の合間からぬらりと姿を現した。衣服は襤褸《ぼろ》のようになり、顕わとなった肌にはあちこち火傷《やけど》の痕があった。髪は縮れ、所々剝げ上がっている。

「禅助にしてやられたわ」

「鈴木源之丞……」

十蔵もその顔に見覚えがあった。本来、各地に潜む陽忍を江戸で見かけることは皆無である。しかし今より三十年ほど前、隠密の実力の低下が著《いちじる》しく、優れた陽忍を陰忍としても遣っていた。その中で数々の難しい任務をこなし頭角を現したのが稀代の陽忍、鈴木源之丞であった。まだ幼い十蔵や禅助だけでなく、若き忍びならば誰しも一度は憧れる先達で、語り草となっている。

「十蔵がここにいるということは、小娘にも出し抜かれたということか」

源之丞は頰をつるりと撫でて呆れた様子であった。頰の傷痕は随分古い。

「起爆の直前、禅助の手が僅かに緩んだ。抜けた俺は、即座に盾を引き寄せて炎を防いだ」

「盾だと……」

「人の盾。配下二人は消し炭になったよ」

源之丞はぽんと自らの腰を叩いた。左右につけられた胴乱も無事である。

「もう諦めろ。宵闇は壊滅した。いずれ菰野にも公儀隠密が駆けつける」

「元は一人で始めたこと……邪魔は入るだろうが、俺だけで江戸を灰燼としてやる」

「鬼と化したか源之丞！」

「鬼は公儀……俺の妻も息子もやつらに殺された」

十蔵は吃驚《びっくり》した。公儀は決して美しいばかりではないとは思っている。とはいえ、そのような無情な話は聞いたことがなかった。

「俺が何故死んだと言われているかは知っておろう」

「籾摺騒動……」

　十蔵が呻くと、源之丞は目を糸の如く細める。視線の先には己がいるが、源之丞がその遥か先を見つめているような気がした。


　十蔵や禅助が十六歳、隠密として駆け出しの宝暦三年（一七五三年）、宇都宮《うつのみや》藩の城下で大規模な一揆が起こった。ことは新領主として入った松平《まつだいら》 忠祇《ただまさ》が、上納米を籾一升六合摺の割合で納入するよう、百姓に通達を出したことに端を発する。百姓たちは代々の年貢は五合摺だったと嘆願し、城に出入りする商人にも取り成しを願ったが効果はなかった。

　その年の九月十三日、領内の百姓四万五千人が八幡山に集結。打ち毀《こわ》しを開始した。城の役人が急ぎ召集され、大目付の松野《まつの》源太《げんだ》夫《ゆう》が宥めることで一旦収まった。

「開府の頃より代々、俺の家は宇都宮領内の御田《みた》長島《ながしま》村に根を張る陽忍であった。そんな俺の元に、幕府は密命を下した……一揆を煽《あお》れとな。忠祇の深溝《ふこうず》松平家は、幕府に批判的だったからであろう」

　そして源之丞の暗躍により、翌十四日、再び一揆勢は集結し、減税を求めて城下に攻め寄せた。前日の対応から見ても藩は強硬策を採らぬ。そう見ていた。だが実際は、藩の軍八百が一揆勢に襲い掛かった。戦に不慣れでまともな武器ももたぬ一揆勢は総崩れとなり、瞬く間に鎮圧された。

この時点で源之丞は家族の安全が担保出来ぬとして、幕府に己の引き上げを嘆願した。

「公儀隠密の繋ぎは、鈴木源之丞は御田長島村の庄屋であり、幕府とは何の関わり合いも無い。そう冷たく言い放ったのだ……俺を散々に利用した挙句、邪魔になると切り捨てたという訳よ」

「家族を連れて逃げようとはしなかったのか？」

「百姓の困窮は痛いほど解っていた。表の顔は庄屋故な。首謀者は捕まれば死罪。その者だけでも逃がそうとした。だが……そちらにも俺は裏切られた」

十六日、隠し目付により四人の首謀者が捕縛された。その者たちは罪を免れるため、全ては鈴木源之丞が画策したと証言したのだ。

「十日後、御田長島に二百を超える藩の兵が向かっていると聞いた」

御田長島村の人々は巻き込まれてはならぬと逃げ去り、源之丞は村へ向かう途中の藩兵をたった一人で急襲した。源之丞は持てる知識と技の全てを出し、地形を利用して散々に翻弄《ほんろう》した。半刻後、藩兵は八十八の屍《しかばね》を残して撤退する。

「次は五百で来ると知った。これを払ってもまた繰り返し来る……俺は妻と七つになる息子だけでも逃がそうと離縁を申し出た」

それを藩側に伝え、妻子には手出しをせぬことを条件に降《くだ》ったという。

十蔵は唾を呑んだ。己が源之丞の立場でも同じことをするであろう。現にそのような事態を恐れたからこそ、十蔵は睦月と離縁したのである。

「俺は無抵抗で引っ立てられた。それで妻子を救えるのだ。喜んで死ぬつもりであった」

十月十九日、源之丞は縛られて馬に乗せられ、市中引き回しに処された。刑場に辿り着いた時、源之丞は絶句した。目に映ったのは首だけとなった妻子の無残な姿であった。

気が狂《ふ》れたように絶叫した。尽くした幕府に見捨てられ、救おうとした百姓に売られ、藩に騙されたのだ。源之丞は呪詛を吐き、血の涙を流した。

刑場は阿鼻《あび》叫喚《きょうかん》の巷《ちまた》となった。縄抜けをした源之丞は刀を奪い取り、修羅の如く暴れまわった。躰中に太刀を浴びながら、ただ妻子の元へ走り、軽くなった二人を抱えると刑場を飛び出した。

翌年、源之丞を騙した大目付の松野源太夫の骸《むくろ》が城下で見つかった。当初は「それ」が松野だと判らなかったという。骸は三十余の肉片へと切り刻まれていたのだ。

さらに宇都宮藩では宝暦七年（一七五七年）、明和元年（一七六四年）、同三年（一七六六年）と三度洪水に見舞われた。大きな嵐が来ると必ずといっていいほど堤が切れた。その箇所を確かめるといずれも土が焦げており、何者かが火薬で堰《せき》を切ったということが判った。

「藩、百姓には報いを受けさせた。後は幕府のみ……」

源之丞が語る間、十蔵は鉄之助を連れて逃げる機会を覗っていた。しかしその隙は一切生まれなかった。

「十蔵様！」

対岸に目をやると、追いついた睦月らの姿があった。吉太郎と源也は源之丞が生きていたことに驚きを隠せず、千織は憎しみの目で睨み付けている。

「お主を質にするというのが甘かったようだ。鏖《みなごろし》にしてやろう」

「させぬ」

十蔵が走り出すと同時に、源之丞も左右の胴乱に手を掛けた。六方手裏剣が四枚、それぞれ異なる弧を描いて迫ってくる。二枚を躱し、一枚は頰を掠めた。残る一枚は宙で摑んで投げ返す。源之丞は右に躱して再び棒手裏剣を撃つ。十蔵は刀に手を添えたまま、天高く舞い上がってそれを越えた。

「伊賀坂入流……鳳《おおとり》」

「禅助の癖が移ったか」

千織を守って散った禅助に想いを馳《は》せていたのかもしれない。己でも気づかぬうちに呟いていた。宙で抜き放った一太刀は、源之丞の大苦無にいなされた。十蔵は地に着くや、次々と太刀を見舞うが、源之丞は身を振ってその全てを紙一重で躱す。

「殺気が泉のように溢れておるわ」

「五式が欠けてはどうだ」

思い切り砂を蹴り上げた。人とは幾ら鍛練しても瞬きは消せない。砂を避けようと一瞬なりとも目を瞑るはずである。案の定、源之丞が目を瞑った刹那、疾風の如き突きを繰り出した。しかしそれも虚しく宙を切る。

「妻と子を失った日から、俺は人の害意が視《み》えるようになった」

「ふざけたことを」

息もつかせぬ連撃に鉄之助は感嘆の声を上げるが、それも掠りもしない。反対に源之丞は小さく苦無を振り、十蔵の躰に細かな傷が刻まれていく。

「もっと憎め。忍びはそのような哀しき生き物よ」

「黙れ。俺はもう……」

「ならばこうすれば憎んでくれるか？」

源之丞は十蔵の一振りを避けると、そのままあらぬ方向へと駆け出した。向かっているのは鉄之助のところである。鉄之助は肩で息をしながら木刀を正眼に構えた。

「逃げろ！　勝てる相手ではない！」

叫んだものの、背後は飛び越えられぬ渓谷。逃げ場など無かった。対岸では源也が悲痛な声を上げ、吉太郎は叱咤し、千織は思わず手で顔を覆っていた。

「十蔵様！　急いで！」

睦月が叫び声を上げる。懸命に追うが、既に源之丞は手裏剣を構えている。

「ゆくぞ。鉄之助」

鉄之助の袖を引いた者、与一である。鉄之助は促されて共に駆け出す。与一は対岸の大樹に向けて苦無を撃ち、見事枝を搦《から》め捕った。そして鉄之助を脇に抱えて宙を滑った。

「与一！　裏切るか‼」

源之丞は罵声と共に手裏剣を放った。与一は対岸に降り立つと、鉄之助を下ろす。その背には、深々と手裏剣が刺さっていた。手を回してそれを引き抜く。一瞬痛みに顔を歪めた与一であったが、すぐに不敵に笑って返した。

「俺も螺旋から降りることにした」

与一の顔は血に汚れてはいるが、どこか清々しささえ感じる。

「坂入、生涯忘れずに苦しめ。俺もそうして生きよう」

十蔵が力強く頷くと同時に、睦月は与一に向けて深々と頭《こうべ》を垂れた。

「与一……」

源之丞は歯噛みして手裏剣を構えたが、十蔵が背後から迫るのを察知して身を翻した。

「源之丞殿、あなたももう止めよ。お内儀もお子もそのようなことを望んでおられる訳がない」

十蔵は改まった口調で言うが、源之丞の目は憎悪に燃えている。

「お涙頂戴の三文芝居のような言葉を吐く……」

「その三文芝居に涙する者が存外多いのは、人の美しさを信じたいからよ」

源之丞は大仰に舌打ちし押し黙った。その背後、遠く先にいる睦月と目が合った。

「旦那様！」

七年ぶりにそう呼ばれた。もう迷うな。もう戻るな。もう離れるな。その一言に全て集約されており、睦月の想いが心に注ぎ込まれていくような心地がした。

十蔵は目を細めて脱力した。立っているのもやっと、手も柄に添える程度の力しか使っていない。かつてはここで闘争の心を針のように研ぎ澄ました。そうして打ち出す神速の抜刀術が薫風の正体である。

しかし今の十蔵の中心にあるのは、異なる想いであった。源之丞が何かを叫んだが、音は消え失せていた。ただ柘榴《ざくろ》のように開いた口を茫と眺めている。桜の香りが漂ったような気がした。春はもうそこまで来ているのだ。

——薫風……。

十蔵の腰間から光が迸る。母が幼子の手を取るほどに迷いなく、風の揺らぎに添って太刀は閃いた。

「殺気は無い……か」

我を取り戻した十蔵の目に映ったのは、右腕の付け根から先を失った源之丞の姿であった。地に落ちた手に苦無が握られており、肩からは滝の如く血が流れ出ていた。源之丞は嘆息して天を仰ぐ。

「これではもうことは成せぬか……」

「血を止める」

「よい。かといって江戸まではとても歩けぬ」

源之丞は己から離れた手を足で無造作に開くと、残る左手で苦無を取った。警戒する十蔵をよそに、源之丞は片手で器用に己の髷《まげ》を切り取った。

「青松寺《せいしょうじ》に妻子の墓がある。よいか」

源之丞は髷を十蔵に手渡すと、点々と血痕を残しながら歩み始めた。

「三文芝居……お主にはよく似合っておる」

愚痴っぽく言うと、僅かに振り返った。その口元が微かに綻んでいるように見えたのは気のせいか。源之丞はもう振り返ることはなく、山へ向かい森へと溶け込んでいった。陽を背負った菰野山の稜線は光に縁どられている。それを目でなぞりながら、十蔵は心の中でそっと別れを告げた。

千織が渡る時に使ったという縄を再度投げてもらい、十蔵は対岸へと渡った。子どもらは改めて鉄之助を讃える。源也は胸を擦って安堵の表情を見せ、吉太郎は目尻に涙を浮かべながら快活に笑い、千織に至っては隠そうともせず泣いた。

「お前、この旅で随分女らしくなったんじゃねえのか？　泣き虫になったし」

鉄之助が揶揄《からか》うと、千織はむっとした顔になり腕を叩く。大袈裟に痛がる素振りを見せる鉄之助だが、その頬は桃色に染まり満面の笑みを見せた。

弟子たちの絆を垣間見た時、師匠や先生というものは嬉しい反面、一抹の寂しさも覚える。この子たちと共に生きたい。どれほどそう強く願ったところで、それは叶わぬ想いである。いつの日か、そう遠くないうちに我が下《もと》を旅立っていき、いずれこの子たちよりも先に己は死ぬ。彼らが同じ時を生きるのは仲間であり、己はそれを導く道標でしかない。

もっともここで仲間の無事を喜ぶよりも、師に感謝を述べることを優先するようならば、世に出ても人に阿《おもね》る輩《やから》に成り果てるだろう。そういう意味では、己の教えは間違っていなかったと確信した。それでも淡い嫉妬に似た寂しさを感じるのは、師の性《さが》かもしれない。そんなことを考えながら、十蔵は子どもたちを眺めていた。

「いい子たちですね」

睦月も微笑ましげにその様子を見ていた。

「ああ……まことにな」

「寺子屋の師匠に向いていると申しましたでしょう？　やはり私の勘は当たるのです」

「向いているかは解らぬが、楽しくやっている」

「私がもう一度共に生きてあげましょうか？」

睦月は悪戯《いたずら》っぽく笑っていた。不思議なほど己の心を察してくれるのは、今も些かも変わりは無いようであった。

「いや……」

「まあ、私じゃ不満と仰いますか。どうせあの子たちには勝てませんよ」

「そうではない。俺の勝手気儘を――」

「十蔵様！」

慌てて取り繕おうとした時、森から呼びかける声が聞こえた。見るとそれは坂入家配下の忍び、壮太である。

「おお。駆け付けてくれたか！」

「はい！　伊賀組二十七名、ひた走って参りました。森で罠にかかった連中は既に捕縛し、今は手分けして残党を狩っているところ。御頭も間もなく……」

「兄上もか！」

驚いたのも束の間、拾の後ろに手を挙げながら歩んでくる九兵衛の姿が見えた。

「睦月、久しいのう！」

「義兄上様、ご無沙汰しております」

「ふふふ……まだ義兄上と呼んでくれるか。此度はまことすまなかった」

九兵衛は実の弟をそっちのけで愉しげに話している。一頻《ひとしき》り睦月と話をした後、九兵衛は十蔵のほうに向き直った。

「お主にも苦労を掛けたな」

「兄上、風魔小太郎ですが……」

十蔵はここで起こったこと、知り得たことの全てを話した。九兵衛は一々唸って頷く。

「小太郎……いや源之丞殿は逝かれたか」

菰野山を見上げる九兵衛の言葉にも、畏敬の念が籠っていた。源之丞は公儀に殉じた英雄と教えられてきた。しかし実際は幕府が切り捨てたのを、祭り上げることで隠蔽してきたのだ。今も公儀を陰から支える九兵衛としては、複雑な思いであろう。

「昏倒していた公文甚八を始め、主だった者は捕らえた。残る大物といえば空網の与一」

風魔小太郎、公文甚八、そして空網の与一は宵闇の中でも最重要人物である。全てを語った十蔵であるが、与一のことには敢えて触れなかった。源之丞と対峙した時、まだ確かに対岸に与一はいた。だが十蔵が渡ろうとした時には、いつの間にか消えていた。目で訴えかけてくる鉄之助に、十蔵は小さく頷いた。

「与一は死にました」

「お主が斬ったのか？　屍は？」

九兵衛は立て続けに問うた。

「谷底に落ちました」

「ほう……空を泳ぐと評される忍びがか」

「はい。崖の下は激流。骸は流され見つからぬことでしょう」

「弘法にも筆の誤り。何か心境に変化があり、しくじったのかも知れぬな」

九兵衛の目は笑っていた。何が起きたのか詳しくは解らずとも見抜いている。

「大きな変化かと」

「ならば仕方ない。諦めよう。それにしてもお主は子どもらに何を教えておるのだ。我らが仕掛けるものと遜色無い罠の数々、舌を巻いたわ」

聞けば『隠密往来』に自身が記した罠の数々、そこに源也が独自に編み出した絡繰り、中には青義堂で十蔵が仕掛けられた悪戯に似た構造のものもあった。

「上手くいったからよいものを……言い出しっぺは鉄之助か！」

子どもたちは一斉に顔を見合わせてにんまりと笑った。

「おいらたち四人だよ」

源也が誇らしげに胸を張る。

「私が陣立てを考えました」

千織は珍しく子どもらしく八重歯を見せて笑った。

「助けてもうたんやから、素直に感謝しやな罰《ばち》当たるで」

吉太郎が軽口を叩くと、時丸も尾を振りながら、わんと鳴いた。

「悪戯も役立ったろう？　先生」

鉄之助は擦り傷だらけの顔を上げた。

十蔵が肩を落として溜息《ためいき》を吐くのが可笑しかったか、睦月が鈴のような笑い声を立て、それにつられて九兵衛も呵々《かか》と笑った。皆の笑い声に包まれながら、十蔵は困り顔で睦月に助けを求めた。睦月は疲れの色も見せず、いつまでもころころと笑っている。その眩い笑顔を見ていると、十蔵はようやく全てが終わった実感が湧いて、ようやく微笑んだ。

終章

「ようやく完成ですか？」

文机に向かっている十蔵の背に、景春は茶を啜《すす》りつつ問いかけた。

「ああ。結びの一文に長く悩んでいたが、ようやく決めた」

「言ってはなんですがね。往来《おうらい》物を皆そこまで真剣に読みやしませんよ。楽しければいいってもんだもの」

景春は自身で持って来た手土産《みやげ》の饅頭《まんじゅう》に手を伸ばした。

「よし出来た。後で版元に持っていく」

「あれ？　そう言えば講義はないのですか」

「今日はこれを仕上げるため、一刻（約二時間）ほど遅らせてもらった。間もなく始まる」

「あれから、ちょうど四月《よつき》ですか。暑くなってきましたね」

強い日差しが縁に降り注ぎ、蟬《せみ》も鳴き始めている。時折吹く心地よい風が、軒先にぶら下げた風鈴を揺らし、気味よい音を奏でていた。どこかで西瓜《すいか》売りの威勢の良い声が聞こえる。まさしく夏到来といった様相である。

菰野山の死闘の後、十蔵は旅の中止を宣言したが、子どもたちの猛反発に遭った。さらに睦月までが子どもらに加勢する始末である。その様子を腹を抱えながら見ていた九兵衛が後始末は任せて行ってこいと勧めてくれたこともあり、押し切られてお蔭参《かげまい》りを続行した。

伊勢街道に戻ろうとする途中、菰野城下で睦月と別れた。思いの丈を伝えたかった。そうでなくとも何か気の利《き》いたことの一つでも言いたかった。しかし別れ際に交わしたのは、

「すまなかったな。ゆるりと休めよ」

「十蔵様もお気をつけて行ってらっしゃいませ」

というような、色も艶もない会話だけであった。

江戸に戻ったのはそこから一月《ひとつき》半後のことで、桜はとうに散り、噎《む》せ返るほどに青葉が匂い立つ頃であった。

先に九兵衛に引っ立てられた宵闇の面々が、その後どうなったのか十蔵は今なお知らない。九兵衛は聞かせる必要はないと考えているのだろう。いずれにせよあれほどのことを企てたのである。軽くて遠国《おんごく》、通常ならば死罪は免れない。もっともお白洲での詮議などはなく、一部の幕閣や、公儀隠密《こうぎおんみつ》に携わる者が裁定を下し、刑場も使わず闇に葬られるのだ。

九兵衛がたった一つ教えてくれたことがある。複数の焦げた骸《むくろ》の中に、禅助のものが無かったということである。爆炎で木端《こっぱ》微塵《みじん》に消えたのかもしれない。これ以上深い傷を負わせたくはなく、千織には告げず仕舞いであった。

「今日も青松寺へ？」

「ああ。講義を終えた後にな」

十蔵が江戸に帰ってまず行ったのは、青松寺の墓地に眠るという源之丞の妻子の元に、遺髪を届けることであった。十蔵はあるだけの銭を布施して、三つ目の小さな墓石を作って供養してくれるよう住職に頼んだ。それからずっと月命日には拝みに行っている。皆を危険な目に遭わせた張本人に何故そこまでするか。あれは歯車が一つ狂った己の姿である。そう思い至ったからこそであった。

「講義に行ってくる。ゆるりとしてくれ」

「『隠密往来』も持っていくのですか？」

十蔵が他の往来物とまとめて小脇に抱えたのを見て、景春は尋ねた。

「もう二度と手元から離さぬ。青義堂の命綱ゆえな」

相も変わらず筆子《ふでこ》は増えていない。己では依然青義堂の命運をかけた刊行のつもりでいるが、景春はどうせ売れないと思っているのだろう。大きな欠伸《あくび》をしながらいい加減な返事をして送り出した。

――またか……。

襖《ふすま》の前で十蔵は立ち止まると、念を入れて『隠密往来』を懐に捻《ね》じ込み、襖の引手に指を掛けた。開けようとすると、余程神経を研ぎ澄ませていねば気付かぬほど、微《かす》かな弾力を感じた。紐《ひも》や縄を使った絡繰《からく》りの類《たぐい》である。子どもたちはこれに似た物を何度も仕掛けている。おそらく何らかが飛んでくる、振られてくる、落ちてくる。そのあたりだろう。事前に察知さえすれば躱《かわ》せぬものではない。

「お主らいい加減に――」

十蔵は勢いよく襖を開け放つと、筆子たちは皆一様に文机の下に身を隠していた。

「げ」

筆ほどの小さな打包《たんぽ》槍がこちらに向けて飛んでくる。それも一つや二つではない。十や二十である。身を捻《ひね》って躱し、両手で一本ずつ摑《つか》むが、あまりの数に一本が肩に当たった。白砂を塗《まぶ》しているのだろう。打包から砂埃《すなぼこり》が吹き出て肩に印が付いた。

「よし！」

鉄之助が立ち上がり拳を握りしめ、講堂を歓声が覆った。

「誰だ……と、聞くまでもないな」

源也はばつが悪そうに頭を搔《か》いた。

「ちょっとやそっとじゃ先生には当たらないから……吉太郎の案で作ってみた」

「下手な鉄砲数うちゃ当たるって訳。八連敗中やしな」

吉太郎は一切悪びれず鼻先を指で擦った。すっかり吉太郎に懐いた時丸は、最近では十蔵に警告もしてくれない。それどころか成功したのが嬉《うれ》しいようで、庭で尾を振っている。

「あれは部屋を傷つけずに取れるのか？」

柱や欄間など部屋のあちこちに訳の解らぬ絡繰りが取り付けられている。

「半刻もあれば取り外せます」

この言葉も十日に一度は聞いている。取り外しに半刻ならば、取り付けにはそれ以上の時を要したであろう。その情熱だけには感心させられる。

「今日はひどく散らかしおって……片付けておけよ」

十蔵は書物を机に置くと、皆の正面に腰を下ろした。あまりに日常化しており、己でも知らぬうちに感覚が麻痺しているらしい。

「さて、始めるぞ。鉄之助は『雑筆《ざつぴつ》往来』の続き、吉太郎は『浪花《なにわ》往来』、源也は……」

「あれ、千織は？　休みなんて珍しいな」

それぞれの教本を指示している最中、吉太郎が尋ねてくる。

「今日は家の用事だって言っていただろう」

十蔵が答えるより早く、文机に肘をついた鉄之助がぶっきらぼうに答える。

「へえへえ。よう覚えてはるようで」

吉太郎がからかうと、鉄之助は小さく鼻を鳴らして庭先へ目をやった。講義が始まって間もなく、十蔵は跫音《あしおと》を捉えた。かなり急いでいるようである。すわまた何か起きたかと、筆を置いて身構えた。庭先に転がるように入ってきたのは千織である。

「先生!!」

「いかがした。そのように慌てて……」

「今日、縁先にこれが……」

千織は履物を脱ぎ捨てて、縁に這《は》い上がってきた。手渡されたのは、大きな羽根の内に小さな羽根があしらわれた二連の風車である。大きなほうが白、小さなほうが赤一色で、派手な意匠ではないが、丁寧に細工されている。

「そうか」

「うん……」

十蔵が優しく言うと、千織の目にみるみる涙が溜まっていく。旅を経て千織は感情を表に出すようになった。

「だから生きているって言ったろ」

鉄之助が愛想なく言うと、千織は畳に滴を落として何度も頷《うなず》いた。十蔵は塀の向こうに広がる青い空へと目をやった。たった一つぷかりと浮かんだ雲が東へと流れている。

「何事ですか!?」

襖が勢いよく開いて音を立てた。そこに立っているのは睦月であった。

「わあ……こんなに沢山。こんもりしたかわいい筆ですこと」

散乱している小さな打包槍を拾い上げて、まじまじと見つめている。

「睦月さん、成功したよ!」

「やりましたね！」

鉄之助が嬉々として拳を突き上げると、睦月も同じようにしてそれに応じた。

「お主も知っておったのか」

「旦那様が大切にしている子たちですもの。何かあれば私も力添えを致します」

「それで旦那は水や砂塗れになるのだが……」

十蔵は苦笑してこめかみを掻いた。

お蔭参りの帰路、十蔵が菰野に寄りたいと申し出ると、子どもたちは声を揃《そろ》えて快諾してくれた。千草宅を訪ねるためである。

出迎えてくれた千草善次郎は、睦月の父に相貌がそっくりで思わず息を呑《の》んだ。地に膝を突こうとする十蔵を、善次郎は慌てて押し止めた。事情を聞けばいつかこのような日が必ず来ると、善次郎は感じていたというのだ。二人の馴れ初めから、離縁に至るまでの事情、十蔵の人となりまで睦月は語っていたという。善次郎から見ても兄の恩人である。十蔵の無念に常々想いを馳《は》せてくれていた。それに何より睦月が十蔵のことを話す時、それはもう愉しそうで、無理に再縁を勧めることも止めたらしい。

ここまで聞いた時、十蔵は恥も外聞も無く声を上げて泣いていた。そこに善次郎の後ろから弾《はず》んだ声が掛けられた。

「思ったよりも早《はよ》うございましたね。支度は整っております」

振り返った善次郎の横顔も微笑《ほほえ》んでいた。

「遅くなってすまない……」

「まだ半月も経っていませんよ？」

「そうではない。七年も……」

「さあ、帰りましょう」

後ろで心配そうに待っていた子どもたちは、わっと声を上げて十蔵の元に駆け寄った。

行きは五人、帰りは六人、一路東海道《とうかいどう》を江戸へと急いだ。あの日の続きを始めてくれたかのように、こぞって桜が咲き誇る春のことであった。

「今日は講義の始まりが遅かったので、お腹が空くと思い、握り飯を作っております」

睦月はにこやかに言い、子どもたちの顔にも喜色が浮かんだ。

「ありがとう」

口元を綻《ほころ》ばせる十蔵に、睦月はこっそり耳打ちしてきた。

「米櫃《こめびつ》が空になりましたよ」

「それは困った。何とか用立てる」

「何とかなります」

目が合って二人は微笑みあった。すかさず子どもたちが冷やかすので、十蔵は咳払いを見舞って席へと戻った。燦々《さんさん》と降り注ぐ陽《ひ》の下を吹き抜ける一陣の風に、『隠密往来』が捲《めく》れている。

風が止むと、丁度今日書きしたためたばかりの最後の頁が開かれていた。

『忍びといえども人外の者にあらず。世の人と同じく喜び、楽しみ、希みを持ち、また同じように怒り、哀しみも持つ。それに耐え忍び生きる者を正しく忍びと呼ぶ。

しかしながら、世には一人では堪えかねる難儀もある。そのような時、心許す者がいれば、時に支え、時に支えられ、人は世を生くることが出来ると知る。

想像する忍びと掛け離れているとお思いかも知れぬが、これもまた紛うことなき忍びの姿なり。人の和こそ最も強く尊い術であると記す。』

十蔵は頰を緩ませ、ゆっくりと『隠密往来』を閉じた。

一人一人をゆっくりと見渡す。この子たちの数だけ夢がある。そう思うと心が躍った。胸一杯に息を吸い込み、十蔵は声高らかに言った。

「さあ、続きを始めるぞ」

本書は書き下ろしです。

今村翔吾（いまむら・しょうご）

一九八四年京都府生まれ。二〇一七年『火喰鳥　羽州ぼろ鳶組』でデビューし、同作で第七回歴史時代作家クラブ賞・文庫書き下ろし新人賞を受賞。「羽州ぼろ鳶組」は大ヒットシリーズとなり、第四回吉川英治文庫賞候補に。一八年、「童神」（刊行時『童の神』に改題）で第十回角川春樹小説賞を受賞。同作は第一六〇回直木賞候補に選出される。他の著書に「くらまし屋稼業」シリーズ、『ひゃっか！全国高校生花いけバトル』がある。

編集　菅原朝也
加古　淑

てらこや青義堂《せいぎどう》　師匠《ししょう》、走《はし》る

二〇一九年三月四日　初版第一刷発行
二〇一九年五月二十一日　第二刷発行

著者　今村翔吾
発行者　岡　靖司
発行所　株式会社小学館
〒一〇一-八〇〇一　東京都千代田区一ツ橋二-三-一
編集〇三-三二三〇-五九五九　販売〇三-五二八一-三五五五
DTP　株式会社昭和ブライト
印刷所　萩原印刷株式会社
製本所　株式会社若林製本工場

©Shogo Imamura 2019 Printed in Japan ISBN978-4-09-386536-4